古典文獻研究輯刊

七 編

曾 永 義 主編

第3冊

李翱研究

黃 愛 平 著

國家圖書館出版品預行編目資料

李翱研究／黃愛平 著 — 初版 — 新北市：花木蘭文化出版社，
2013〔民 102〕
目 2+204 面；19×26 公分
（古典文學研究輯刊　七編：第 3 冊）
ISBN：978-986-322-092-3（精裝）
1.（唐）李翱 2. 學術思想 3. 文學評論
820.8   102001625

ISBN-978-986-322-092-3

9 789863 220923

古典文學研究輯刊
七　編　第 三 冊   ISBN：978-986-322-092-3

李翱研究

作　　者　黃愛平
主　　編　曾永義
總 編 輯　杜潔祥
出　　版　花木蘭文化出版社
發 行 所　花木蘭文化出版社
發 行 人　高小娟
聯絡地址　新北市永和區中正路五九五號七樓
　　　　　電話：02-2923-1455／傳眞：02-2923-1452
網　　址　http://www.huamulan.tw 信箱 sut81518@gmail.com
印　　刷　普羅文化出版廣告事業
初　　版　2013 年 3 月
定　　價　七編 16 冊（精裝）新台幣 26,000 元

李覯研究

黃愛平 著

作者簡介

黃愛平，女，湖北公安人，華南理工大學國際教育學院教師。武漢大學文學碩士，師從尚永亮先生；復旦大學文學博士，師從楊明先生；上海師範大學博士後，合作導師孫遜先生。主要從事中國文學與文學批評研究，對中國文化向外傳播、跨文化傳播有濃厚興趣。於《文藝理論研究》、《古代文學理論研究》、《古籍研究》等刊物上發表《論宋詩話中的「工」》等論文多篇，參加編撰《中國語文》及其他大型辭書。

提　　要

　　本文首次對李翱進行全面研究，主要關注其生平交遊、思想、文章、文論四個方面。

　　簡介其生平後，主要選取陸傪、梁肅、韓愈等十多人，探討他們與李翱的交際往來，探析李翱的思想淵源及生活狀態，為後文論述打下基礎。考證李翱與韓愈關係，提供了兩人關係並非不好的充分證據。

　　關於李翱的思想，本文重新審視其重要作品《復性書》，著重探討李翱思想的儒家本色，彌補學界研究的疏漏。《論語筆解》是李翱、韓愈二人交相辯論、探討經義的產物，但沒有受到足夠重視，筆者運用文本細讀法詳細分析了《論語筆解》是如何對先儒進行突破的，「以心解經」是怎麼回事，韓、李二人解經的價值何在，為我們詳細瞭解韓、李二人思想發展及其在思想史上的地位提供了更為清晰的脈絡。

　　至於李翱的文章，本文採用考證、文本細讀法與比較法，主要與韓愈、皇甫湜等韓派作者及柳宗元等他派作者比較，明瞭其文章特點及各自的成敗得失、李翱在韓派作者群體中的作用及他們的相互影響。

　　審視李翱文論思想及其作品，他提出了「創意造言」這樣具有文學性的觀點，但是因為他本身是儒家的底子，始終都沒有擺脫「為文明道」的影響，無論是創作還是理論都受到限制。

　　文後附錄《論語筆解》，為進一步研究提供基本資料。

目次

緒　論 …………………………………………………………… 1
第一章　李翱生平交遊考 …………………………………… 9
　第一節　李翱的生平 ……………………………………… 9
　第二節　李翱交遊考 ……………………………………… 21
　　一、張建封 ………………………………………………… 21
　　二、陸傪 …………………………………………………… 23
　　三、盧坦 …………………………………………………… 24
　　四、孟郊 …………………………………………………… 25
　　五、梁蕭 …………………………………………………… 27
　　六、楊於陵 ………………………………………………… 29
　　七、裴度 …………………………………………………… 32
　　八、李觀 …………………………………………………… 35
　　九、韓愈 …………………………………………………… 37
　　十、侯高 …………………………………………………… 43
　　十一、韋詞（辭） ………………………………………… 45
　　十二、獨孤朗 ……………………………………………… 47
　　十三、皇甫湜 ……………………………………………… 48
第二章　李翱思想研究 ……………………………………… 55
　第一節　李翱思想產生的時代背景 ……………………… 55
　第二節　《論語筆解》的突破 …………………………… 61

一、《論語筆解》眞僞考補 …………… 61

二、《論語筆解》對前人的突破 ……… 68

三、《論語筆解》中韓李二人解經之異同 …… 81

第三節　《復性書》思想內容再探 …… 92

一、《復性書》的主題 …………… 94

二、《復性書》與當時文人學者之人性論比
較 ………………………… 101

第三章　李翱的文章 ………………… 111

第一節　李翱作品概述 ……………… 111

一、李翱作品版本 ……………… 111

二、李翱的詩歌 ………………… 116

三、李翱作品總述 ……………… 118

第二節　李翱文章分類研究 ………… 120

一、賦體類 …………………… 120

二、論述類 …………………… 125

三、記人類 …………………… 137

四、文與雜著 ………………… 152

第四章　李翱的文學主張 …………… 165

一、爲文明道 ………………… 165

二、創意造言 ………………… 167

三、餘論 ……………………… 170

參考文獻 ……………………………… 173

附錄：論語筆解 ……………………… 179

緒　論

　　《新唐書・文藝上》將唐代文章分段描述:「唐有天下三百年,文章無慮三變。高祖、太宗,大難始夷,沿江左餘風,絺句繪章,揣合低卬,故王、楊爲之伯。玄宗好經術,群臣稍厭雕琢,索理致,崇雅黜浮,氣益雄渾,則燕、許擅其宗。是時,唐興已百年,諸儒爭自名家。大曆、貞元間,美才輩出,擩嚌道眞,涵泳聖涯,於是韓愈倡之,柳宗元、李翱、皇甫湜等和之,排逐百家,法度森嚴,抵轢晉、魏,上軋漢、周,唐之文完然爲一王法,此其極也。」所論唐之文章至中唐而成一王法,其中韓柳功不可沒。但是如果中唐只有他們兩人,也不可能成就古文運動。李翱、皇甫湜等後來被稱之爲韓門弟子的,在這次運動中起了推波助瀾的作用,儘管他們的文學成就不可與韓柳比肩。本文就想探討在當時這種大背景下非一流作家的具體作爲。

　　全文分四章。第一章,簡述李翱生平,考察他的交遊。爲的是弄清他一生中的大致經歷,及其在這些經歷中他是如何自處的。至於他的交遊,則讓我們更加清楚他生活中細緻的地方,比如他的文學思想、哲學思想有沒有受同代人的影響,是怎麼受影響的,他與朋友們是如何相處的,關係如何等等。第二章,主要以《論語筆解》、《復性書》爲中心,探討李翱的哲學思想,以便弄清李翱在思想史上的地位,同時爲我們理解李翱的文章提供一個背景。第三章,全面分析李翱的文章。首先對李翱文集版本情況進行簡單考證,並簡單介紹前人對其文章的總體性的評價。其次以《李文公集》所存文章爲主體,主要按內容(參照了文體)分爲賦、議論、記人、文與雜著四類,分別討論它們各自的內容、風格、寫作特點,由此評判李翱作文的成敗得失。在具體分析時,主要採用對比方法,將其文章與皇甫湜、韓愈的文章比較,以

見李翱文章特點，並探討李翱從韓愈學文時兩人的相互影響。李翱的文章確實是平實醇厚，但是靈動變化不足，這是否與其文論思想有關，所以第四章以《答朱載言書》為主，著重分析李翱的文論思想，並試著探討他的文論思想與其文章的關係。

古人對李翱文章有總體或單篇的評述。《郡齋讀書志》：「（李翱）從韓愈為文，辭致渾厚，見推當時。」鄭獬《隕溪集》：「獬嘗與敞書，亦言『韓退之時用文章雄立一世者，獨李翱、皇甫湜、張籍耳。然翱之文尚質而少工，湜之文務實而不肆』。」〔註1〕蘇洵《上歐陽內翰書》：「惟李翱之文，其味黯然而長，其光油然而幽，俯仰揖讓，有執事之態。」（《嘉祐集》卷十二）李樸《送徐行中序》：「吾嘗論唐人文章，……翱、湜優柔泛濫而詞不掩理。」（《餘師錄》卷三）劉弇《龍雲集》卷十五《上曾子固先生書》：「李翱之文，如鼎出汾陰，鼓遷岐陽，鬱有古氣，而所乏者韻味。」《四庫全書總目提要·皇甫持正文集》：「其（皇甫湜）文與李翱同出韓愈，翱得愈之醇，而湜得愈之奇崛。」

歐陽修論李翱文曰：「始讀翱《復性書》三篇，曰，此《中庸》之義疏耳。智者識其性，當復中庸，愚者雖讀此不曉也，不作可也。又讀《與韓侍郎薦賢書》，以為翱特窮時憤世無薦己者，故丁寧如此，使其得志，亦未必然。以韓為秦漢間好俠行義之一豪俊，亦善論人者也。最後讀《幽懷賦》，然後置書而歎，歎已復讀，不自休，恨翱不生於今，不得與之交，又恨予不得生翱時，與翱上下其論也。」（《文忠集》卷七十三《讀李翱文》）樓昉《崇古文訣》卷十五評李翱的《答皇甫湜書》：「觀翱此書，直欲以當代史筆自任，中間品量前代史筆之高下，發明人所未及。」胡應麟《少室山房集》卷一百五《題李習之集》：「讀翱集斥異端，崇聖道，詞義凜如，在唐人茅靡仙佛中，可謂卓然不惑者。他文亦典實明健，一洗浮華，歐陽永叔至韓李並稱而不及子厚，以其識也。」集中對李翱文章單篇評述的是《聖祖仁皇帝御製文集》第三集卷三十六：評《論事疏用忠正》曰：「大臣忠正，小臣莫敢為不正，千古名言」；評《屏姦佞》曰：「鋪敍之文，自爾詳盡」；評《改稅法》曰：「明白曉暢」；評《絕進獻》曰：「論財貨從出之源，洞中情事，文復英爽切摯」；評《復性書》曰：「惕屬其詞，可以警學」；評《平賦書序》曰：「經濟之文，立論自佳」；評《上宰相書》曰：「洸洸清辯，雋利可喜」；評《答進士朱載言書》曰：「行己之道，為學之方，是書約略盡之，而其敍文章源流正變處猶為詳確」；評《楊

〔註1〕此文轉引自《四庫全書總目提要》之《隕溪集》提要。

烈婦傳》曰：「摹寫情事，有聲有色，末作斷語，亦自詳整」；評《高愍女碑》
曰：「於大處發論，局陣展舒，波瀾空闊」。

　　綜上所言，總體評述的，對李翱文章特點進行形態的描述，形象生動，
但是對於李翱文章具體是如何表現或者達到的，並沒有闡述明白。單篇評述
之文，抓住李翱文章某方面的特點，有的是就內容評論，有的就文章藝術特
點立論，但是與總體評述一樣，仍然缺乏更具體的說明。再次，上引文字只
是對李翱一部分文章作了簡評，涉及面不廣。

　　學術界向來關注韓愈、柳宗元等大作家的研究。就目前掌握的資料，對
李翱文章的探索相對較少。對李翱文章進行討論的有臺灣輔仁大學黃國安
1969 年碩士論文《李翱、皇甫湜兩家散文比較研究》，但因爲大陸沒有收錄，
至今無緣得見。卞孝萱等著《李翱評傳》中有《古文理論和古文創作》一章，
但是討論其古文創作，只是針對其雜著這一部分，而不是全體。還有羅聯添
《李翱研究》中第三節《李翱文章繫年》涉及李翱文章，但主要是給作品編
年，對作品本身討論不多，同類的還有李光富《李翱著作年代及版本考》（《四
川大學學報》，1996）。單篇論文有多洛肯《李翱創作散論》（《伊犁師院學報》，
2004），從賦、傳、疏、書信、文學觀、雜文幾方面論述，比較全面，但是分
類有些雜亂，論述也比較簡略。對李翱文論進行探討有羅根澤《中國文學批
評史》中「時人的見解與李翱的批評」一節；朱東潤《中國文學批評史大綱》
中第二十二節，李翱與柳冕、柳宗元、皇甫湜、李德裕並列討論的一節；王
運熙、楊明先生所著《中國文學批評通史》第三卷（隋唐五代卷）中有關章
節。單篇文章有王克仲《關於李翱〈答進士王載言書〔註2〕〉》。因爲主要討論
李翱文論，所以對李翱文章很少論及。

　　因此，對李翱文章的研究還有待進一步擴大、深入，以便發掘對文學創
作的實踐意義或指導意義；其次探究在韓愈這一群體中（儘管李翱並不尊韓
愈爲師，但是他從韓愈學文不可否認），作家之間的相互影響，這會給文學史

〔註 2〕　《四庫全書》、《四部叢刊》目錄和《全唐文》對於李翱此篇論文之作，都
　　　　題爲《答朱載言書》，《四部叢刊》具體文章前又題爲《答宋載言書》，大概
　　　　是誤寫，因爲「宋」與「朱」有形近之處。王克仲先生所談的就是《答朱
　　　　載言書》一文，但是他所標的題目是《答進士王載言書》。宋代楊簡《慈湖
　　　　詩傳》卷七、清人閻若璩《尚書古文疏證》卷八論及李翱此文也是題《答
　　　　王載言書》，不知他們所據何本。因爲本文所錄李翱文章以四庫本爲基礎，
　　　　參校《全唐文》本，所以後文提到此文，均爲《答朱載言書》，至於王先生
　　　　此文，實錄其題。

帶來新鮮題材。傅璇琮先生曾說到無論是理論闡發還是資料考證，要考慮到作家群，因為「大作家往往受小作家的影響。時代特色往往在一些小作家的作品中更能體現出來。研究大家與小家的關係，研究他們怎麼共同承受社會的影響而又如何各異地表現出時代的音響和色彩」〔註3〕。這也是探討李翱之文的重要意義。

「知人論世」是中國文學批評中一個重要法則，為了更好地理解李翱文章，所以要關注李翱的生平、思想。這就是文章的第一章和第二章。學界對李翱生平的研究主要集中在年譜編撰：李恩溥《李翱年譜》，發表於 1948 年 5 月 17 日《中央日報》，是筆者瞭解的最早的年譜。其他關於李翱生平的有：莫乃群《唐古文家李翱》（《廣西日報》1963 年 7 月 14 日），但此文目前筆者沒法見到。羅聯添《李翱研究》中《里籍及家世》、《生卒年及事迹》兩節（《國立編譯館館刊》第二卷，1973 年 12 月），馬積高《李翱生平仕履考略》（《湖南師院學報》1980 年第三期），王幹一《李翱》（《甘肅文藝》1980 年），陳尚君《李翱卒年訂誤》（《中華文史論叢》1981 年第一期），李光富《李翱年譜訂補》（《四川大學學報》1985 年第三期至第四期）。總體上說，這些年譜、文章比較簡略。近人有卞孝萱等著《李翱評傳》及何智慧《李翱年譜稿》對李翱生平事迹敍說較清晰詳細。但是卞文與何譜仍然有需要補充的地方，比如貞元末元和初李翱有沒有任京兆府參軍，卞文認為此間李翱任河南府司錄參軍，何譜認為應按《舊唐書》本傳所說「由校書郎三遷至京兆府司錄參軍」，但是其證據不是太有力。其次對《勸河南尹復故事書》，卞文認為作於貞元十九年，何譜認為作於元和十二年，其辯論甚詳，但對於文中一條重要材料忘了引用。所以，本文在兩文基礎上，對李翱生平作簡單陳述，以便讀者對李翱一生事迹有所瞭解，同時對兩文中需要補充或修正的地方進行補訂工作。

與此同時，筆者注意到對李翱的交遊大多集中在討論他與韓愈的關係上，並且對其與韓愈的關係，無論是古人還是近人多有誤解之處。其主要觀點就是認為李翱從韓愈學文，但是不以韓愈為師，李翱娶韓愈從兄之女為妻，卻不以韓愈為長輩，多數場合李翱以兄呼韓愈，因此認為韓愈、李翱關係交惡。但是從資料考索來看，韓李關係並非如此。再說，李翱一生也不僅僅是與韓愈交往，對他影響至深者也非韓愈一人。因此，有必要理清李翱與他們的關係，這對理解李翱的思想、為人、為文都有重要意義。所以本文選取裴

〔註3〕傅璇琮《〈唐代詩人叢考〉摭談》，見《唐代詩人叢考》，中華書局，2003 年版。

度、孟郊、皇甫湜、梁肅、陸傪、楊於陵、盧坦等在李翱文章中出現較多的人物爲線索，一一考訂他們與李翱的交往行迹。郝潤華《李翱交遊考》（《社科縱橫》1994 年）主要考證李翱與韓愈、孟郊、梁肅的交遊，所以還有繼續考證的必要。

　　李翱的思想是學界關注的重點。羅聯添《李翱研究》第四節《思想》將其概括爲由重道而重文、行狀不足信、論人性、拒佛四點，但論述過於簡略。輔仁大學張瑜的碩士論文《李翱思想述評》（1985 年）以《復性書》爲中心探討了李翱心性論思想，兼及儒學、政治、文學等，論述比較全面、深入。陳弱水《〈復性書〉思想淵源再探——漢唐心性觀念史之一章》（1998 年）探討《復性書》與過往思想史的內在聯繫，即試圖展現《復性書》探索的主題以及提出的答案，和漢魏以下的重要思潮或者觀念有何聯繫。《李翱評傳》也列專章討論了李翱《復性書》和哲學思想，認爲李翱深化和發展了韓愈《原道》、《原性》、《原人》中的哲學思想。大陸方面，還有王宏海碩士論文《李翱思想研究》（河北大學，2004 年），其他如任繼愈、馮友蘭等編《中國哲學史》均有一節評述李翱思想。外國學者的論文、專著有戶田豐三郎《復性書の立場》（《支那學研究》，1963 年），大西晴隆《復性書について》（《懷德》，1967 年），山口桐子《李翱〈復性書〉の思想的位相》（《學林》1990 年），T H Barrett，LI Ao：Buddhist， Taoist， or Neo-Confucian？（Oxford University Press，1992）等。

　　除了這些著作，單篇論文有馮友蘭《韓愈、李翱在中國哲學史之地位》（《清華周刊》第 38 卷第 7、8 期，1932 年），孫道升《李翱思想的來源》（《清華周刊》第 41 卷第 5 期，1934 年），楊榮國《李翱思想批判》（《哲學研究》1959 年第 8、9 期）。郭爲《李翱之人性論及其與佛老及玄學之關係與對道學家之影響》（《高雄師院學報》第九期，1981 年）。馬良懷《論韓愈李翱思想的歷史地位》（《華中師範大學學報》1995 年第 1 期），李曉春、武玉鵬《試論李翱的人性論對性二元論的影響》（《蘭州大學學報》，2000 年），楊世文《論李翱對傳統儒學的繼承與改造》（《中華文化論壇》，2001 年），賈志《淺談李翱「復性說」對宋代理學形成的影響》（《河北師範大學學報》，2001 年），林耘《李翱復性學說及其思想來源》（《船山學刊》2002 年），劉振維《論李翱「復性」說之蘊義暨其與朱熹「人性本善」的理論關聯》（《哲學與文化》第卅二卷第七期，2005 年）等等。

　　無論是著作還是論文，基本上以李翱《復性書》爲中心，分析李翱思想的淵源及其對宋明理學的影響。論李翱思想淵源的大致可以分爲四類：一、來自佛教的影響，此說起源最早，勢力最大，也是主流意見。其根據是《復性書》中有佛教用語及思維方式，同時此文與梁肅《止觀統例》有關聯，李翱與藥山惟儼等禪僧有交往。張瑜文章的分析基本上採用了這個觀點。二、其思想產生於李翱對儒家舊有性命之學的理解。這一派以傅斯年《性命古訓辨正》爲代表。三、「復性」的基本觀念出自古代道家。或者中古時代玄學化的儒經注疏，T H Barrett 的著作特別強調了這個觀點。四、李翱思想來源不是單一的，既有儒家的，也有道家的、道教的，佛教的，要具體內容具體分析，這在陳弱水著作中表現最明顯。至於談論李翱思想與宋明理學的關係，主要是抓住李翱「心性說」或者「人性說」立論，認爲李翱開啓了宋明理學，其中最主要是他吸收了禪宗思想融入自己的學說。無論是對李翱思想的探源還是認爲他開啓宋明理學，其中最關鍵的一點在於李翱思想仍然是立足於儒家。陳弱水先生曾說：「《復性書》的思想建構多有賴於佛家和道家傳統，這決不表示，李翱的思想是所謂的『陽儒陰釋』或『陽儒陰道』。就主觀目標而言，習之是要爲儒家的成德之道找尋穩固的基礎──一個足以與佛、道抗衡的理論。」〔註4〕這有如古人所說「李翱在唐諸儒中言道最純」〔註5〕，「唐人善學佛而能不失其爲儒者無如翱」〔註6〕。但是無論是古人還是近人，強調李翱是儒家的同時往往對他的思想緣何是儒家缺乏詳細的論說。本文就從《復性書》文本本身探討它與儒家的關係，並通過他篇佐證之。

　　關於李翱思想，還有一本重要的書，就是他與韓愈合寫的《論語筆解》。但是有人曾認爲此書是僞作。據此書在歷代書目中的著錄情況及流傳情況，查屏球先生《韓愈〈論語筆解〉眞僞考》認爲此書是韓愈、李翱所作。筆者著重分析此書內容，並與李翱、韓愈各自的其他文章進行比較，發現許多相似之處，從文本本身證明此書確爲韓、李二人所作。對《論語筆解》進行研究的論文有王宏海、曹清林《韓愈、李翱的經學思想透析》（《河北師範大學學報》，2005 年第 3 期），唐明貴《論韓愈、李翱之〈論語筆解〉》（《孔子研究》，2005 年第 6 期）。前文主要從韓李二人疑經破注的方法角度討論他們開啓宋學

〔註4〕陳弱水《〈復性書〉思想淵源再探──漢唐心性觀念史之一章》，第 472 頁，中央研究院歷史語言研究所集刊，1998 年版。

〔註5〕〔宋〕范濬《香溪集》卷十八《答徐提幹書》，《四庫全書》本。

〔註6〕〔宋〕葉夢得《避暑錄話》卷下，《四庫全書》本。

之功，後文從分析《論語筆解》文本入手，具體討論他們批評先儒之誤、改易經文、改易經文次序等，探討其在漢儒與宋儒之間的橋梁作用。唐文在具體論述韓李打破「疏不破注」時將《論語筆解》中各條進行分類，使論述落到實處，但是其分析仍然不夠透徹深入。本文參考他的分類法，對《論語筆解》諸條進行詞義解析和評論，從中探討李翱、韓愈二人解經的特點，由此評定他們在經學史上的地位。通過對《論語筆解》的細緻分析，我們可以看出李翱《復性書》思想在《論語筆解》中已初露端倪，可見李翱思想發展的一個軌迹。同時在《論語筆解》中，李翱展現出對儒家經典的精熟及其所運用的「疑經破注」的方法，與《復性書》多方引用儒家經典及其對佛家思想的吸收而運用的「以心解經」的方法也是有一脈相承之處的。

　　從李翱生平及其交遊我們知道李翱一生並不顯赫，但是他為人耿直，為官能克盡職守。其修學儒家之道，並能在生活中將抽象的儒家之道化為自己的實際行動：為官「知足自居」，無論遷貶，盡職守分；如果不能克盡職守，無論是自己還是他人，都應該讓位於德才兼備者；以公心汲汲引進人才，不求私利；為人乃知無不言、言無不盡等等。從知行合一這點上，他實在是真正的儒家。其文學主張也打上儒家思想的烙印，文章乃仁義之辭，文章與仁義皆出於內，學古人之文乃愛古人之道，這些都是他強調的觀點。儘管他也提倡「創意造言」，但是其儒家的底色太厚重，所以他的文章最終也沒有擺脫儒家的影響。韓愈、柳宗元都有為文明道的意思，但是他們在作文時往往會因為投入創作，受文學創作自身規律（譬如重要的一條，表達你自己）的牽引而不受「為文明道」這個先在觀念的干擾。李翱不能，他的文章，論道、論政之作很多，儘管論理深刻，但是在行文上少變化；其他的如記人之作，大多採用史筆，事件敍述準確明白，同樣因為太實而少虛靈之美。他的文章好處顯而易見，紮實醇厚，說理能讓人信服，記人之作如史館之牒，可作考評之據，但是就文學作品來看，則少了靈動之氣和變化之態。當然他的文章特別是他有意為文時也有佳作，只是這樣的篇章太少。如果用「文如其人」來評價李翱作品，這對他是特別合適的。

第一章　李翱生平交遊考

第一節　李翱的生平 〔註1〕

　　李翱（774～836），字習之，代宗大曆九年生。涼武昭王李暠第十三世孫。後魏尚書左僕射沖十世孫。七世祖桃枝，襲封清淵侯。曾祖咨議詔。祖楚金，貝州司法參軍。父不知名，大約既無科第，亦乏善可陳。所以雖然其門第顯赫，但其家世自桃枝以下，累世不耀，史籍無載，並且連姓名也不知道。雖然與皇族同姓，但李翱在名分上算不得唐宗室。〔註2〕

　　郡望隴西成紀（今甘肅天水），里籍汴州陳留（今河南開封東南）。李翱一族定居陳留，不知始於何時，但至李翱，至少有三世了〔註3〕。李翱曾稱李

〔註1〕本節主要參閱卞孝萱等著《韓愈評傳》之附錄《李翱評傳》及何智慧《李翱年譜稿》，檢校兩《唐書》、《李文公集》、《唐詩紀事》等資料而成。

〔註2〕據《唐大詔令集》卷六十四謂「自今已後，涼武昭王孫（李）寶以下，絳郡、姑臧、敦煌、武陽等四公子孫，並宜隸入宗正，編諸屬籍。」李翱的十世祖李沖為「僕射房始祖」，不在應編入屬籍的絳郡、姑臧、敦煌、武陽四房之內。李翱嘗稱李夷簡為十一叔。李夷簡為高祖子鄭惠王元懿四世孫，惠王元懿為李暠八世孫，以年輩計，夷簡為李暠十二世孫。但夷簡為宗室，李翱稱其為十一叔，有攀附的意思。此為唐人通習，況且李夷簡與李翱俱出隴西，稱其為十一叔，不算太過分。

〔註3〕李翱《故朔方節度掌書記殿中侍御史昌黎韓君夫人京兆韋氏墓誌銘》：「貞元十八年八月甲辰，卒於汴州開封新里鄉之某村。其明年正月辛酉，隴西李氏以其喪葬之於陳留縣安豐鄉岡原。……弗克祔於殿中君之族，而依於女子氏之黨。」夫人韋氏「依於女子氏之黨」，即葬於李翱家族的先塋汴州陳留安豐鄉。李翱合葬其皇祖考、皇祖妣於汴州陳留安豐里，可見其祖塋即「河南陳留安豐」。
〔本文此後李翱引文均出於《四庫全書》本《李文公集》，參校《全唐文》〕

遜為從叔〔註4〕。李遜，《新唐書》有傳：「字有道，魏申公發之後，趙郡所謂申公房者。」趙郡李氏也是唐代大族，其遠祖即戰國趙武安君李牧，但與隴西成紀李氏了不相屬。李翱極看重他的隴西郡望〔註5〕，又與趙郡李氏連宗，這是重門第觀念的反映。

　　李翱祖父楚金官雖止於州參軍，但卻是明經出身（見《皇祖實錄》），其父某，「祗承父業，不敢弗及」。至李翱，「自六歲讀書，但為詞句之學」（見《復性書上》）；「自十五已後，即有志於仁義，見孔子之論高，弟未嘗不以及物為首」（見《與淮南節度使書》）。雖然家世衰微，讀書求仕的「素業」卻未失墜。德宗貞元九年（793）之前，李翱大概一直在家鄉讀書習文。貞元九年李翱二十歲時「始就州府之貢舉人事」（見《感知己賦》），舉鄉貢拔解〔註6〕。其年九月，赴長安，並以所業謁梁肅。深得梁肅嘉許，「謂翱得古人之遺風，期翱之名不朽於無窮，許翱以拂拭吹噓。」（同前）李翱之名也因梁肅的「拂拭吹噓」而籍籍於京師。但是梁肅本年十一月遘疾而歿，使剛來京城不久的李翱頓失依靠，未能得舉次年的進士第，使其徒生「知己之難得」的感慨。此年五月庚申，伯祖惟慎之子李衡以給事中為戶部侍郎、諸道鹽鐵轉運使。〔註7〕此後五年，李翱「每歲試於禮部，連以文章罷黜，聲光晦昧於時俗」（同前）。至貞元十四（798）年乃登進士第。

〔註4〕 李翱《答韓侍郎書》有「三五日前，京尹從叔」云云。韓侍郎即韓愈，元和十三年為刑部侍郎，書中又提到韋簡州，即韋勳，元和十一年為刺史。以年代推之，此「京尹從叔」只能是李遜。李遜元和十二至十三年為京兆尹。

〔註5〕 李翱《故歙州長史隴西李府君墓誌銘》：「府君諱則，字某，涼武昭王十三世孫。」文中記載李氏兩次拒婚，是唐代隴西李高自標置門戶的表現，也反映李翱對其門戶的矜重。

〔註6〕 《新唐書·選舉志上》：「每歲仲冬，州、縣、館、監舉其成者送之尚書省；而舉選不繇館學者，謂之鄉貢，皆懷牒自列於州、縣。」《唐國史補》下卷云：「京兆府考而升者，謂之等第；外府不試而貢者，謂之拔解。」唐科舉，其鄉貢者名目有二：其應州府試而舉送者謂鄉貢進士，可以直接應禮部試；其未應州府試而舉送者謂拔解〔《唐摭言》卷一「述進士下編」同此，其注曰：「然拔解亦須預託人為詞賦，非謂白薦。」〕，拔解者或進獻詩文著述獲選錄，或參加京兆府試獲入等，方能參加禮部試。《登科記考》卷十四「貞元十四」「張仲素」條：「《唐才子傳》：『張仲素字繪之，貞元十四年李隨榜進士，與李翱、呂溫同年。復中博學宏詞。』《唐詩紀事》：『張仲素，建封之子。』按《廣川書跋》載李翱《慈恩題名》云：『李翱第一，張仲素次之。十人解送，而九人入等。』蓋李、張皆於上年為京兆等第也。」可見李翱在貞元九年入京只是鄉貢拔解，至京又舉京兆府試入等。

〔註7〕 見《舊唐書·德宗紀》及李翱《皇祖實錄》。

在貞元九年至貞元十四年間，李翺「學聖人經籍教訓文句之旨，而爲文將數萬言。」（同前）且一邊應進士試，一邊從事遊歷、交遊。貞元十二年，翺嘗往徐州，結識徐州節度使張建封。〔註8〕由徐州返回汴州時，結識韓愈。貞元十三年第四次應禮部試，不第，歸汴州，從韓愈學文，頗有所得。〔註9〕此時孟郊寄寓汴州，依陸長源〔註10〕。十月，張籍亦游學至汴州，結識韓愈。〔註11〕這是一次四人之間詩歌、古文研討學習的重要聚會，對李翺有重大影響。

李翺進士第後並未得官。唐人中進士後須再應吏部考試，得中，始能授官，而李翺並無應吏試的迹象，或者應吏試而未中。此年秋，張籍舉汴州鄉貢進士。韓愈爲試官，籍獲首薦。〔註12〕孟郊於去年來汴州，欲依陸長源，但久未獲用，打算離開汴州，與韓愈、張籍、李翺話別。〔註13〕

貞元十五年（799），李翺約正月即離汴州南遊吳越。在蘇州遇侯高、孟郊〔註14〕。六月，與孟郊同遊越州，拜禹廟，觀濤江。〔註15〕在南遊途中，

〔註8〕 據劉國盈《韓愈叢考》之《韓愈與李翺》：「（李翺）去徐州的時間，自然不可能早於貞元十一年。貞元十一年才到的徐州。」如果李翺貞元十一年就往徐州，於貞元十二年自徐往汴，見到韓愈（《祭韓侍郎文》：「貞元十二，兄在汴州，我遊自徐，始得兄交。」），那麼，貞元十二年春的禮部試李翺就不能參加了，這與「每歲試於禮部」（《感知己賦並序》）相矛盾。李翺最有可能是參加完十二年春的禮部試後往徐州。貞元十年、十一年、十二年春，李翺均應禮部試，按照常理，李翺不可能於貞元十年或者十一年應完試後就去徐州，然後又回京師應試，輾轉往返。貞元十二年夏，汴州軍亂，七月，詔東都留守董晉以中書門下平章事爲汴州刺史、宣武軍節度使，董晉辟韓愈爲觀察推官。八月，詔汝州刺史陸長源爲御史大夫、宣武軍行軍司馬（見韓愈《董晉行狀》、兩《唐書・德宗紀》）李翺可能是此年應禮部試不第，回鄉遇汴州軍亂，所以避往徐州。汴州兵亂平息，自徐歸汴。

〔註9〕 《高愍女碑》：「貞元十三年，翺在汴州。」韓愈貞元十四年作《與馮宿論文書》：「近李翺從僕學文，頗有所得。」

〔註10〕 見《孟郊年譜》，附於《孟郊詩集校注》後，第558頁，華忱之著，人民文學出版社，1995年版。

〔註11〕 見《張籍研究》，第20頁，紀作亮著，黃山書社，1986年版。

〔註12〕 張籍《祭韓史部詩》：「北遊偶逢公，盛語相稱明。名因天下同，佳者入歌聲。公領試士詩，首薦到上京。」據《張籍研究》，張籍於此年於汴州應州貢進士試。

〔註13〕 孟郊《與韓愈李翺張籍話別》：「客程殊未已，歲華忽然微。秋桐故葉下，寒露新燕飛。」可見孟郊打算此年秋離開汴州。韓愈貞元十四年作《重答張籍書》：「孟君將有所適，思與吾子別，庶幾一來。」

〔註14〕 《故處士侯君墓誌》：「汴州亂，兵士殺留後陸長源，東取劉逸淮，乃作《弔

遇陸傪，相交甚洽，﹝註16﹞就是在陸傪的鼓勵下，李翱完成了中國儒學史上具有重要意義的《復性書》三篇。八月，李翱北還，過泗州，開元寺僧澄觀求作鐘銘，李翱許之（見《泗州開元寺鐘銘（並序）》）。李翱這次遠行，一是爲了遊歷，二是爲了交友，還有一個目的就是尋找出路，如在節鎮擔任幕職之類。顯然這個目的沒有達到。

貞元十六年，李翱北返，自泗州至徐州，五月，娶韓愈兄弇之女﹝註17﹞。韓愈將自己侄女許嫁李翱，可見對李翱的人品、學問的認可。韓愈與李翱的關係，於師友間又增加一層。五月辛亥，張建封病篤請代，蘇州刺史韋夏卿未至而建封薨，隨即徐州亂。韓愈攜全家與李翱夫婦乘船至下邳（今江蘇邳縣南），再由下邳至洛陽。﹝註18﹞韓愈、李翱一行至陳留，李翱夫婦與翱妻母留下，與韓愈別。

本年九月﹝註19﹞，李翱初次出仕，被滑州節度使李元素辟爲觀察判官。

沛州文》，投之大川以訴。貞元十五年，翱遇玄覽於蘇州，出其詞以示翱。翱謂孟東野曰『誠之至者……』」二月三日，宣武軍節度董晉卒，韓愈送晉喪往洛陽。隨後沛州軍亂，殺留後陸長源及其僚屬，韓愈妻室逃往徐州。送董晉喪至洛陽後，韓愈至徐州尋妻室，依張建封。從文意看，沛州亂時李翱已不在沛州，可能他在正月既已離沛。

﹝註15﹞《拜禹言》：「貞元十五年六月二十九日，隴西李翱敬載拜於禹之堂下。」韓愈《此日足可惜一首贈張籍》：「我友二三子，宦遊在西京：東野窺禹穴，李翱觀濤江：蕭條千萬里，會合安可逢？」此詩作於貞元十五年夏秋間。《復性書上》「南觀濤江，入於越」，即指此次南遊。

﹝註16﹞《復性書上》：「南觀濤江，入於越，而吳郡陸傪存焉，與之言之。陸傪曰：『子之言尼父之心也，東方如有聖人焉，不出乎此也；南方如有聖人焉，亦不出乎此也。惟子行之不息而已矣。』」

﹝註17﹞韓愈《與孟東野書》：「李習之娶吾亡兄之女，期在後月，朝夕當來此。……春且盡，時氣尚熱，惟侍奉吉慶。」《故朔方節度掌書記殿中侍御史昌黎韓君夫人京兆韋氏墓誌銘》：「殿中君從父弟愈，孝友慈祥，貞元十六年，以其女子歸於隴西李翱，夫人從其女子，依於李氏焉。」

﹝註18﹞韓愈《題李生壁》：「余始得李生於河中，今相遇於下邳，自始及今，十四年矣。……是來也，余黜於徐州，將西居於洛陽。泛舟於清泠池，泊於文雅臺下。西望商丘，東望修竹園。……隴西李翱、太原王涯、上谷侯喜實同與焉。貞元十六年五月十四日。昌黎韓愈書。」

﹝註19﹞李元素於貞元十六年九月至元和初任滑州刺史。李翱《論故度支李尚書事狀》：「翱嘗從事滑州一年有餘，李尚書具能詳熟。……當時翱爲觀察判官。」何智慧認爲李翱當爲貞元十六年九月李元素出任義成軍節度使時即被徵爲觀察判官。朱金城《白居易集箋校》《傷唐衢二首》「同宿李翱家」箋注，認爲李翱乃貞元十九年至二十年間任此職，主要理由是白居易於貞元十七年至

十六年冬，白居易、唐衢遊滑臺，同宿李翺家。唐衢離滑州往洛陽，李翺曾託其致書從表兄裴度。〔註 20〕貞元十七年九月，合葬其皇祖考、皇祖妣於汴州（見韓愈《故貝州司法參軍李君墓誌銘》）。

據李翺《論故度支李尙書事狀》：「翺嘗從事滑州一年有餘」，最遲在貞元十八年上半年就離開滑州。《舊唐書‧李翺傳》：「三遷至京兆府司錄參軍。元和初，轉國子博士、史館修撰。」《新唐書》本傳也提到「累遷」，可知離開滑州是由於遷任，但應仍在河南。《故朔方節度掌書記殿中侍御史昌黎韓君夫人京兆韋氏墓誌銘》：「貞元十八年八月甲辰，卒於汴州開封新里鄉之某村。其明年正月辛酉，隴西李氏以其喪，葬之於陳留縣安豐鄉岡原。」從文意看，李翺岳母去世在其陳留老家，李翺即使任職也不會離老家太遠。

貞元十九年末至二十一年（803～805），李翺任某官，所任何職已不可考。〔註 21〕據《舊唐書》本傳「貞元十四年登進士第，授校書郎。三遷至京兆府

〔註 20〕
〔註 21〕

十九年無遊滑臺之可能。但是白居易也可能貞元十六年底遊滑臺。羅聯添《李翺研究》認爲李翺可能於貞元十七年或者後一兩年爲滑州觀察判官。大概認爲李元素貞元十六年九月就任，李翺不可能馬上被聘任。但是李翺從貞元十四年進士及第後一直沒有任職，貞元十五年南遊就有謀求職位的目的，貞元十六年李翺仍在陳留老家，當李元素任滑州節度使，此處離李翺居處不遠，李翺因尋求聘用而爲李元素立即聘任也不是沒有可能。綜合三説，取何説：貞元十六年九月任滑州觀察判官。

〔註 20〕白居易《傷唐衢二首》其一：「依昔未相知，偶遊滑臺側，一言如舊識。」滑臺，唐河南道滑州治所，在今河南滑縣。裴度《與李翺書》：「前者唐生至自滑，猥辱致書簡，兼獲所贈新作二十篇。……弟素居多年……入奉晨昏之歡，出參帷幄之畫，固多適耳。……待春氣微和，農事未動，或當策蹇謁賢大夫，兼與弟道舊。」文末有「從表兄裴度奉簡」。詳推文意，似李翺出任滑州觀察判官時給裴度書。

〔註 21〕卞著《李翺評傳》認爲李翺此時任河南府戶曹參軍。何智慧《李翺年譜稿》認爲貞元十九年至貞元二十年李翺所任官職已不可考，但考訂李翺任河南尹戶曹參軍乃元和十年。何文以《勸河南尹復故事書》爲依據，考辨詳密，從之。下文與何文在立論或者論述過程中都參考了《勸河南尹復故事書》，那麼此文作於何時是立論關鍵。下文直接指出此文作於貞元末，不知何據。何文以文章內容作爲自己立論基礎，比較有說服力。我在此補充一據：《勸河南尹復故事書》：「河南尹，大官也，居之歲久，不爲滯，且如故門下鄭相公之德而居之六年。」據兩《唐書》，德宗、憲宗朝任河南尹且姓鄭者乃鄭權與鄭餘慶，只是鄭權從未居相位，所以此「鄭相公」就是鄭餘慶。鄭餘慶於元和元年十一月庚戌，以國子祭酒爲河南尹；元和三年六月甲戌，以河南尹爲東都留守；元和六年夏四月己卯，東都留守鄭餘慶爲兵部尚書，依前留守，其年冬十月戊辰，以東都留守爲吏部尚書。從此事實排比可以看出，鄭餘慶於元

司錄參軍。元和初，轉國子博士、史館修撰。」若此條無誤，則可知元和初轉國子博士、史館修撰遷之前，李翱已爲京兆府司錄參軍。

元和元年（806）七月之前，李翱仍在「京兆府司錄參軍」任上〔註22〕，但至遲不過本年十一月，李翱已爲「國子博士、史館修撰」，分司東都。〔註23〕至元和三年十月，李翱一直在此任上。〔註24〕因此，從元和二年韓愈分司東都，

和元年十一月至元和三年六月爲河南尹，其任東都留守則從元和三年六月至元和六年十月，李翱文云其「居之（河南尹）六年」，大概因爲河南府與東都本無多大距離，所以有此記述。但是只要「鄭相公」即是「鄭餘慶」，則可以推翻下文的觀點。即此文一定作於元和六年之後，所以下文認爲此文作於貞元末的說法不攻自破。再據何文考定翱爲河南府戶曹參軍確在元和十年至元和十二年，結合當時河南尹之交接情況，李翱此時乃對張正甫「勸言」，就可推斷《勸河南尹復故事書》作於元和十二年。由此反證翱文「河南大府，入聖唐來二百年，前人制條相傳，⋯⋯河南府二百年，舊禮自可守行，⋯⋯伏望不輕改二百年之舊禮」中所説「兩百年」確非虛言，這種實錄式的寫法正爲李翱文章一突出特點，留待他論。下文將此文時間定於貞元末，由此認爲：《舊唐書》本傳記載李翱「由校書郎三遷至京兆府司錄參軍」也是不確的，校書郎一職李翱或擔任過，「三遷」之事或者都是貞元十九年至貞元二十一年之間李翱「分司洛中」之事，至於「京兆府司錄參軍」或亦應是「河南府司錄參軍」之誤。這種斷定也是不確的。

〔註22〕在沒有其他證據證明《舊唐書》本傳爲誤時，認定李翱在貞元末爲京兆府司錄參軍。

〔註23〕下文認爲李翱任「國子博士、史館修撰」應爲元和二年。理由是：元和元年六月韓愈由江陵返至長安任國子博士，時韓愈、張籍、孟郊、張徹在長安有《會合聯句》，李翱未能參加這次慶賀韓愈久竄歸來的詩會，證明他不在長安。元和元年秋至元和二年夏，韓、孟復有《納涼》、《同宿》、《秋雨》⋯⋯諸聯句，韓愈另有《醉贈張秘書》詩，云：「今日到君家，呼酒持勸君。爲此座上客，及余各能文⋯⋯東野動驚俗，天葩吐奇芬。張籍學古淡，軒鶴避雞群。」以上諸詩均未提及李翱。下文因爲詩文往還無李翱而斷定李翱當時不在長安，這是有些片面的。就李翱本人來說，他本不擅詩，在詩酒唱和中沒有留下作品，這也是很正常的事情；再如《醉贈張秘書》中對東野和張籍的描述，都是針對其詩歌特點而言。李翱不善詩，韓愈沒必要使其強力爲之。況且韓愈直率，皇甫湜詩作不佳，韓愈曾説其「窮年枉智思，掎摭糞壤間。糞壤多污穢，豈有臧不臧？」（見《讀皇甫湜〈公安園池詩〉書其後》）這種直率的批評只是適合私下裏探討，不適合公共場合說，所以韓愈在大眾場合中無涉及李翱的筆跡，不足以證明李翱當時不在長安。況且即使是李翱當時不在長安，也不足以繼續推導出他沒有任國子博士、史館修撰，分司東都。何文認爲李翱於元和元年末任國子博士、史館修撰，分司東都。辨之甚確，從之。

〔註24〕李翱《來南錄》：「元和三年十月，翱既受嶺南尚書公之命。四年正月己丑，自旌善第，以妻子上船於漕。乙未去東都，韓退之、石濬川假舟送予。」從「乙未去東都」看，李翱此行嶺南前仍居洛陽。

李翱即與韓愈同屬共職。

　　因受嶺南尙書公楊於陵之聘，四年正月己丑，李翱攜妻前往廣州。《來南錄》云：「乙未去東都，韓退之、石濬川假舟送予。明日，及故洛東，弔孟東野，遂以東野行。濬川以妻疾，自漕口先歸。黃昏到景雲山居，詰朝，登上方，南望嵩山，題姓名記別。既食，韓、孟別予西歸。」這就是李翱離開東都時的情形。濬川乃石洪，時與韓愈交遊。孟郊遭母喪，在故洛東服喪家居，「弔孟東野」即此。東野有《送李翱習之》一首。韓愈送行，作《送李翱》一首。與李翱一起受聘的還有李翱的好友韋詞（一作辭）（見《題桄榔亭》）。李翱一家於正月乙未（十三日）去東都，途經鞏縣、河陰、陳留、雍丘、宋州、泗州、楚州、揚州、潤州、常州、蘇州、杭州、牧州、衢州、信州、洪州、吉州、韶州，於六月癸未（九日）抵嶺南節度使治所廣州。水程八千里，費時六個月（本年閏三月）。閏三月（丁未朔）在衢州，甲子（十八日），翱妻產一女，停留四十餘日。韋詞策馬揚鞭，相約會於常州而未果，先於翱十日到達廣州。

　　時楊於陵因科考事坐貶爲嶺南節度使，李翱爲節度掌書記，韋詞爲節度判官，楊於陵頗信賴李、韋，「任之以政，改易侵人之事凡一十有七，嶺外之人至茲傳道之。」〔註25〕比如「咨訪得失，教民陶瓦易蒲屋，以絕火患。」（見《新唐書·楊於陵傳》）然而「監軍許遂振好貨戾強，而小人有陰附之者，故遂振密表譖公，直言韋詞、李翱惑亂軍政，於是除替罷歸。……宰相裴垍素未知公，及遂振之譖，遂以公爲吏部侍郎。」〔註26〕楊於陵爲吏部侍郎在元和五年七月，三月詔下，其離開嶺南大概在五月，七月已抵達京城就任。〔註27〕楊於陵罷使，李翱亦罷幕，離嶺南北歸。其爲嶺南掌書記約一年。其間，元和四年十一月至五年初，嘗「以節度掌書記奉牒知循州」。〔註28〕

〔註25〕李翱《唐故金紫光祿大夫尙書右僕射致仕上柱國弘農郡開國公食邑二千戶贈司空楊公墓誌銘》
〔註26〕李翱《唐故金紫光祿大夫尙書右僕射致仕上柱國弘農郡開國公食邑二千戶贈司空楊公墓誌銘》
〔註27〕《舊唐書·憲宗紀》：「元和五年三月癸巳（何文考爲「癸丑」，即十三日），以太子賓客鄭絪檢校禮部尙書廣州刺史嶺南節度使。」《資治通鑒》卷二百三十八：「（唐憲宗元和五年）嶺南監軍許遂振以飛語毀節度使楊於陵於上，上命召於陵還，除冗官。……（七月）丁巳，以於陵爲吏部侍郎。」
〔註28〕李翱《解惑》：「元和四年十一月，翱以節度掌書記奉牒知循州。五年正月，準制祭名山大川。」

　　元和五年北返途中，宣歙觀察使盧坦遣使辟李翱爲判官。〔註 29〕盧坦
於本年十二月遷刑部侍郎〔註 30〕，翱又罷幕。隨後爲浙東觀察使李遜辟爲
從事。〔註 31〕遜即李翱稱爲「從叔」者。據李翱《叔氏墓誌》，翱從事浙東
一直到元和九年（814）。浙東期間，李翱任協律郎時，曾於六年某月至京師
長安，八月回浙東。〔註 32〕至元和九年正月十九日，翱之職僅爲「浙東道
觀察判官將仕郎試大理評事攝監察御史」。「協律郎」和「試大理評事攝監察
御史」都是幕府判官的兼職，並非實職，由此說明李翱的職務幾無陞遷，相
對貞元末至元和初的「京兆府司錄參軍」、「國子博士、史館修撰」而言，反
而更卑下了。《舊唐書》本傳謂翱「性剛急，論議無所避。執政雖重其學，
而惡其激訐，故久次不遷」。〔註 33〕這也許就是他久在幕府不能調回京師的
原因。

　　幕府期間，李翱打算治史。元和八年《答皇甫湜書》云〔註 34〕：

　　　　僕近寫得《唐書》。史官才薄，言詞鄙淺，不足以發揚高祖、太宗
　　　　列聖明德，使後之觀者，文采不及周漢之書。僕以爲西漢十一帝，
　　　　高祖起布衣，定天下，豁達大度，東漢所不及。其餘惟文、宣二帝
　　　　爲優。自惠、景以下，亦不皆明於東漢明、章兩帝。而前漢事迹灼
　　　　然傳在人口者，以司馬遷、班固敍述高簡之工，故學者悅而習焉，
　　　　而其讀之詳也。……唐有天下，聖明繼於周漢，而史官敍事曾不如
　　　　范曄〔註 35〕、陳壽所爲，況足擬望左丘明、司馬遷、班固之文哉？
　　　　僕所以爲恥。……僕竊不自度無位於朝，幸有餘暇，而詞句足以稱
　　　　讚明盛，紀一代功臣、賢士行迹，灼然可傳於後，自以爲能不減者，
　　　　不敢爲讓。故欲筆削國史，成不刊之書，用仲尼襃貶之心，取天下

〔註 29〕李翱《祭故東川盧大夫文》：「前此八年，公在宣州，翱歸自南，下江之流，
　　　　公發辟書，使者來召。」文中盧大夫即盧坦。《新唐書・盧坦傳》：「元和十二
　　　　年卒。」是李翱祭文著於元和十二年。「前此八年」，上推八年，即元和五年。
〔註 30〕參見《舊唐書・憲宗紀》「元和五年十二月」及李翱《故東川節度盧公傳》。
〔註 31〕李翱《祭故東川盧大夫文》：「公遷侍郎，翱赴浙東。」韓愈《代張籍與李浙
　　　　東書》：「近者閣下從事李協律翱到京師，……」《舊唐書・憲宗紀》：「元和五
　　　　年八月乙亥，以常州刺史李遜爲越州刺史、浙東觀察使。」
〔註 32〕李翱《解江靈》：「元和六年八月，余自京還東。」
〔註 33〕這個特點從他的文章可以得到確實證明，留待後文分析。
〔註 34〕此文中有云：「僕到越中，得一官，三年矣。」李翱於元和六年始至浙東，至
　　　　李遜幕下任職，順推三年，爲元和八年。
〔註 35〕《全唐文》爲「范蔚宗」，稱字，與「陳壽」稱名不一致。

公是公非〔註36〕爲本。……韓退之所謂「誅奸諛於既死，發潛德之幽光」，是翱心也。

窮極無聊，李翱以寫《唐書》打發時日。他不滿史官言詞鄙淺、文采不足，但對自己的文詞十分自負，所以認爲自己可以稱讚明盛，紀一代功臣、賢士行迹，使之灼然傳於後。可見李翱對史作不僅有求眞的要求，也十分重視文詞。

元和九年九月，李遜遷給事中入京〔註37〕，李翱亦攜家北歸洛陽，聽候選調。元和十年，李翱被河南尹鄭權辟爲河南府戶曹參軍。元和十一年，河南尹易爲辛祕，李翱仍爲戶曹參軍，至元和十二年八月，辛祕遷官，李翱罷職。正當李翱罷官回家，臥病飲貧之際，劍南東川節度使盧坦辟翱爲僚佐。翱赴東川，行至陝郊（今河南陝縣）而盧坦卒〔註38〕，之後可能又回到洛陽家中。

元和十三年，李翱入朝爲國子博士、史館修撰。〔註39〕在任職期間，翱

〔註36〕《全唐文》「公是公非」後有「以」，但不如原文簡潔。
〔註37〕《舊唐書‧李遜傳》：「元和初，出爲衢州刺史。以政績殊尤，遷越州刺史、兼御史大夫浙東都團練觀察使。……九年，入爲給事中。」《舊唐書‧憲宗紀》：元和九年九月戊戌，「以給事中孟簡爲越州刺史、浙東觀察使。」本年九月甲戌朔，戊戌爲二十五日。則李遜當於九年十月離浙東之任。李翱同時攜家北歸。
〔註38〕李翱《祭故東川盧大夫文》：「公鎮劍州，翱作東掾，亟言於相，曷不以薦？官罷在家，臥病飲貧，惟公見念，復召爲賓。自修辟牒，以復前好，承命而行，不憚遠道。余及陝郊，聞公之喪，失聲泣哭，若火煎腸。」《舊唐書‧憲宗紀》：元和八年八月辛丑，「以盧坦爲梓州刺史、劍南東川節度使。……十二年九月戊戌（十二日），劍南東川節度盧坦卒。」盧坦卒於元和十二年九月，那麼，翱受盧坦之辟當在元和十二年八、九月。
〔註39〕此處下文認爲李翱從李夷簡幕，何文認爲李翱於元和十三年已入國子博士、史館修撰，從之，並補充一據。按《舊唐書‧憲宗紀》：元和十三年七月辛丑，「以門下侍郎、同平章事李夷簡檢校左僕射、同平章事、揚州大都督府長史、淮南節度使。」元和十三年七月，癸未朔，辛丑爲十九日，如果李翱此年爲李夷簡辟任，最早也應七月底八月初才到任。而從李翱文《與淮南節度使書》「自到，有改易條上者，亦有細碎侵物，彰從前之失太深、不令條上者，縱未窮盡，亦十去其九矣。惟兩三事即須使司處置，已有申上者，未蒙裁下，謹具公狀，若或並賜處分，則當州里無弊矣」推測，至少是上任一段時間瞭解公務後所寫，應該不早於本年十月。而李翱於次年四月即針對朝政寫出七八篇奏議，如果眞是從淮南節度使幕府轉任，這期間的過渡時間似乎太短了。況且從「謹具公狀，若或並賜處分，則當州里無弊矣」文意分析，李翱很可能是一州之長，這種情況放在他任舒州刺史時是比較恰當的。

上書論政，作了一系列文章，如《百官行狀奏》、《陵廟日時朔祭議》、《論事疏表》、《疏用忠正》、《疏屏姦佞》、《疏改稅法》、《疏絕進獻》、《疏厚邊兵》、《疏引見待制官》（闕）等。其論史官紀事不實（《百官行狀奏》），憲宗從之。大約元和十四年四月之後權知職方員外郎。元和十五年六月，授考功員外郎，兼史職。隨即因與李景儉善而坐貶，於六月庚辰（十日）出爲朗州刺史（湖南常德）（見《舊唐書・穆宗紀》）。〔註40〕翱在朗州曾帶領當地老百姓開考功堰〔註41〕，造福當地。其第七女足娘卒於朗州。

長慶元年（821）十一月二十八日，改舒州（安徽潛山）刺史。大約長慶二年初到舒州。當時舒州遭遇炎旱，翱力救之，使民安於農。長慶三年正月，江州刺史李渤蓄水堤成，李翱爲之作堤銘。大約十月，李翱詔爲朝議郎守尚書禮部郎中上輕車都尉。十月二十七日，離舒州赴京，路沿大江，遣使辭於潛山大神之靈。李翱大約於本年多抵京師。《舊唐書・李翱傳》：「入爲禮部郎中。翱自負辭藝，以爲合知制誥，以久未如志，鬱鬱不樂，因入中書謁宰相，面數李逢吉之過失，逢吉不之校。翱心不自安，乃請告。滿百日，有司準例停官，逢吉奏授廬州刺史。」此說不合情理。李翱向以「知足自居」自勵，並非求「知制誥」乃「面數李逢吉之過失」，實乃因痛恨李逢吉爲居相位而玩弄權術〔註42〕。面刺李逢吉，也可見李翱之「直」〔註43〕。此事當在長慶四

〔註40〕李景儉是唐宗室，漢中王（李）瑀之孫，李翱與其結交、友善當在貞元間，曾於貞元十四年致書張建封推薦李景儉等人（見《薦所知於徐州張僕射》）。李景儉使酒肆言而招罪，綜觀所行，也沒有大錯，只是狂狷而已。《舊唐書・李景儉傳》史臣曰：「景儉自負太過，蕩而無檢，良驥跅弛之患也」，是爲公允之言。李景儉於長慶元年八月詔還爲「諫議大夫」。

〔註41〕《新唐書・地理志》：「朗州武陵郡」注曰：「東北八十九里有考功堰，長慶元年，刺史李翱因故漢樊陂開，溉田千一百頃。」

〔註42〕李逢吉使當時同居相位的裴度與元稹爭鬥，坐收漁利，代裴度爲門下侍郎平章事。李逢吉入相後，又使御史大夫韓愈與御史中丞李紳產生矛盾，使韓、李兩敗俱傷。而李翱與韓愈關係在師友之間，且爲愈任婿；又與李景儉交密，而李景儉素善元稹、李紳，所以李翱對涉及相爭的四人都有同情、理解，因此有「面數李逢吉之過失之舉」。

〔註43〕王應麟《困學紀聞》卷十四：「《舊史・敬宗紀》，李翱求知制誥，面數宰相李逢吉過。愚謂翱爲韓文公之友，此逢吉所深忌也。面數其過可謂直矣，求知制誥乃誣善之辭。荊公嘗辨之曰，世之淺者以利心量君子。」王安石《臨川文集》《書李文公集後》：「文公論高如此，及觀於史，一不得職則誣宰相以自快。……雖然，彼宰相名實固有辨，彼誠小人也。則文公之發，爲不忍於小人，可也。」

年十月、十一月之間〔註44〕。李逢吉堪稱「天與奸回」者，並不與李翱計較，當李翱告假滿百日、有司準例停官之時，又奏請李翱爲廬州（安徽合肥）刺史，時在敬宗寶曆元年（825）二月。《新唐書‧李翱傳》：「時州旱，遂疫，逋捐係路，亡籍口四萬。權豪賤市田屋牟厚利，而窶戶仍輸賦。翱下教，使以田占租無得隱，收豪室稅萬二千緡，貧弱以安。」這是李翱的又一項善政。

文宗大和元年（827），翱自廬州「入朝爲諫議大夫，尋以本官知制誥」。〔註45〕又李翱《祭故福建獨孤中丞文》：「大和元年歲次丁未、九月庚申朔、二十日己卯，朝散大夫守右諫議大夫知制誥李翱，謹以清酌庶饈之奠，敬祭於亡友……」知大和元年九月前，李翱已爲朝散大夫守右諫議大夫知制誥。右諫議大夫屬中書省，爲唐中央政府最重要的諫官。「知制誥」通常是中書舍人的專職，負責詔書的起草，以他官兼之者謂之「兼知制誥」。至此，李翱似乎走進了政治的高層。

大和三年二月，翱「拜中書舍人」。然而翱任中書舍人不過三月，即因柏耆犯罪牽連而左遷。《舊唐書‧李翱傳》：「初，諫議大夫柏耆將使滄州軍前宣諭，翱嘗贊成此行。柏耆尋以擅入滄州得罪，翱坐謬舉，左授少府少監。俄出爲鄭州刺史。」《新唐書‧李翱傳》：「柏耆使滄州，翱盛言其才。耆得罪，由是左遷少府少監。」柏耆因擅入滄州事遭貶在大和三年五月辛卯〔註46〕，李翱坐謬舉，當在此後不久。綜觀史事，柏耆奉詔，僅在宣慰滄州。「擅入滄州」，殺萬洪，誠有罪；又殺李同捷，然事出倉促，情有可原。〔註47〕無論如

〔註44〕《舊唐書‧敬宗紀》：寶曆元年正月辛卯（何文考：寶曆元年正月乙巳朔，無辛卯。辛卯乃二月十七日，《紀》脫『二月』），「以前禮部郎中李翱爲廬州刺史，以求知制誥，面數宰相李逢吉過故也。」以告假滿百日推之，面責李逢吉之過失當在長慶四年十月、十一月之間。

〔註45〕李翱《唐故特進左領軍衛上將軍兼御史大夫平原郡王贈司空柏公神道碑》：「大和元年，翱自廬以諫議大夫徵，路出於蔡。」

〔註46〕《舊唐書‧文宗紀》載柏耆斬李同捷及被貶循州司戶在大和三年五月。《資治通鑒‧唐紀》唐文宗大和三年，「五月，庚寅，……諸道兵攻李同捷，三年，僅能下之，而柏耆徑入城，取爲己功，諸將疾之，爭上表論列。辛卯，貶耆爲循州司戶。」柏耆於五月辛卯被貶，翱坐謬舉，當在此後不久。

〔註47〕柏耆，唐大將軍柏良器之子，「素負志略，學縱橫家流」（見《舊唐書‧柏耆傳》），元和十二年裴度率大軍討淮蔡，柏耆以處士獻策於行軍司馬韓愈，奉書往鎮州說王承宗歸朝廷，以功授左拾遺。其「擅入滄州」事，見《資治通鑒‧唐紀》文宗大和三年：「戊辰……李祐拔德州，城中將卒三千餘人奔鎮州。李同捷與祐書請降，祐並奏其書，諫議大夫柏耆受詔宣慰行營，好張大聲勢以威制諸將，諸將已惡之矣；及李同捷請降於祐，祐遣大將萬洪代守滄州；

何，與李翱無關。僅因李翱「盛言其才」而貶翱，疾柏耆之功而致以死罪，諸將之威，挾制君主，可見一斑。

大和四年某月，翱出爲鄭州（河南）刺史〔註48〕。大和五年十二月，翱自鄭州刺史遷貴州刺史、桂管觀察使（治桂州）。大和七年六月，改潭州刺史、湖南觀察使（治潭州，今湖南長沙）〔註49〕。翱在潭州刺史任上脫故蘇臺韋中丞之女於樂籍，此事甚爲後世文人稱道〔註50〕。八年十二月，徵爲刑部侍郎〔註51〕。九年某月，轉戶部侍郎。同年七月或八月，以檢校禮部尚書襄州刺史充山南東道節度使（治襄州）〔註52〕。

文宗開成元年（836），李翱卒於山南東道節度任上，年六十三。

翱幼勤於儒學，博雅好古，爲文尚氣質。始從昌黎韓愈爲文章，辭致渾厚，見推當時。有司諡曰文。《唐詩紀事》卷三十五：「歸女於盧求、鄭亞、杜審權，故攜、畋、讓能皆習之之甥，皆爲宰相。」李翱之子無可考。李翱《於湖州別女足娘墓文》〔註53〕：「維長慶元年歲次辛丑十二月癸亥朔十九日辛巳，父舒州刺史翱以酒果之奠，敬別於第七女足娘子之靈。」李翱似有七女，第七女早卒，餘六女可考者三人：一適盧求（敬宗寶曆二年第進士），生子盧攜，字子升，大中九年第進士，僖宗乾符四年爲相，《舊唐書》卷一七八、《新唐書》卷一八四有傳；一適鄭亞（字子佐，元和十五年第進士，會昌中

〔註48〕者疑同捷之詐，自將數百騎馳入滄州，以事誅洪，取同捷及其家屬詣京師。乙亥，至將陵，或言王庭湊欲以奇兵篡同捷，乃斬同捷，傳首，滄景悉平。」「五月，庚寅，……諸道兵攻李同捷，三年，僅能下之，而柏耆徑入城，取爲己功，諸將疾之，爭上表論列。辛卯，貶耆爲循州司戶。」《舊唐書·柏耆傳》：「大和初，遷諫議大夫。俄而李同捷叛，……耆乃帥數百騎入滄州，取同捷赴京，滄、德平。諸將害耆邀功，爭上表論列，文宗不獲已，貶循州司戶。……內官馬國亮又奏耆於同捷處取婢九人，再命長流愛州，尋賜死。」

〔註48〕郁賢皓《唐刺史考全編》第701頁，安徽大學出版社，2000年版。《新唐書》本傳不記李翱出任鄭州事。

〔註49〕《舊唐書·文宗紀》：大和七年六月丁丑，「以左金吾衛將軍李從易爲桂管觀察使。」即代李翱。

〔註50〕唐范攄《雲溪友議》卷三，宋錢易《南部新書》丁，王讜《唐語林》卷四、計有功《唐詩紀事》卷三五等均有載。

〔註51〕《舊唐書·文宗紀》：大和八年十二月己亥，「以宗正卿李仍叔爲湖南觀察使，代李翱；以翱爲刑部侍郎，代裴潾。」

〔註52〕《舊唐書》本傳：「九年，轉戶部侍郎。七月，檢校戶部尚書、襄州刺史，充山南東道節度使。」《舊唐書·文宗紀》：「大和九年八月甲戌朔，以戶部侍郎李翱檢校禮部尚書，充山南東道節度使，代王起。」

〔註53〕據《全唐文》，詩題補一「娘」字。

曾爲刑部郎中、給事中，大中中出爲桂管經略使，又貶爲循州刺史，卒），生子鄭畋，字臺文，會昌二年年十八第進士，僖宗時爲相，《舊唐書》卷一七八、《新唐書》一八五有傳；一適杜審權（字殷衡，長慶年間宰相杜元穎之子，進士出身，咸通年間爲相，又歷任大鎮節度使，封襄陽郡公，《舊唐書》卷一七七、《新唐書》卷九六有傳），生子杜讓能，字群懿，咸通十四年第進士，僖宗時爲將相，《舊唐書》卷一七七、《新唐書》卷九六有傳。〔註54〕

第二節　李翱交遊考

　　爲了更好的理解李翱的思想和文章，在對李翱的生平作了簡單陳述後，此節著重論述李翱的交遊。因爲李翱的思想和文章，總是離不開他的時代，離不開他生活的那個群體，離不開他所交往的人物。在對其交遊進行考辨的過程中，主要選取他交往最爲頻繁，對其影響較大的人物，以他的文章和兩《唐書》爲基本資料，參校其他筆記資料，盡可能細緻地展示李翱的生活。

一、張建封

　　張建封，字本立，鄧州南陽人，客隱袞州（屬河南道）〔註55〕。年少時慷慨大氣，以功名爲己任。果敢勇武，善於軍務，頗受馬燧器重。貞元四年（788），爲徐州刺史，兼御史大夫徐泗濠節度支度營田觀察使。七年（791），進位檢校禮部尚書。十二年（796），加檢校右僕射。十三年（797）冬，入覲京師，頗得德宗殊寵。建封在彭城十年（即貞元四年至貞元十四年），軍州稱理，且能禮賢下士。十六年（800）遇疾，連上表請速除代，方用韋夏卿爲徐泗行軍司馬，未至而建封卒，時年六十六。〔註56〕

〔註54〕《唐摭言》卷八：「盧求者李翱之婿。先是翱典合肥郡，有一道人詣翱，自言能使鬼神。……後翱鎮襄陽，其人復至，翱虔敬可知也。謂翱曰：『鄙人再來，蓋仰公之政也。』因命出諸子，熟識，皆曰：『不繼。』翱無所得，遂遣諸女出拜之，乃曰：『尚書他日外孫三人，皆位至宰輔。』」此文中雖有傳說成分，或後人附會之言，但所敍結論尚實，且表明翱子之迹不顯。

〔註55〕《舊唐書》本傳爲「袞州人」，《唐詩紀事》爲「南陽人」，《新唐書》本傳爲「鄧州南陽人，客隱袞州」。又《集千家注杜工部詩集》二十卷《別張十三建封湖南觀察使韋之晉辟參謀》題注：「夢弼曰：『建封，劉文靜外曾孫也。少隨父玠客隱袞州。』」由此從《新唐書》。

〔註56〕參見兩《唐書》本傳，兩《唐書》本紀，《唐詩紀事》。

　　李翱與張建封的交往大約在貞元十二年（796），李翱連應進士試而不得，是年應舉之後準備回汴州。但本年七月，汴州刺史李萬榮病，萬榮子乃自署為兵馬使，軍人又逐乃，汴州亂。故命東都留守兵部尚書董晉為汴州刺史宣武軍節度使宋亳潁觀察使，以帥之。八月，以汝州刺史陸長源為宣武行軍司馬（《舊唐書‧德宗紀》）。因此李翱可能在汴州軍亂時繞道徐州，依徐州刺史張建封。汴州亂平後始回，碰到汴州觀察推官韓愈。此後李翱似乎與張建封再無見面機會。

　　按本傳云，建封少頗屬文，好談論，慷慨負氣。從他行事看，頗有魄力、勇氣及軍事才能，所以馬燧一再任用並舉薦，後來得到君上的特賞。在勇武之中，張建封也有儒雅之氣。《舊唐書》卷一百四十史臣評曰：「韋南康、張徐州，慷慨下位之中，橫身喪亂之際，力扶衰運，氣激壯圖，義風凜凜，聳動群醜，舂盜之喉，折賊之角，可謂忠矣！……徐州請觀，頗有規諫之言，所謂以道匡君，能以功名始終者。」又贊曰：「張侯義烈，志平亂象。見危能振，蹈利無謗。韋德不周，張心可亮。」也許正是因為張建封的忠義勇武而又能以道匡君，頗合李翱心目中的為官之道，所以頗信任張建封，並與其交好。貞元十四年，李翱作《薦所知於徐州張僕射書》，力薦孟郊、韓愈、張籍、李景儉等人。此文大約有一半篇幅在講用賢則君子樂之，不用賢則雖孔子之廟亦無人朝拜。這篇文章大概是李翱薦士中最長，最有耐心，也最委婉的一篇，決不像與韓愈、裴度那樣直來直去。也許是與張建封相交日短，雖有心悅之意，但是還不至於達到無所不言的程度。其次，張建封長李翱三十九歲，是李翱所交往人物中與李翱年齡相差最大的一位。再次，李翱當時剛中進士，在政治舞臺上幾乎還沒有位置，所以說話相對謹慎。但是就是這種身份，李翱仍然說：「茲天子之大臣，有土千里者，孰有如執事之好賢不倦者焉？蓋得其人亦多矣。其所可求而不取者，則有人焉。隴西李觀，奇士也，伏聞執事知其賢，將用之，未及而觀病死；昌黎韓愈，得古文遺風，明於理亂根本之所由，伏聞執事又知其賢，將用之，未及而愈為宣武軍節度使之所用。」這裡明褒暗貶的意思還是有的。後文著力寫孟郊、韓愈等人之才華。文章結尾部分又是一大段說理，再次強調用賢之意。貞元十五年秋韓愈在張建封幕府任職，大概有李翱推薦之助。

二、陸傪

　　陸傪，字公佐，吳郡人，初與兄隱於越（會稽），率子弟躬耕。貞元初兄既歿，始試佐環衛，歷大理評事，攝監察御史裏行佐黔中，又以殿中侍御史內供奉佐浙東，皆有直聲休利。貞元十二年（796）罷浙東從事，隱於越。十六年（800）徵拜祠部員外郎。居二年（貞元十八年、802），執事者上言其才，請為劇曹，會東方守臣表二千石之缺，遂拜歙州刺史，在途發瘍，夏四月卒於洛師，年五十五。〔註57〕按：李翱《陸歙州述》云：「吳郡陸傪、字（據《全唐文》補「字」）公佐，生於世五十有七年。」與《陸君墓誌銘》所說「年五十五」相差兩歲，不知孰是。以陸傪貞元十八年年五十五或五十七，翱此年二十九歲，陸傪長李翱二十六或者二十八歲，算是忘年交。

　　李翱與陸傪初識當在貞元十五年，李翱離開汴州南遊，在吳郡結識陸傪。李翱當時可能已經醞釀《復性書》的寫作，與陸傪談起，受到陸傪的讚賞和鼓勵。《復性書》上云：「吾自六歲讀書，但為詞句之學，志於道者四年矣，與人言之，未嘗有是我者也。南觀濤江，入於越，而吳郡陸傪存焉，與之言之，陸傪曰：『子之言尼父之心也，東方如有聖人焉，不出乎此也；南方如有聖人焉，亦不出乎此也。惟子行之不息而已矣。』」當時李翱的思想可能在周圍沒有找到同道，而陸傪對李翱的評價可謂極高，可見兩人對聖人仁義之道理解上的契合。按：《陸君墓誌銘》云：「（陸傪）因修桑門之法、擯落人事。貞元初兄既歿，始為宗姻士友所強，慨然有應知己之心。」桑門之法即佛法。可見陸傪年輕時是精研佛理並身體力行的。而李翱《復性書》雖然是儒家的底子，但是有佛學的影響。李翱當時不被時人（可能就包括韓愈〔註58〕）理解，而陸傪卻能與其溝通，與此不無關係。其次，陸傪直而不黨，器度夷遠，英華發外，文章弘朗，學不為人，與古為徒，這也是吸引李翱的地方。就在陸傪去世之年，李翱《復性書》完成，陸傪的激勵不可忽視。

　　貞元十七年，陸傪任祠部員外郎，李翱在滑州節度任觀察判官，地理阻隔，但李翱仍與陸傪談道論文。翱有《與陸傪書》云：「李觀之文章如此，……翱書其人，贈於兄。贈於兄，蓋思君子之知我也。……故書《苦雨賦》綴於

〔註57〕參見李昉等編《文苑英華》卷九百五十二卷錄「前人」所作《使持節歙州諸軍事守歙州刺史賜緋魚袋陸君墓誌銘》。

〔註58〕參見後文韓愈、李翱《論語筆解》中對「性」的論說，韓愈持「性三品」說，李翱認為「性本善」，所以提倡恢復人的本性。李翱《復性書》與韓愈《原性》分別沿襲了他們各自的觀點。

前,當下筆時,復得詠其文,則觀也雖不永年,亦不甚遠於揚子雲矣。書《苦雨》之辭既,又思我友韓愈。……嘗書其一章曰《獲麟解》,其他可以類知也。窮愁不能無所述,適有書寄弟正辭,及其終,亦自覺不甚下尋常之所爲者,亦書以贈焉。亦惟讀觀、愈之辭既,試一詳焉。」通篇談論時人文章,向陸傪推薦李觀、韓愈之文,同時提到李翱自己贈弟之書,希望陸傪仔細閱讀。綜觀《苦雨賦》、《獲麟解》、《與弟正辭書》,都是論道之作,可見李翱評文的一種旨趣,而請陸傪欣賞,也是視陸傪爲知己。兩人此後無緣再得相見。

貞元十八年四月,陸傪卒,李翱作《陸歙州述》,文中充滿對陸傪惟賢卻不得時運的惋惜,云:「嗚呼!公佐之官,雖陞於朝,雖刺於州,其出入始二年,道之不行,與居於田時弗差也。公佐之賢,雖曰聞已,其德行未必昭昭然聞於天子,公佐是以不得其職。出刺一州,又短命,道病死。」李翱文章一般很少表達自己的感情,而對陸傪的不得時運幾乎感同身受,這樣寫來,可以看出兩人友誼之厚。而對陸傪之品行,是眞誠地推賞的:「(陸傪)明於仁義之道,可以化人倫、厚風俗者。……得其道者,窮居於野,非所謂屈;冠冕而相天下,非所謂伸。其何有不足於心者耶?」陸傪在李翱心中就是得道之人,無論窮達,都能自足於心。李翱也是這樣來要求自己,正因爲如此,李翱和陸傪才如此投緣。可以說,陸傪是在李翱思想發展過程中一個最重要的朋友。

三、盧坦

盧坦,字保衡,河南洛陽人。貞元年間,先後受知於河南尹杜黃裳、華州刺史李復,浙西觀察使兼鹽鐵使王緯、李錡。有識力。貞元末遷刑部郎中。元和二年(807)正月武元衡爲相,盧坦遷御史中丞。爲裴均〔註59〕排,元和三年(808)五月,罷爲左庶子〔註60〕。七月,出爲宣、歙、池觀察使。元和五年(810)十二月,爲刑部侍郎,充諸道鹽鐵轉運使。元和六年(811)四月,爲戶部侍郎判度支。元和八年(813)八月,爲梓州刺史劍南東川節度使。元和十二年(817)九月,卒於劍南東川節度使任上,年六十九。〔註61〕

〔註59〕 李翱《故東川節度使盧公傳》爲「裴垍」,誤。《新唐書》本傳,《資治通鑑》爲「裴均」,據此改。

〔註60〕 《舊唐書》本傳爲「右庶子」,誤。《資治通鑑》只言爲「庶子」。《新唐書》本傳,李翱《盧公傳》均爲左庶子,據此改。

〔註61〕 本段參考李翱《故東川節度使盧公傳》,兩《唐書》本傳,《舊唐書》本紀,《舊唐書》杜黃裳傳、李復傳、武元衡傳、權德輿傳,《資治通鑑》。

　　李翱和盧坦相交，大概始於元和五年，李翱三十七歲，盧坦六十二歲。此年李翱從楊於陵自嶺南歸，一時無所去處，盧坦時爲宣歙觀察使，辟翱爲節度判官。但是此年十二月，盧坦遷爲刑部侍郎，所以兩人相處時間並不太長。此後李翱在浙東幕府，直至元和九年。元和十年至十二年八月，李翱任河南府戶曹參軍。罷職後，任東川節度使的盧坦即來辟用，只是李翱未至而盧坦卒。李翱即作《故東川節度使盧公傳》、《祭故東川盧大夫文》。《盧公傳》以詳實的筆墨，繪畫了盧坦人生中最精彩的事件：不查處富家破產事，不與吹笛少年同列，鑒評姚南仲，劾奏刺史違赦條，諫不毀李錡家族墓等等，筆含讚賞，確實可令盧坦聞名於後世。《祭故東川盧大夫文》敍述兩人在宣歙時的相知相得：「仰公之德，自託如歸，亦既在門，有言必信。翱亦不貳，知賢則進。公曰：『汝言，我用無疑。每疑賢者，患不能知，汝正而公，與我氣合，有懷必陳，無謂弗納。』」而李翱向來直言敢諫，當觸忤不少人，因此久不得遷或不能重用，就在盧坦任吏部侍郎時，李翱赴浙東幕府，此中當有盧坦力薦之力。祭文：「公遷侍郎，翱赴浙東，宦途有阻，困不能通。公陳上前，出白丞相，保明無過，昭灼有狀，事遂解釋，奏方成官。非公之力，其退於田」當言此事。就在李翱元和十二年八月無所依歸之時，盧坦又及時辟之。李翱立即應徵出洛。「官罷在家，臥病飲貧。惟公見念，復召爲賓。自修辟牒，以復前好。承命而行，不憚遠道。」盧坦與李翱，雖不是文字之交，並且在一起相處時間短暫，但是二人似一見如故，兩人之間十分信任、相諧。正因爲有此，所以聞盧坦之卒，李翱悲痛不已：「失聲泣哭，若火煎腸。……臨路一號，永訣於此。」盧坦長李翱二十五歲，有此段情誼，算是忘年之深契者。

四、孟郊

　　孟郊，字東野，湖州人，郡望平昌。玄宗天寶十載（751）生。初隱於嵩山，稱處士。貞元十二年（796），四十六歲，李程榜進士。貞元十六年（800），調溧陽尉（今江蘇省溧陽縣），時年五十。翌年以不治官事，調代溧陽假尉，分其半奉。二十年（804）辭假尉，歸湖州。去尉二年，宰相鄭餘慶罷爲河南尹，奏爲水陸運從事。元和四年（809）丁母憂。五年，六十歲，試協律郎。九年（814）三月，鄭餘慶以節領興元軍，奏爲其軍參謀，試大理評事。郊聞命自洛西行，至閿鄉，暴疾卒。年六十四。〔註62〕

────────────

〔註62〕參考了兩《唐書》本傳，華忱之《孟郊年譜》，傅璇琮《唐才子傳校箋》，屈

　　李翱與孟郊的相識，乃韓愈的引見。貞元十二年（796），孟郊進士及第，暫時滯留長安，隨後自長安歸吳，道次和州晤張籍。貞元十三年（797），孟郊自南方至汴州，依行軍司馬陸長源，與韓愈相晤，推薦張籍。此時李翱四試禮部而不遇，回到汴州，從韓愈學文。就在此時，韓愈介紹郊、翱相識。是年十月，張籍自和州至汴，從韓愈學文，這是韓愈、孟郊、李翱、張籍四人的一次聚會，是他們研習古文的一個重要時期。

　　在汴州，孟郊一直未得重用，貞元十四年秋，打算離開此地另尋出路。有詩《與韓愈、李翱、張籍話別》：「朱弦奏離別，華燈少光輝。物色豈知異，人心顧將違。客程殊未已，歲華忽然微。秋桐故葉下，寒露新雁飛。遠遊起重恨，送人念先歸。夜集類饑鳥，晨光失相依。馬迹繞川水，雁書還閨闈。常恐親朋阻，獨行知慮非。」其中惜別留戀之意，由此引起歲華流逝的感傷十分明顯。就在此年，李翱作《薦所知於徐州張僕射書》，主要就是推薦孟郊：「茲有平昌孟郊，貞士也，伏聞執事舊知之。郊為五言詩，自前漢李都尉、蘇屬國，及建安諸子、南朝二謝，郊能兼其體而有之。李觀薦郊於梁肅補闕書曰：『郊之五言，其有高處，在古無上；其有平處，下顧二謝。』韓愈送郊詩曰：『作詩三百首，杳默《咸池》音。』彼二子皆知言者，豈欺天下之人哉？郊窮餓不得安養其親，周天下無所遇，作詩曰：『食薺腸亦苦，強歌聲無歡。出門即有閡〔註63〕，誰謂天地寬。』其窮也甚矣！……郊將為他人之所得而大有立於世，與其短命而死，皆不可知也。二者卒然有一於郊之身，他日為執事惜之，不可既矣。」推重孟郊才能、品行並與其窮苦之狀作反襯，從而殷殷切切勸張建封辟用，實乃急孟郊之急，憂孟郊之憂，猶在己身。李翱雖不善詩，但是他並不排斥，而是對有此才華者倍加推賞，力加引薦，雖然可能是受韓愈推崇孟郊之影響，但也出於他自己真誠地理解，所以推薦信如此懇切。孟郊之詩憑空盤硬語，出之以瘦勁，李翱頗能欣賞，可以看出他文學主張方面的通達。

　　貞元十五年（799）早春，孟郊去汴南歸，韓愈、李翱祖餞之，韓愈有詩《醉留東野》，李翱可能沒有送別之作，即使有也散逸了。韓、孟、李三人曾作《遠遊聯句》，見下文與韓愈交遊節所論，此處從略。

　　　　守元、常思春《韓愈全集校注》《貞曜先生墓誌銘》篇注，羅聯添《韓愈家庭環境及其交遊》中「孟郊」一節。

〔註63〕「出門即有閡」，《孟東野詩集》作「出門即有礙」，大概是李翱記憶有誤。

　　二月，汴州節度使董晉卒，隨即汴州軍亂，行軍司馬陸長源遇害，韓愈從董晉喪後依徐州張建封，李翱可能在孟郊走後不久即離開汴州南遊。孟郊有詩《汴州離亂後憶韓愈、李翱》：「會合一時哭，別離三斷腸。殘花不待風，春盡各飛揚。歡去收不得，悲來難自防。孤門清館夜，獨臥明月床。忠直血白刃，道路聲蒼黃。食恩三千士，一旦爲豺狼。海島士皆直，夷門士非良。人心既不類，天道亦反常。自殺與彼殺，未知何者臧。」全詩前半乃抒寫離別孤淒之感，又逢時亂，更是悽惶，後半段寫汴州之亂。因孟郊曾在陸長源門下兩年之久，此次陸之遇害，讓孟郊百感交集，因有此作。李翱南遊至蘇州遇孟郊。六月，兩人同遊越州，拜禹廟，觀濤江。此間兩人交往甚洽，只是不見文章往還。此後作別。

　　十六年（800），孟郊歸洛陽應銓選，調溧陽尉。次年以不洽官事，調溧陽假尉。貞元二十年（804），孟郊辭溧陽假尉，奉母歸湖州。元和元年（806），孟郊客遊長安，久而無成，有離去之意。此年七月後李翱爲國子博士、史館修撰分司東都，日與遊，薦於故相鄭餘慶。這段時間兩人相處甚歡。時鄭餘慶爲河南水陸轉運使，辟郊爲水陸轉運判官。元和四年，李翱離開東都，孟郊丁母憂，李翱至洛東弔之，作別。隨後兩人再也沒有相遇。

　　李翱與孟郊相隔二十三歲，兩人在詩歌上又無從角力，現存文集不見有交往。李翱對孟郊的瞭解、尊重、推崇，很大程度上可能來自韓愈，再者，兩人同遊共處很融洽。李翱只要有機會就盡力推薦孟郊，可見他對孟郊的認可和推重。

五、梁肅

　　梁肅，字敬之，一字寬中〔註 64〕，安定人〔註 65〕。建中元年（780），二

〔註64〕崔元翰《右補闕翰林學士梁公墓誌》（《文苑英華》卷九百四十四）明白指出梁肅字「寬中」，而《五百家注柳先生集》卷十二《先君石表陰先友記》、《新唐書・文藝傳（中）》均謂「字敬之，一字寬中」，《直齋書錄解題》之《梁補闕集二十卷》只謂其「敬之」，「敬之」、「寬中」可能均爲梁肅的「字」，《唐詩紀事》謂梁肅字「欽之」，按「欽」與「敬」同義，大概也是梁肅的「字」，只是不常爲人所用。

〔註65〕李翱，崔元翰，《五百家注柳先生集》，《直齋書錄解題》均謂梁肅乃安定人，《新唐書・文藝傳》只說「世居陸渾」。據《全唐文》梁肅《過舊園賦》注：「高祖父趙王府記室宜春公泊曾王父侍御史府君已降，三世居陸渾。有田不過百畝，開元中爲大水所壞，始徙於函關。」《新唐書》所謂「世居陸渾」乃指宜春公至曾祖三世居陸渾。此後，已遷至函關。而《過舊園賦》序曰：「上

十八歲，中文辭清麗科，擢太子校書郎。蕭復薦其材，授右拾遺修史，以母贏老不赴。淮南節度使吏部尚書京兆杜公表為殿中侍御史內供奉，管書記之任。貞元五年（789），以監察御史徵還臺。遂轉右補闕，翰林學士，皇太子諸王侍讀。貞元九年（793）冬十一月卒，年四十一。

梁肅天寶十三年（753）年生，比李翱長二十一歲。李翱見梁肅乃在貞元九年，時李翱二十歲。李翱《感知己賦（並序）》：「貞元九年，翱始就州府之貢舉人事，其九月，執文章一通謁於右補闕安定梁君。」可惜兩人交往時間不長，只有短短兩個月，即九月至十一月十六日梁肅卒。但是梁肅作為當時文壇老將，及其政治上的地位，其對李翱之賞識當起重要作用。而梁肅一見李翱即「謂翱得古人之遺風，期翱之名不朽於無窮，許翱以拂拭吹噓。」可見梁肅對李翱之看重。事後「翱漸遊於朋友公卿間，往往皆曰：『吾久籍子姓名於補闕梁君也。』翱乃知非面相進也。」可見梁肅對李翱之期許實非虛言，而是真誠推舉，李翱稱之為知己，也是發自內心。由對梁肅知遇之恩的感激而更加親近或信奉梁肅的文論觀點，這是很有可能的。如梁肅《補闕李君（李翰）前集序》：「文之作，上所以發揚道德，正性命之紀；次所以財成典禮，厚人倫之義；又其次所以昭顯義類，立天下之中。……故文本於道。失道則博之以氣，氣不足則飾之以辭。蓋道能兼氣，氣能兼辭。辭不當則文斯敗矣。」這種「文本於道」，「道能兼氣，氣能兼辭。辭不當則文斯敗」的文論觀與李翱為文重道的思想是很一致的。當然這是當時大多數古文運動家的觀點，不見得只是梁肅對李翱影響，但是梁肅一見李翱稱其得「古人之遺風」，可見兩人有相契點，由此李翱直接受其影響也是很自然的。

崔元翰謂梁肅：「在羈旅之中，當離亂之際，貞固而未嘗忘於道，廉讓而未嘗虧於義。」這裡的「道」與「義」也是李翱常常提及的。又云：「其陞於朝，無激訐以直己，無透迤以曲從，不爭逐以務進，不比周以為黨。退則澹然而居於一室，傲遺乎萬物，貫極乎六籍，旁羅乎百氏，考太史公之實錄，又考老莊道家之言，皆睹其奧而觀其妙。立德玩詞以為文，其所論載諷詠，發於《春秋》，協於《謨》、《訓》、《大雅》之疏，達而信，《頌》之寬靜形焉。博約而深厚，優遊而廣大，具《三百》之遺。」梁肅之閒淡平靜的性格和不

嗣位歲應詔詣京師，其年夏除東官校書郎。遂請告歸，觀於江南。八月過崤、澠，次於新安東南十數里，舊居在焉。」因此梁肅里居即在新安郡，安定屬新安郡，為其家具體住址，所說「安定人」乃指里居而言。

爭之生活態度與李翱「知足自居」〔註66〕的生活態度也是很一致的。梁肅作
《止觀統例》，後代學者在分析李翱思想淵源時，認爲李翱之《復性書》受佛
學影響，也當受梁肅此文或者思想之影響。不管是否影響，不可否認的是李
翱一定讀過《止觀統例》。《直齋書錄解題》卷十六曾發出疑問：「崔恭爲之（《梁
補闕集》二十卷）序，首稱其從釋氏，爲天台大師元浩之弟子。今案《獨孤
及集後序》，稱門下生，頗述師承之意。韓愈亦言其佐助陸相貢士，所與及第
者皆赫然有聞。然則梁固名儒善士也，而獨以爲師從釋氏者，何哉？」似乎
認爲梁肅即佛即儒有矛盾。大概梁肅的思想本身就是複雜的，或者說是儒家
的底色而融進他家學說，這應該不算不好理解的事。只是李翱的思想，多是
儒家的根底，同時也不免有同時代人或者同時代具有影響力之思想的影響，
比如釋氏。梁肅曾與之相交，乃爲最直接的影響者，這也是很可能的。並且
正因爲吸收他家思想，使李翱的儒家思想有了新的營養，這倒是值得提倡的。

六、楊於陵

　　楊於陵，字達夫，弘農人。天寶十二年（753）生。年十八舉進士及第
〔註67〕。貞元八年（792），始入朝爲膳部員外郎。大約貞元十四年（798）
前後〔註68〕，歷考功、吏部三員外，判南曹。隨後遷右司郎中，復轉吏部
郎中，改京兆少尹。其後時在京師，時出外任。元和二年四月〔註69〕，入
拜戶部侍郎。元和三年（808）四月，以考策升直言極諫牛僧孺等，爲執政
所怒，以戶部侍郎出爲廣州刺史嶺南節度使。五年（810），入爲吏部侍郎。
十二年（817），詔拜原王傅。數日復遷戶部侍郎，知吏部選事。元和十四
年（819），淄青平，兼御史大夫，充淄青十二州宣慰使。此後在京師，政
治生活平穩。大和元年（827）四月，以太子少傅守左僕射〔註70〕致仕。太

〔註66〕　李翱《與淮南節度使書》
〔註67〕　《新唐書》本傳、李翱《楊公墓誌銘》均爲「年十八」進士及第。《登科記考》
　　　　　載楊於陵爲大曆六年進士，時年十九歲，依據爲《舊唐書・楊嗣復傳》，《南
　　　　　部新書》。此處從李翱之說，因爲《舊唐書》作於李翱《楊公墓誌銘》之後。
〔註68〕　岑仲勉《郎官石柱題名新考》第31頁，《唐會要》卷二十。
〔註69〕　郁賢皓《唐刺史考全編》第2007～2008頁。
〔註70〕　《舊唐書》本傳爲：「寶曆二年，授檢校右僕射、兼太子太傅。旋以左僕射致
　　　　　仕」。李翱《楊公墓誌銘》：「遷授檢校左僕射兼太子少傅」、「詔遷左僕射致仕」。
　　　　　《舊唐書・文宗紀》云：「以前東都留守楊於陵爲太子少傅」、「以太子少傅楊
　　　　　於陵守右僕射致仕」、「左僕射致仕楊於陵讓全給奉料」、「左僕射致仕楊於陵
　　　　　卒」。《新唐書》本傳參校《舊唐書》本紀、本傳，大量引用李翱《楊公墓誌銘》，

和四年（830）十二月〔註71〕卒，年七十八。

　　李翱和楊於陵交往大約於貞元十二年前後，時李翱在長安應進士試，楊於陵大約任吏部員外郎等職。貞元十二年，李翱《謝楊郎中書》：「前者以所著文章獻於閣下，累獲咨嗟，勤勤不忘。……翱自屬文，求舉有司，不獲者三，栖遑往來，困苦饑寒，踣而未能奮飛者，誠有說也。……古君子於人之善，懼不能知；既知之，恥不能譽之；能譽之，恥不能成之。若翱者，窮賤樸訥無所取，然既爲閣下之所知，敢不以古君子之道有望於閣下哉？」文中「楊郎中」即楊於陵。從文意看，楊於陵看過李翱敬獻的文章並有所讚賞，所以李翱三次落選後再次向楊於陵請薦，充滿急切渴盼之意。貞元十四年李翱終於進士及第，可能有楊於陵的作用。李翱《祭楊僕射文》：「貞元中歲，公既爲郎，始獲趨門，仰公之光，遂假薦言，幽蟄用彰。」可能就是說的此事。

　　此後楊於陵儘管仕途有起有伏，但一直都在長安，直至貞元二十一年出爲華州刺史（屬京畿道）。隨後爲越州刺史（屬江南東道），直至元和二年四月入拜戶部侍郎。李翱自貞元十四年進士及第後在外遊歷，求任州郡，直至貞元末爲京兆府司錄參軍。元和元年任國子博士、史館修撰，分司東都，直至元和三年。因此，貞元十四年至元和初，二人大約近十年沒有相見機會。

　　元和三年，御宣政殿試制科舉人，皇甫湜與牛僧孺、李宗閔並登賢良方正科第三等，策語太切，權倖惡之。時楊於陵、王涯、韋貫之爲考官，四月，貶翰林學士王涯虢州司馬，以戶部侍郎楊於陵爲廣州刺史嶺南節度使。此時李翱任國子博士不久，在洛陽。十月，楊於陵即邀李翱前往嶺南任節度掌書記。李翱於元和四年正月自洛陽出發，本年六月至廣州與楊於陵會合。按照李翱當時的情況，是不宜遠行的，一是妻子懷孕，在旅途中，即產下一子；二是李翱奔波多年剛回東都任職。但是李翱接到楊於陵之命即南奔，很有可能就是報答楊於陵的知遇之恩。〔註72〕

　　　認爲「尚書左僕射致仕」。按，《舊唐書‧文宗紀》、《舊唐書》本傳中關於「左僕射」、「右僕射」的記載明顯矛盾，可能是筆誤。李翱《楊公墓誌銘》當是諸書中離楊於陵去世最近的記載，當更可信，從之。因此，《舊唐書》本傳「授檢校右僕射、兼太子太傅」當改爲「授檢校左僕射、兼太子少傅」，《舊唐書‧文宗紀》中「以太子少傅楊於陵守右僕射致仕」的「右僕射」改爲「左僕射」。
〔註71〕《舊唐書》本傳爲「十月卒」，《舊唐書‧穆宗紀》及李翱《楊公墓誌銘》均爲「十二月卒」，由此改之。
〔註72〕見卞孝萱等著《李翱評傳》，再如祭文：「遂假薦言，幽蟄用彰。德惠之厚，歿身敢忘。」

　　就在元和四年，李翱作《與本使楊尙書請停修寺觀錢狀》。此時楊於陵打算積錢修石門大雪寺佛殿，李翱暢論佛氏之害，勸其停修。「翱性本愚，聞道晚，竊不諭閣下以爲斂錢造寺必是耶？翱雖貧，願竭家財以助閣下成。如以爲未必是耶？閣下官尊望重，凡所擧措，宜與後生爲法式，安可擧一事而不中聖賢之道，以爲無害於理耶？……拳拳下情，深所未曉，伏惟憫其拙淺，不惜教誨。若閣下所爲竟是，翱亦安敢守初心以從而不爲也？若其所言有合於道，伏望不重改成之事而輕爲後生之所議論。」文章語氣全是商榷之口吻，也全是體諒之口吻，曉之以理，時時處處站在楊於陵的角度考慮，理中有情。也許楊於陵執著己意，李翱又作《再請停率修寺觀錢狀》：「閣下去年考制策，其論釋氏之害於人者，尙列爲高等，冀感悟聖明，豈不欲發明化源，抑絕小道？何至事皆在己而所守遂殊？知之不難，行乃爲貴，況使司稅額悉以正名，幸當職司，敢不備擧。伏見朝廷故事，一人所見或不足以定是非者，即下都省眾議，則物情獲申，眾務皆理。倘翱見解凡淺，或未允從，院中群公皆是材彥，伏乞令使院詳議，惟當是從，理屈則伏，不敢徇己，實下情所望。」此次仍然歷數佛氏之害，然後指實到楊於陵本人之行爲乃自相矛盾。大概是楊於陵之堅持讓李翱感到爲難，但李翱闢佛的觀點不可改變，所以此次勸說比前篇嚴肅多了，態度也堅決多了，私人化的感情減少，直請楊於陵議之公庭。前篇陳說道理，語氣委婉，此篇則直說事理，有惟理是從的意味，但其中李翱對楊於陵的友情是顯而易見的。況且，楊於陵在嶺南的所作所爲，大多是李翱讚賞的。《楊公墓誌銘》：「其在廣州，以韋詞爲節度判官，任之以政，改易侵人之事凡一十有七，嶺外之人至茲傳道之。」其爲民之擧有「撤去蒲葵，陶瓦覆屋，遂無火災，民賴以安。」爲官清廉，即使許遂振挑尋是非也不可得，實因楊於陵行事坦蕩磊落。這些都是李翱傾心楊於陵的地方，所以即使是勸諫也柔和有度。況且楊於陵與李翱在這段時間總體上是融洽的。《祭楊僕射文》：「公以直道，於南出藩，謬管記室，日陪討論。舊政多粃，如絲之棼，與賢共謀，穢滌榛燔。」楊於陵確確實實與李翱韋詞商量政事，爲政於民，使李翱感到倍受重用之快，也符合李翱爲政之意。

　　元和五年，楊於陵入拜吏部侍郎。李翱此後輾轉於地方州縣任職，除了元和十三年入京再次爲國子博士、史館修撰外。李翱文宗大和元年始回京，大和三年坐柏耆事遭貶，四年出爲鄭州刺史。而楊於陵元和十四年兼御史大夫，充淄青十二州宣慰使，長慶二年，充東都留守，兼兵部尙書御史大夫，

充畿汝都防禦使。綜觀這段時間，與楊於陵有見面機會最可能是大和元年至三年這段時間，時楊於陵致仕正有閒暇，李翱也在京城。但是大和四年楊於陵卒，李翱正出為鄭州刺史，不得赴喪，也許沒有立即得到消息，明年，即大和五年，李翱寫下《楊公墓誌銘》，以期傳楊公之名於不朽。同時作《祭楊僕射文》，寄託哀思。

補：據《唐詩紀事》卷三十五，李翱歸妹於楊嗣復。楊嗣復乃楊於陵之子，楊於陵長李翱二十一歲，相當於李翱父輩，李翱將自己妹妹嫁給楊於陵之子，是很有可能的。可見兩人關係之交好。

七、裴度

裴度，字中立，河東聞喜人（今山西聞喜縣）。貞元五年（789）進士擢第，登宏詞科。元和五年八月，以起居舍人遷司封員外郎知制誥。此後漸入中央權力中心，曾宣慰魏州、蔡州。十年（815）六月，詔為門下侍郎同中書門下平章事。十二年（817）八月赴淮西招討宣慰。淮蔡平。十三年（818）二月，復知政事，至元和末。此後在穆宗、敬宗、文宗年間，仍然受到重用，參知政事。開成四年（839）三月卒，年七十五。〔註73〕

裴度生於永泰元年（765），長李翱九歲，是李翱從表兄〔註74〕。至於具體親緣，已不可考。元和五年（810）以前，裴度歷任河陰縣尉、監察御史、河南府功曹、起居舍人。官品皆低，起居舍人也只是從六品上階。因此裴度四十六歲前仍然在中央朝廷權力機構的周邊。自貞元十四年至元和初，李翱在滑州或河南附近任職，二人政務不多，從他們任職的地域看，即使任職不在同一處，兩人任職地方相距不算遠，有可能見面。但是已無詳細資料可考兩人交往的具體情形，只是大約於貞元十七年（801）春，裴度曾作《寄李翱書》。

此書大致談文論藝，是裴度讀了李翱通過唐衢轉達給他的《與弟正辭書》等文章而發。從語氣看，裴度於政治似無所希望，有些消沉，「昨弟來字〔註75〕，欲度及時干進。度昔歲取名，不敢自高，今孤煢若此，遊宦謂何，是不復能從故人之所勗耳。但實力田園，苟過朝夕而已。然待春氣微和，農事未動，或當〔註76〕策蹇謁賢大夫，兼與弟道舊。未爾間猶希尺牘。珍重！珍重！力書無

〔註73〕參考《舊唐書》本傳、本紀，《新唐書》本傳，《唐登科記考》。
〔註74〕裴度《寄李翱書》：「從表兄裴度奉簡。」
〔註75〕據《全唐文》增「字」字。
〔註76〕據《全唐文》增「當」字。

餘，從表兄裴度奉簡。」（《唐文粹》卷八十四，以《全唐文》校。下面引文同）大概李翱勸裴度及時干進，裴度卻十分消極。除此之外，均論爲文之道。李翱《與從弟正辭書》論文：「汝勿信人號文章爲一藝。夫所謂一藝者，乃時世所好之文，或有盛名於近代者是也。其能到古人者，則仁義之辭也，惡得以一藝而名之哉？……夫性於仁義者，未見其無文也；有文而能到者，吾未見其不力於仁義也。由仁義而後文者，性也；由文而後仁義者，習也。猶誠、明之必相依爾。……仁義與文章，生乎內者也，吾知其有也，吾能求而充之者也，吾何懼而不爲哉？」李翱將文章與「仁義」緊密結合，具有濃厚的「道學」氣息。裴度贊成李翱《與弟正辭書》中所說「文非一藝」的觀點，也贊成李翱「敏於學而至於文，就六經而正焉」，強調「學」與「六經」對文之重要。此後裴度繼續陳述，從三皇五代直至董仲舒、劉向，遍述其文之特點。總結：「皆不詭其詞而詞自麗，不異其理而理自新。」稱讚先哲之文「至易也，至直也。雖大彌天地，細入無間，而奇言怪語未之或有。」然後提出自己的觀點：「且文者，聖人假之以達其心，達則已，理窮則已，非故高之、下之、詳之、略之也。……文之異在氣格之高下，思致之深淺，不在碟裂章句，隳廢聲韻也。」總之，裴度不贊成只在語言上求奇逞怪，只要「辭達而已」，似頗同聖人之觀點。由此批評韓愈：「昌黎韓愈，僕識之舊矣，中心愛之，不覺驚賞，然其人信美材也。近或聞諸儕類云：『恃其絕足，往往奔放，不以文立制，而以文爲戲。』可矣乎！可矣乎！今之作者不及則已，及之者當大爲防焉爾。」看來裴度極其反感韓愈語言運用上的「務去陳言」以及極盡變化之態。李翱爲文平實，但是裴度仍然認爲李翱以雄詞遠致力矯時弊之對偶、聲律、辭藻的做法是「以文字爲意」，相比李翱《與朱載言書》中不反對語言上的求新，講求「創意造言」的觀點，裴度似乎太局限了，忽視了文學作品本身需要追求的美感。但是，李翱的平實文風，不出乎聖人之意的文論觀，與裴度是有共通之處的。

此後不見兩人有文字交往。大約作於元和八年或九年《薦士於中書舍人書》，是李翱向裴度推薦韋詞、石洪、路隨、獨孤朗。裴度自元和七年十一月至九年十一月任中書舍人，李翱從嶺南歸來，元和九年九月前仍在浙東幕府，大概李翱此文即作於此段時間。書中云：「翱以爲宰物之心，患時無賢能可以推引，未聞其以資敘流言而蔽之也。天下至大，非一材之所能支；任重道遠，非徇讒狠之心所能將，明也。嗟夫！翱之說未必果信於兄，兄之言亦未盡行

於時，雖殷勤發明，何有成益，但知而不告，則負於中心耳。」李翱汲汲於引薦人才，可謂是知無不言，言無不盡，這大概是李翱在生活中實現自己的儒家理想的表現。

元和十年，裴度任相，直至長慶初，雖中間有暫時罷免，但都很快復職知政事。元和十二年，李翱從河南府司錄參軍罷職，雖有盧坦招辟，但李翱未到任所而盧坦卒，此後李翱歸家臥病飲貧，可能此時裴度極力推薦〔註77〕，李翱終於元和十三年入京為國子博士。就在此年，李翱作《勸裴相不自出征書》：「三兩日來，皆傳閣下以淄青未平，又請東討。雖非指的，或慮未實，萬一有之，只可先事而言，豈得後而有悔？……是宜以功成身退，養德善守為意，奈何如始進之士，汲汲於功名，復欲出征，以速平寇賊之為事耶？自秦漢以來，亦未嘗有立大功而不知止能保其終者。……顧宰相銜命，領三數書生，指麾來臨，坐而享其功名耶？奪人之功，不可，一也；功高不賞，不可，二也；兵者，危道，萬一旬月不即如志，是坐棄前勞，不可，三也；凡三事昭灼易見，豈或事在於己而云未熟邪？」李翱之勸，不可謂不直。而開篇之言，又可見李翱對裴度之關切。通篇大意乃李翱勸裴度「功成身退，養德善守」，這也是李翱自己的一貫作風。雖然他久沉下僚，但他並不以此為憾，而是汲汲進薦賢才，對己則「知足自居」，並以此推之他人。

元和十四年，李翱作《論事與宰相書》，更是直言率語。開篇即直指時弊，並落實到裴度身上：「凡居上位之人，皆勇於進而懦於退。但見己道之行，不見己道之塞，日度一日，以至於黜退奄至，而終不能先自為謀者，前後皆是也。閣下居位三年矣，其所合於人情者不少，其所乖於物議者亦已多矣。」然後又論及裴度對自身的容忍自恕，批評之意顯然可見。最終之意乃是裴度沒有做到引薦、保護賢才的作用，所以勸他引責自退。這種勸諫，可能只有李翱這樣的人才會有。但是李翱並不是虛言套語，他是切切實實推行或者自己本身就在實行這一切。在他看來，如果知道危害而不說，那是最大的罪過。所以會真誠說出「承閣下厚知，受獎擢者不少，能受閣下德而獻盡言者未必多。人幸蒙以國士見目，十五年餘矣，但欲自竭其分耳。」所有直言，都是李翱的「自竭其分」而已。李翱並不是針對裴度一人，對韓愈的諫言或者批

〔註77〕此處採納何智慧《李翱年譜稿》說法：元和十二年冬，裴度為相，有置官之權，此年韓愈為刑部侍郎，李遜為京兆尹。裴度、韓愈皆賞識李翱，李遜曾辟李翱為從事於浙東，是李翱稱之為「從叔」者。在李翱臥病飲貧之際，三人當不會坐視不顧。

評也是十分直率的，下文詳論，因此他的直言無諱，實乃性格、思想所致。而韓愈、裴度皆李翱親近之人，如此批評，又可見李翱對他們確實有「望之重」之意。韓愈、裴度對此的反應，也許對李翱並無影響，他只是盡責而言，所以說「聽與怪，在閣下裁之而已。」韓、裴二人若有不快，但既知李翱稟性如此，也許就任他去說。但正是在這種直言之中，李翱履行了爲政的職責，同時也是他對朋友、親友的一份眞誠的關心和厚望。

八、李觀

　　李觀，字元賓〔註78〕，隴西人。年二十四舉進士，貞元八年（792）登上第，時年二十六。連中博學宏辭科，授太子校書郎。貞元十一年（795）卒，年二十九。由此上推二十九年，觀出生於大曆二年（767）。〔註79〕

　　李觀長李翱七歲〔註80〕。李翱貞元九年始入京應舉，至十四年及第，其

〔註78〕按：《新唐書・文藝傳》、《唐詩紀事》三十三卷謂「字元賓」，據韓愈《李元賓墓銘》，「元賓」爲是。《韓愈全集校注》已辨李觀非李華從子，甚確，從之，《新唐書・文藝傳》誤。

〔註79〕參見韓愈《李元賓墓銘》、《李元賓文集序》、《唐詩紀事》、《新唐書・文藝傳》、《郡齋讀書志》、《直齋書錄解題》、《登科記考》。

〔註80〕按：《韓愈全集校注》從方崧卿考，認爲韓愈《李元賓墓銘》作於貞元十年，所以李元賓卒於貞元十年（794），生於永泰二年（766）。此論不確。方之推理爲：觀貞元八年（792）登第，逾年舉博學宏詞，又一年死，乃貞元十年。方氏推理的關鍵在於，貞元八年，觀二十七歲，其依據即爲韓愈墓銘：「二十四舉進士，三年登上第」，由二十四後推三年，登上第當然是二十七歲，但是方氏的錯誤在於沒有算上舉進士的當年，把「三年」理解爲「三年後」，而愈文的意思應當是自李觀應禮部進士試始，三年乃及第，那麼二十四歲那年的應試理應包括在內，所以貞元八年，觀乃二十六歲。再者，韓愈《瘞硯銘》：「凡與之試藝春宮，實二年登上第。」又李觀《報弟兌書》：「（貞元）六年春，我不利小宗伯，以初誓心不徒還，乃於京師窮居，讀書著文，無關日時。是年冬，復不利見小宗伯。……乃以其明年司分之月，乘罷驢出長安。」「小宗伯」，官名，周禮春官之屬，爲大宗伯的副職，又稱少宗伯。隋唐稱禮部尚書爲大宗伯，禮部侍郎爲小宗伯，掌天下禮儀祭饗貢舉之事。李觀云「不利小宗伯」，乃此年應禮部試不第。據韓文「試藝春宮，實二年登上第」，李觀當與韓愈貞元七年冬再應禮部試，貞元八年放榜乃登第。唐朝進士試多在春初進行，春二、三月放榜，但偶然也又在先年冬天舉行，來年春正月放榜的。韓愈貞元七年應試即是如此，其應試在貞元七年末而放榜在貞元八年初春（見卞孝萱等著《韓愈評傳》注）。李觀與韓愈同在八年登進士第，即當在七年冬一起應試。所以李觀實際應兩次禮部試，即稱「實二年登上第」。如韓愈《上宰相書》：「四舉於禮部乃一得，三選於吏部卒無成。」文中所說的「四」、「三」都是指應舉次數。唐朝每年禮部、吏部試只一次，所以應舉次數乃應舉年數。

每年皆應制舉，即每年春都在長安，當於其間與李觀有見面之機會。但是他們沒有往來。貞元十四年，李翱《薦所知於徐州張僕射書》曰：「隴西李觀，奇士也，伏聞執事知其賢，將用之，未及而觀病死；……觀、愈皆豪傑之士也，如此人不時出。」可見其對李觀之推崇。這種推崇裏，可能有韓愈的介紹、推賞。〔註81〕又貞元十七年《與陸傪書》：「與李觀平生不得相往來，及其死也，則見其文。嘗謂使李觀若永年，則不遠於揚子雲矣。書己之文次，忽然若觀之文亦見知於君也。故書《苦雨賦》綴於前，當下筆時，復得詠其文，則觀也雖不永年，亦不甚遠於揚子雲矣。」在李觀死後六年，李翱仍然孜孜於李觀之文，並且將其與揚雄並，可見其對李觀的喜好與推崇。就《苦雨賦》而言，通篇之意在於強調上有聖德則災異不會發生，以堯舜禹湯為例正反申發，苦雨只是篇中點出，呼應了一下題目，李翱如此推崇，大概在於此文闡述了「道」。李觀之文，陸希聲於其（李觀）文集序曰：「元賓尚於辭，故辭勝其理；退之尚於質，故理勝其辭。退之雖窮老不休，終不能為元賓之辭；假使元賓後退之之死，亦不能及退之之質。此所以不能相高也。」又曰：「退之乃大革流弊，落落有老成之風。而元賓則不古不今，卓然自作一體，激揚發越，若絲竹中有金石聲，每篇得意處如健馬在御，蹀躞不能止。其所長如此，得不謂之雄文哉？」可見李觀為文尚辭，「不古不今」，「自作一體」，也是自有風格的。李翱研習李觀之文，由此可能受其影響。李翱為文注重文辭，固然有韓愈「務去陳言」的影響，同時也與他關注前人或者同輩人的作

說李觀「實二年登上第」，「二年」即應舉年數。再次，觀文「我不利小宗伯，以初誓心不徒還」，意謂應試前曾發誓不中舉不還鄉，也可見李觀貞元六年始應進士第，時年二十四，所以李觀貞元八年二十六歲，二十九歲卒，當貞元十一年。此推論與墓銘：「既斂之三日，有人博陵崔弘禮葬之於國東門之外七里，鄉曰慶義，原曰嵩原。友人韓愈書石以誌之」及「十一年十二月建立」相合，即元賓卒年韓愈乃作此誌。方氏認為，韓愈墓銘乃十年作，「十一年十二月建立」指立碑日期。其實沒必要如此轉折，韓愈「書石以誌之」，應為銘文與立碑當同年。貞元十一年（795）卒，年二十九。由此上推二十九年，觀出生於大曆二年（767）。

〔註81〕 韓愈《李元賓墓銘》，語短情長，可見韓愈、李觀二人的情誼。對此篇墓誌，茅坤評：「誌特謹書官爵及死葬月日，而行誼則蘊藉銘中。」王文濡《評校音注古文辭類纂》卷四十三引方苞云：「荊州疑此文太略，非也。元賓卒年二十九，其德未成，業未著，而信其死不朽。」又云：「『才高乎當世，而行出乎古人』，則所以推大元賓者至矣。曰：『竟何為哉！竟何為哉！』則痛惜其才行者至矣。若毛舉數事，則淺之乎，視元賓而推大痛惜之義，轉不得而見矣。故公嘗以其詩配李、杜，而茲篇亦不之及也。」

品有關。李觀算不上創作大家，但是可以使李翱在學文過程中以資參鑒，由此擴大欣賞範圍，形成通達的文學觀點。

九、韓愈

韓愈，字退之，舊望潁川，新望陳留，本貫河陽。大曆三年（768）生。貞元八年（792）進士及第。後三試博學宏詞科而無成，貞元十一年（795）東歸。一生三貶三起：貞元十九（803）年轉監察御史，是年十二月，貶連州陽山令。元和五年（810），由國子博士改河南令。十四年（819），因諫迎佛骨貶潮州刺史。後官至吏部侍郎。長慶四年（824）十二月卒，年五十七。〔註82〕

李翱與韓愈初次相遇在貞元十二年。李翱《祭吏部韓侍郎文》：「貞元十二，兄在汴州，我遊自徐，始得兄交。視我無能，待予以友，講文析道，為益之厚，二十九年，不知其久。」時李翱三試禮部而不中，欲從長安回陳留，遇汴州軍亂，避往徐州，依張建封。七月亂平，自徐州返回汴州，韓愈正從董晉在汴州，兩人得以相見。時李翱二十三歲，韓愈二十九歲。從此兩人開始長達二十九年（貞元十二年至長慶四年，正好二十九年）的交往。這次見面可能是一見如故，談文析道，相得甚歡。

貞元十三年，李翱再次進京應進士試，再次落第，回汴州，從韓愈學文，頗有所得。只是不見詩文往還。貞元十四年，李翱進士及第，此後並未授官，李翱又回到汴州，繼續與韓愈交往。仍不見詩文往還。但此年李翱作《薦所知於徐州張僕射書》，力薦孟郊、韓愈，兼及李觀、張籍、李景儉等。其薦韓愈曰：「昌黎韓愈，得古文遺風，明於理亂根本之所由。伏聞執事又知其賢，將用之，未及而愈為宣武軍節度使之所用。」對韓愈的評價十分中肯，希望張能用韓之心十分明顯，可見兩人瞭解之深，及交誼之厚。況且李翱此時並不是什麼高官顯貴，只是憑著往年與張的情意而力薦諸人，更見李翱為人之真。這大概是貞元十五年秋，韓愈終依張建封的原因之一。

貞元十五年正月，李翱離開汴州南遊，十六年北返，自泗州至徐州，五月，娶韓愈兄弇之女。韓愈從父兄弇之遺孀韋氏於貞元十二年即攜孤女投奔韓愈，韓愈將此孤女許配給李翱，可見對李翱之信任。十六年五月，張建封病篤請代，蘇州刺史韋夏卿未至而建封薨，隨即徐州亂。韓愈攜全家與李翱

〔註82〕參見兩《唐書》本傳，兩《唐書》本紀，屈守元、常思春《韓愈全集校注》，李翱《韓公行狀》，傅璇琮《唐才子傳校箋》。

夫婦乘船至下邳（今江蘇邳縣南），再由下邳至洛陽。韓愈、李翱一行至陳留，李翱夫婦與翱妻母留下，與韓愈別。

貞元十五年初春，李翱、韓愈、孟郊曾作《遠遊聯句》〔註83〕，只是李翱只有一句：「取之詎灼灼，此去信悠悠」，其餘均為韓孟二人逞才之語。李翱也許自覺此一句跟二人才力實不相稱，所以退而作觀者。

貞元十五年，韓愈曾作《與李翱書》，有「使至，辱足下書，歡愧來並，不容於心。嗟呼，子之言意皆是也！」觀書之內容，當時韓愈在張建封幕府，並無賓主相得之歡，李翱可能作書與韓愈，勸其入京求用，韓愈便有此書作答，只是李翱之書今已不得見。韓書又云：「僕之家本窮空，重遇攻劫，衣服無所得，養生之具無所有，家累僅三十口，攜此將安所歸託乎？捨之入京不可也，挈之而行不可也，足下將安以為我謀哉？……僕在京城八九年，無所取資，日求於人以度時月，當時行之不覺也，今而思之，如痛定之人思當痛之時，不知何能自處也。」曾國藩曾評「日求於人」以下幾句「能達難白之情」〔註84〕，確為至論。韓愈書中毫不掩飾自己生活狀況的窘迫困頓，如果不是兩人相交之深，也難有如此推心置腹之語。書中三次說到李翱「愛我誠多」、「責我誠是」，固然有陳說己意時以退為進的用心，但是從整篇看來，李翱一定以自己的懇切直言在真心為韓愈作謀劃，正所謂「愛之誠」，「望之重」，所以韓愈也切切實實說出自己的苦衷以白之。貞元十六年三月末，韓愈《與孟東野書》云：「李習之娶吾亡兄之女，期在後月，朝夕當來此。」李翱娶韓愈從兄之女，按輩分，李翱是韓愈侄婿，但韓愈以字稱之，似以朋友之意相待，可能自相交以來，李翱的人品、學問有韓愈值得敬重的地方，就像《與李翱書》書所描畫的李翱，如一個諍友一樣規勸韓愈，並不以自己年少幾歲而不盡言，不敢直言。但是綜觀韓愈集中涉及李翱的地方，僅此一處以字稱之，其他地方均是直呼其名〔註85〕。在那些地方，韓愈大都是以韓門之師自居。所以這種稱呼不一乃因場合不同而發。

在此順便提及，韓愈、李翱兩人關係在亦師亦友、亦友亦親之間，但在

〔註83〕羅聯添《韓愈家庭環境及其交遊》，《國立編譯館館刊》第三卷，第二期。

〔註84〕曾國藩《求闕齋讀書錄》卷八《韓昌黎集》。

〔註85〕韓愈《此日足可惜贈張籍》、《送李翱》、《與馮宿論文書》、《與李翱書》、《題李生壁》、《送孟東野序》、《歐陽生哀辭》、《故貝州司法參軍李君墓誌銘》等文章中，對李翱都是直稱其名。

學問、文章上兩人都是十分自信的〔註86〕，所以他們相互間常以名稱之，由此後人總認爲他們之間有說不清的關係甚至認爲他們關係不融洽。在此稍作引證。《朱子語類》卷一百三十七：「韓文公似只重皇甫湜，以墓誌附之，李翱只令作行狀。……（義剛）又一條云：「退之卻喜皇甫湜，不甚喜李翱。」明白說明韓李關係不如韓與皇甫。劉克莊《後村集》卷十七（詩話上）：「李翱、張籍、皇甫湜皆韓門弟子，翱妻又會〔註87〕女也，故退之皆名呼之，如云『李翱觀濤江』，又云『籍、湜輩然』。翱祭退之文乃稱爲兄，師弟子姑未論，兄妻之諸父，可乎？」此即是責李翱直呼韓愈之名乃悖師門，違倫理。後來胡應麟也有此疑惑，《少室山房集》卷一百五《題李習之集》：「讀翱集，凡韓皆名之，祭韓文僅呼之爲兄，何耶？」似乎翱之師韓愈，定要以師稱之才正常。胡廣《性理大全書》卷五十二：「唐之韓愈固嘗欲以師道自居矣，其視李翱、張籍輩皆謂從吾遊，今翱、籍之文具在，考其言，未嘗以弟子自列。」此篇雖然主旨在於論爲師之不易，但也明白指示，李翱並不以韓門弟子自列。其中論引最詳爲宋代王楙《野客叢書》卷五：「唐史謂李翱、皇甫湜遊韓門，而劉貢父、石林、容齋亦皆謂韓門弟子。僕觀退之固嘗曰『李翱從僕學文，頗有所得』，明知其師退之也。然翱答退之書曰『如兄頗亦好賢』，『如兄得志』，祭退之文曰『兄作汴州，我還自徐，始得交遊，視我無能，待我以友』，又與陸傪書曰『我友韓愈』，薦所知於張徐州書曰『昌黎韓愈』。是待退之以同輩而不以師禮事之。翱又嘗言曰『行己莫若自貴，此聞之於師

〔註86〕韓愈之好爲人師，固然是對當時風氣的反撥，實際上也是對自己學問、文章的自信。對韓愈不再多論。這裡引證兩則李翱對自己才能十分自信的材料。《復性書》上篇：「性命之書雖存，學者莫能明，是故皆入於莊、列、老、釋，不知者謂夫子之徒不足以窮性命之道，信之者皆是也。有問於我，我以吾之所知而傳焉，遂書於書，以開誠明之源，而缺絕廢棄不揚之道，幾可以傳於時。命曰《復性書》，以理其心，以傳乎其人。於戲！夫子復生，不廢吾言矣。」儼然以孔孟傳人自居。文中還引陸傪曰：「子之言尼父之心也，東方如有聖人焉，不出乎此也；南方如有聖人焉，亦不出乎此也。惟子行之不息而已矣。」儘管是陸傪對李翱的評價，但是李翱大概是以爲然的，所以視陸傪爲知己。在思想探討上，李翱確有實力，從他與韓愈作《論語筆解》，韓愈對李翱情不自禁發出的贊詞也可以見得。對自己的文章，李翱同樣自信。《答皇甫湜書》：「僕文采雖不足以希左丘明、司馬子長，足下視僕敍高愍女、楊烈婦，豈盡出班孟堅、蔡伯喈之下耶？」將自己與班固、蔡邕並列，不說他的《高愍女》、《楊烈婦》是否達到班固、蔡邕的水平，這樣的提法也可以看出李翱對自己文章的自信。

〔註87〕「會」當是「弇」之誤。

者也，迫之以利而審其邪正，此聞之於友者也』，又日『如師之於門人則名之，於朋友則字而不名，稱之於師，雖朋友亦名之』。翱言雖如此而稱愈如彼，是不以師待愈益明矣。而皇甫湜稱退之，動日先生，又有以驗翱、湜所以待退之之異也。」仍然是論證李翱以兄稱韓愈不如皇甫湜對韓愈尊敬。張達人先生《韓昌黎友誼不渝》〔註88〕中說：「《舊唐書》雖然將他（李翱）與韓愈合傳，他倆的關係卻一點也不曾提及。實則李氏是貞元十四年進士及第的，可能在十五年就進入徐州張建封的幕府，與韓氏同事。……他原是跟韓氏學習爲文之道的；……更是韓氏的侄婿。但是韓、李的關係，並非日遠日親，而是日親日疏。到了後來，李氏竟割斷他和韓氏的姻親的關係，不論在書信中，甚至在韓氏死後的祭文中，對韓氏均以兄稱呼。」此文中說李翱於貞元十五年與韓愈同在張建封幕府，暫不論此說缺乏考證，關鍵是此文認爲以兄稱韓愈便是不敬不親，比前引諸文更直白地導出了兩人關係不好的結論。綜上各篇觀之，有一共同觀點：即李翱是韓門弟子，但是李翱不以弟子自列，而以兄稱之，由此韓李關係並不好，至少不如韓愈與皇甫湜關係好，因爲皇甫湜敬韓愈，韓愈也信賴、喜歡皇甫湜。這種說法道出了一部分實情，就是李翱的自信、自負，不肯以弟子身份師事韓愈，而以友平等待之，這是學問追求上的自負，而在生活中，李翱、韓愈的關係不會是那麼不堪。這從後文分析可得知。

就在十五年夏秋間，韓愈《此日足可惜一首贈張籍》：「我友二三子，宦遊在西京；東野窺禹穴，李翱觀濤江；蕭條千萬里，會合安可逢？」雖然離別，但是韓愈仍然清楚瞭解朋友行程、近況，若非關心，何以留意？

前文說到貞元十六年徐州亂後，韓愈、李翱一行至陳留，李翱夫婦與翱妻母留下，與韓愈別。此後，韓愈在長安爲國子四門博士，後轉監察御史，貶陽山令，然後因大赦改江陵法曹參軍，至元和元年六月自江陵法曹詔拜國子博士，元和二年，以權知國子博士分司東都。而李翱在貞元十六年九月出任滑州刺史幕，此後一直在京外任職，大約於貞元二十一年才升至京兆府司錄參軍，至遲至元和元年七月，以國子博士分司東都。所以，從貞元十六年兩人分別後，直到元和二年同在洛陽同屬共職，兩人才有機會在一起，一直到元和四年初。但是現存作品中仍無詩文往還之迹，可能李翱實屬不善於詩，並且兩人思想上實有不同之處〔註89〕，況且文章逞才

〔註88〕《生力月刊》，七卷，七十五期。
〔註89〕《論語筆解》中兩人觀點大致一致，但是涉及「人性」的討論，兩人觀點則

也不是李翱長處〔註90〕，要說平時交往，李翱又好直言，大概因此而少唱和酬答之作。但是李翱在貞元十七年作《與陸傪書》云：「又思我友韓愈。非茲世之文，古之文也；非茲世之人，古之人也。其詞與其意適，則孟軻既沒，亦不見有過於斯者。當其下筆時，如他人疾書寫之，誦其文，不是過也。其詞乃能如此。嘗書其一章曰《獲麟解》，其他可以類知也。」這是李翱書韓愈《獲麟解》給陸傪時所寫之文。王元啓認爲《獲麟解》乃韓愈作於十七年參調無成之歲，當時李翱在滑州，韓愈大約在洛陽，雖然相隔有距離，可能李翱是通過信件或者同時人的傳閱讀到這篇作品，讚賞不已，推薦給他非常尊敬的陸傪。文中評韓愈之文云：「非茲世之文，古之文也」，「其詞與其意適，則孟軻既沒，亦不見有過於斯者」，把韓愈排在孟子的繼承者位置，這在李翱心目中，確實是很高的評價〔註91〕，大概此篇文章特別符合李翱理想的爲文之準的，所以不吝贊詞。雖稱韓愈爲友，但是這何妨兩人相知如此。

　　貞元十七年，李翱作《皇祖實錄》云：「翱欲傳，懼文章不足以稱頌道德，光耀來世，是以頓首願假辭於執事者，亦惟不棄其愚而爲之傳焉。」由此可見李翱對韓愈文章的推崇和信任〔註92〕。同年韓愈作《唐故貝州司法參軍李君墓誌銘》云：「人謂：『李氏世家也，侯之後五世仕不遂，蘊必發，其起而大乎！』……翱，其孫也，有道而甚文，固於是乎在。」林雲銘《韓文起》卷十一云：「末以『世家之蘊必發』立論，而謂翱有道甚文，爲起而大之人。雖屬蘊發之變局，但唐朝文行如翱可以不朽者，實不多得，較之富貴磨滅之人，相去萬萬。若謂以其有道甚文，可以立致卿相，光大其宗，似落於世俗之見。而爲此不可必之遊詞，恐非公立言本旨也。」此評說出韓愈爲文之心思，即是對李翱文、行的賞鑒。韓愈文較李翱文簡徑，但寫事足以傳神，不愧李翱之請。李翱之文詳盡，實爲韓愈提供資料。曾國藩云：「李翱善爲文，故公此首猶矜慎，稍變其豪橫之氣，而出以瘦勁。」〔註93〕由此可見二人文

　　截然不一。李翱《復性書上》云：「吾自六歲讀書，但爲詞句之學，志於道者四年矣，與人言之，未嘗有是我者也。」從文意看，只有陸傪能瞭解他。韓愈《原性》中「性三品」的觀點與《復性書》對「性」的觀點是很不一樣的。
〔註90〕李翱文章大體平實醇厚，相對韓愈「惟陳言務去」、姿態橫生是很有差距的。
〔註91〕《復性書》中，李翱建立的儒家道統發展線上，孟軻佔有重要地位，因此，將韓愈排在孟軻之後，可見韓愈在李翱心目中的地位也是很高的。
〔註92〕朱熹《原本韓集考異》卷八，《韓集》第三十四卷：「意翱乞公銘之辭也。」
〔註93〕曾國藩《求闕齋讀書錄》卷八《韓昌黎集》。

章交往中的意趣。

　　元和四年正月，李翱攜家往嶺南，韓愈假舟相送，於十四日相別。韓愈作《送李翱》云：「廣州萬里途，山重江逶迤。行行何時到，誰能定歸期？揖我出門去，顏色異恒時。雖云有追送，足迹絕自茲。人生一世間，不自張與施。譬如浮江木，縱橫豈自知。寧懷別時苦，勿作別後思。」其中感情之真摯不難見得。儘管韓愈以「寧懷別時苦，勿作別後思」寬慰，但是人之情感怎能輕易被理性征服呢，「揖我出門去，顏色異恒時」，相別之時，多少語言無法說出，李翱無詩贈答，但是顏色之間就是一種真情。

　　自此一別，韓李二人直至元和九年才得相見。李翱一直在外奔波，由嶺南至宣歙，至浙東，至九年九月遷給事中入京，而韓愈這段時間大都在京師（除出任河南令外）。元和十年李翱辟爲河南府參軍，至十三年入京師任國子博士，至十五年一直在京師。這段時間，兩人在一起只有元和九年或元和十年初，此外只有元和十二年韓愈在淮蔡平定後遷吏部侍郎時兩人得以見面。元和十三年，李翱有《答韓侍郎書》，意爲韓愈有書來，李翱作答，只是韓愈之文不得見。此文在談論何爲真正的求賢，論及韓愈：「如兄者，頗亦好賢，必須甚有文辭，兼能附己順我之欲，則汲汲孜孜無所憂惜引拔之矣。如或力不足，則分食以食之，無不至矣。若有一賢人或不能然，則將乞丐不暇，安肯孜孜汲汲爲之先後？此秦漢間尚俠行義之一豪雋耳，與鄙人似同而其實不同也。」如此直言批評，確如韓愈所說是「望之厚」。李翱也許總是以自己的「聖人」的標準來要求自己，也要求韓愈，所以儘管韓愈有好賢之舉，但李翱仍覺相差太遠。在這些地方，韓愈大概會時時感到李翱像一把錐子一樣，總是刺到最疼處。但這就是李翱的一貫作風〔註94〕，韓愈也許是不再辯解了。就是後來讓皇甫湜作墓誌銘，是否是擔心李翱太直言而不爲逝者諱？但這不證明兩者關係惡劣，乃人心之常然。從另一方面說，也是韓愈能包容，所以李翱總是對韓愈直來直去地說話。

　　元和末至長慶四年，韓愈一直在京師。而元和十五年，李翱剛爲考功員外郎，隨即貶朗州，又於長慶元年十一月出任舒州刺史，於長慶三年年底才達京城。長慶四年，韓李二人同在京師，應有來往，只是無書面文字留下。四年十月、十一月間，李翱面刺宰相，罷官百日，於寶曆元年二月出刺廬州。韓愈長慶四年得病，可能就在八九月間，當百日假滿，就罷職在家。而李翱

〔註94〕如前文給裴度，楊於陵的文章。

罷官期間，兩人可能來往密切。李翺《祭吏部韓侍郎文》：「兄以疾休，我病臥室，三來視我，笑言窮日，何荒不耕，會之以一。」這最後的交往，已沒有任何才力上的較力以及直言帶來的些些不快，只有相識近三十年的老友的相互關懷和寬慰。再者，李翺之面刺李逢吉，在於痛恨李逢吉玩弄權術，也有與韓愈相交好的因素。李逢吉使詐讓韓愈、李紳、元稹、裴度等均受傷害，而李翺與韓愈關係在師友之間，又爲愈姪婿；其次與裴度是表親；又與李景儉友善，而景儉又善元稹、李紳，因此，面刺李逢吉，就有爲親朋好友抱不平之意。〔註95〕

　　長慶四年十二月，韓愈卒，李翺作《韓公行狀》。韓愈喪發，李翺正赴往廬州任路上，作《祭吏部韓侍郎文》：「臨喪大號，決裂肝胸。老聃言壽，死而不忘。兄名之垂，星斗之光，我撰兄行，下於太常。聲殫天地，誰云不長？喪車來東，我刺廬江，君命有嚴，不見兄喪。遣使尊罍，百酸攪腸。音容若在，曷日而忘？」悲痛之心，不得赴喪的痛苦行之文字，正是情之所至，發而爲言，而這種強烈的情感在李翺文章是比較少見的，所以可見他與韓愈感情之深。後人云：「湜爲退之作墓誌，卻說得無緊要，不如李翺行狀較著實。」〔註96〕在李翺，這或許是對韓愈最好的祭奠。

十、侯高

　　侯高，字玄覽，上谷人（屬幽州）。少爲道士，學黃老煉氣保形之術，居廬山，號華陽居士。與孟郊、韓愈、李渤、獨孤朗、李翺等人相往來。貞元末，達奚撫爲楚州，起攝盱眙祭酒。元和二年（807），李遜刺衢州，請治信安。元和五年（810）八月，李遜觀察浙東，又宰於剡三縣，皆有政。不幸得心疾，留其子狗兒於翺家，而歸廬山，不到，卒江西。〔註97〕

　　李翺與侯高交往，大概始於貞元十五年李翺南遊時。大約本年六月左右，李翺在蘇州遇見侯高、孟郊。侯高即出示其作《弔汴州文》給李翺，李翺非常讚賞，訴之孟郊曰：「誠之至者，必上通上帝聞之。劉逸淮其將不久。」並認爲侯高爲文達意，其高處駸駸乎有漢魏之風，與屈原、宋玉、景差相上下，自東方朔、嚴忌皆不及。元和四年三月，又與侯高相遇於衢州〔註98〕。

〔註95〕此說參考了卞孝萱等著《韓愈評傳》之附錄《李翺評傳》對此事的評價。
〔註96〕《朱子語類》卷一百三十七「韓文公似只重皇甫湜」條注。
〔註97〕參考李翺《故處士侯君墓誌》，《舊唐書》本紀，《唐刺史考全編》。
〔註98〕李翺《來南錄》：「三月丁未朔，甲子，女某生。四月丙子朔，翺在衢州，與

此時侯高正在衢州信安任上。李翱元和五年自嶺南北返，於元和六年到浙東李遜幕府。李翱任浙東道觀察判官將仕郎，試大理評事，攝監察御史，在幕中頗爲清閒，曾寫《唐書》。而侯高治剡三縣，不在越州治所。此時李翱大約常與侯高談道論文。《答侯高第二書》即作於這段時間。有「第二書」，當有「第一書」，只是「第一書」已不得見。大概侯高有感而發，勸李翱稍微屈就時議，以便能得任用，委婉勸其「適時以行道」。這正觸發李翱滿腹的不快，所以據理嚴辭作答。從文意看，侯高所說之「道」與李翱的「道」並不一致。〔註99〕侯高之道是一種生活之道，講求與時沉浮，以保證生存爲原則。李翱作答，首先表明自己之道乃聖人之道，非隨時而變之道。書云：「前書所以不受足下之說而復辟之者，將以明吾道也。吾之道非一家之道，是古聖人所由之道（四部叢刊本「道」後有「者」字）也。吾之道塞，則君子之道消矣；吾之道明，則堯、舜、文、武、孔子之道未絕於世也。前書若與足下混然同辭，是宮商之一其聲音也，道何由而明哉？」開章明義，並自視甚高，儼然以孔子傳人自居。其後又云：「吾故拒足下之辭，知足下必將憤予而復其辭也。」可見侯高也有較眞的性格，同時也許是李翱說的「愛我甚」，所以不管李翱接不接受自己的觀點，再次寫信給李翱。隨後李翱邊破邊立，一再申明自己之道乃孔子之道，應重點關注自己的賢與不賢，至於「貴與富，貧與賤，道之行否，則有命焉」。所以李翱之道不以容於時與否爲評判準則，並且無關容與不容於時，也就是說自己堅持行聖人之道，即使在現實中遭遇困境也不會改變。最後總結：「苟異心同辭，皆如足下所說，是僕於天下眾多之人而未有一知己也，安能動於吾之心乎？吾非不信子之云云者也，信子則於吾道不光矣，欲默默則道無所傳云爾。子之道，子宜自行之者也，勿以誨我。」儼然與侯高劃分界限。特別是最後一句，有情急惱怒之意，很見李翱性情。這與他對侯高之文的欣賞讚歎截然不同，更體現了李翱對「道」的遵行和維護。

韓愈《試大理評事王君墓誌銘》：「高固奇士，自方阿衡、太師，世莫能用吾言，再試吏，再怒去，發狂投江水。初處士將嫁其女，懲曰：『吾以齟齬窮，一女憐之，必嫁官人，不以與凡子。』君曰：『吾求婦氏久矣，唯此翁可人意，且聞其女賢，不可以失。』即漫謂媒嫗：『吾明經及第，且選，

侯高宿石橋。」
〔註99〕李翱《答侯高第二書》：「子之道，子宜自行之者也，勿以誨我。」

即官人。侯翁女幸嫁，若能令翁許我，請進百金爲嫗謝。』諾許，白翁。翁曰：『誠官人邪？取文書來！』君計窮吐實。嫗曰：『無苦，翁大人，不疑人欺我。得一卷書粗若告身者，我袖以往，翁見未必取視，幸而聽我。』行其謀，翁望見文書銜袖，果信不疑。曰：『足矣！』以女與王氏。」此文本寫王適之奇異，但此一段若非侯高此奇人之映襯也不可能成就王適之奇。侯高之女，非官人不嫁，一是侯高愛女之心切，其次也見其生活中世俗的意味，但並不是庸俗〔註100〕，也許正是這樣，所以會勸李翱「適時以行道」。李翱對於「道」行與否不在乎，但對堅持行聖人之道則不容改變，沒有通融境地。兩人個性就在《答侯高第二書》中可窺見一斑。

　　侯高可能卒於在浙東治剡時，大約元和八、九年間。李翱聞此消息，作《祭故處士侯君墓誌銘》，筆含讚賞，而對其後代深有同情。

十一、韋詞（辭）

　　辭，字踐之。少以兩經擢第，判入等，爲祕書省校書郎。貞元二十年（804）末或貞元二十一年初〔註101〕，東都留守韋夏卿辟爲從事。元和四年（809），爲嶺南節度判官。元和九年（814），自藍田令入拜侍御史。元和十年（815），以事累出爲朗州刺史。十二年（817）五月，謫左於道。十三年（818）十二月，量移江州，爲江州司馬。長慶初（821～822），韋處厚、路隨亟稱薦之，擢爲戶部員外，轉刑部郎中，充京西北和糴使。大約長慶三年（823）左右，爲戶部郎中、兼御史中丞，充鹽鐵副使，轉吏部郎中。大和三年（829）二月，與李翱同拜中書舍人。十月，出爲潭州刺史、御史中丞、湖南觀察使。在鎮二年，吏民稱治。太和四年（830）卒，時年五十八。〔註102〕

　　韋辭長李翱一歲，是李翱交往人物中與他年齡最相近的，也許正因爲同齡人的緣故，兩人特相善。大概貞元末元和初兩人就有來往。元和三年，兩人同時被嶺南節度使楊於陵辟用。李翱爲節度掌書記，韋辭爲節度判官。貞元四年，兩人相約偕行。李翱《題桃椰亭》：「翱與監察御史韋君詞皆自東京如嶺南，水道僅八千里。翱以正月十八日上舟於漕以行，韋君期以二月，策

〔註100〕李翱《故處士侯君墓誌銘》：「性剛勁，懷救物之略，自儕周昌、王陵。所如固不合，視貴善宦者如糞溲。」

〔註101〕《舊唐書·德宗紀》：「貞元二十年冬十月乙未，以太子賓客韋夏卿爲東都留守、東都畿汝都防禦使。」

〔註102〕參見《舊唐書·韋辭傳》，兩《唐書》本紀，《唐會要》，《唐刺史考全編》。

馬疾驅，追我於汴、宋之郊。或不能及，約自宣城會我於常州以偕行。既翱停舟宿留，日日以須韋君之出洛也。易期，又宣城謀，疾到，逆江南流上。翱以妻疾，居信安四十餘日。比及江西，韋君亦前行矣。上桄桹亭，見韋君紀姓名，且有念我之言。」此次行程大約半年，李翱自正月出發，六月才至廣州，而本年閏三月。如此漫長的旅程，李翱希望和韋辭一同進發，知己好友，也許可以減少旅途奔波的艱辛和寂寞。此篇詳細記載兩人相約碰面時間、地點，及兩人相互期待之情，在「策馬疾驅」中，表現得很明顯。但終因事情乖左，不得如願，韋辭於李翱前十天到達廣州。所以李翱無限感慨：「嗟夫！皆行八千里，先後之不齊也不過十日，而初謀竟乖。人事之不果，不可以前期也。」

到得廣州，兩人協助楊於陵處事，三人都頗為相得。這種和諧使他們為當地百姓做了不少事。楊於陵「辟韋詞、李翱等在幕府，咨訪得失，教民陶瓦易蒲屋，以絕火患。」（《新唐書‧楊於陵傳》）又「以韋詞為節度判官，任之以政，改易侵人之事凡一十有七，嶺外之人至茲傳道之。」（李翱《楊公墓誌銘》）可是這種時間不長，「監軍許遂振好貨戾強，而小人有陰附之者，故遂振密表譖公，直言韋詞、李翱惑亂軍政。於是除替罷歸。」

李翱、韋辭大約於元和五年五月同楊於陵一起北返。大約元和九年，李翱作《薦士於中書舍人書》：「前嶺南節度判官、試大理司直、兼殿中侍御史韋詞。……如韋之才能無方，忠厚可保，翱與南中共更外患，始終若一，此人先為一二閹人之所排詆，聞宰相惑於流言，都無意拔用。」此是李翱向裴度推薦韋辭等四人。文中提及韋辭「才能無方，忠厚可保」、「共更外患，始終若一」的品行，這是李翱與其相處之後的結論，應該是可信的；這應該是李翱和韋辭成為好友的一個原因。李翱元和五年為盧坦所辟，其後為浙東節度使李遜所用，直至元和九年。韋辭從嶺南回來，具體經歷不可考，大約做過藍田令，後為侍御史，侍御史乃從六品下階，所以韋辭大約一直處下僚，李翱由此推薦之。

李翱與韋辭兩人交好，可惜兩人並無交往文字留下。史書載韋辭「有文學理行」，與李翱「俱擅文學高名」，又言其「素無清藻，文筆不過中才」、「倦於潤色」，有自相矛盾處。至於與李翱交好卻無文字留下，可能是文稿的散逸，也可能是「倦於潤色」，不得而知。

十二、獨孤朗

　　獨孤朗，字用晦，河南洛陽人。獨孤及長子。貞元十三年（797）舉進士，
既得而落。大約貞元十三年至元和九年間，斷續以處士起佐江西、宣歙、浙
東三府〔註103〕，得試校書協律郎。元和九年（814），拜右拾遺。十一年（816）
九月，坐請罷兵貶爲興元府倉曹參軍。約十三年十四年間，復徵入爲監察御
史，改京兆府司錄參軍。十五年（820）遷殿中，加史館修撰，入省爲都官員
外郎，修史如前。坐李景儉使酒侮相事，長慶元年（821）十二月出刺韶州（屬
嶺南道）。復入虞部、左司二員外，得郎中，數月，遷權知諫議大夫。寶曆元
年（825）十一月，改御史中丞。文宗即位，遷二部侍郎。大和元年（827）
正月，以御史中丞爲戶部侍郎。八月，以工部侍郎爲福建等州都團練觀察等
使，兼御史中丞。九月以瘡卒，年五十三。〔註104〕

　　獨孤朗與李翱是很好的朋友，比李翱小一歲。李翱《祭故福建獨孤中
丞文》：「昔我與君，自少而歡。中暫乖阻，周荊眇綿。宣城越中，二府周
旋，同事於公，職以相連。子常推後，我唱其先。叔向汝齊，不紉而堅，
蘭馨以聞，乃在披垣。引我代己，眞謂其賢，共陞於朝，亦又多年。或外
或內，莫余或捐。」兩人似很早就結下友誼。按：獨孤朗爲洛陽人，李翱
乃汴州陳留人，相距不遠。朗之父獨孤及善爲文，天寶末與李華、蕭穎士
等古文家齊名，所著《仙掌銘》大爲時流所賞。李翱學古文，也許並不從
韓愈開始。其《感知己賦（並序）》云：「貞元九年，翱始就州府之貢舉人
事，其九月，執文章一通謁於右補闕安定梁君。……梁君歿於茲五年，翱
學聖人經籍教訓、文句之旨而爲文將數萬言，愈昔年見於梁君之文弗啻數
倍。」可知遇韓愈之前就自作文。獨孤及離李翱如此近，又是古文運動初
期的一位中堅，李翱或許就慕名讀過他的作品。由父及子，大概就在此時

〔註103〕李翱《祭故福建獨孤中丞文》：「宣城越中，二府周旋，同事於公，職以相連。」
　　　　李翱於元和五年爲宣歙觀察使盧坦辟爲判官，約元和六年，爲浙東觀察使李
　　　　遜辟爲從事，直至元和九年。既然兩人「宣城越中，二府周旋，同事於公，
　　　　職以相連」，當在這段時間。又《唐刺史考全編》，貞元十三年九月至貞元末，
　　　　李巽爲洪州刺史、江西觀察使，如果沒有特殊情況，大概獨孤朗即在這段時
　　　　間佐李巽。《舊唐書‧憲宗紀》，盧坦於元和三年七月至元和五年十二月爲宣
　　　　歙池觀察使。《唐刺史考全編》，於盧坦之前的宣州刺史、宣歙觀察使爲路應，
　　　　任期永貞初至元和四年。至於獨孤朗在貞元末至元和初是否就轉入路應幕
　　　　下，不可考。

〔註104〕參見李翱《獨孤公墓誌銘》，《舊唐書》本傳（附獨孤郁傳後），《舊唐書》本
　　　　紀，《新唐書》本傳（附獨孤及傳後），《資治通鑑》。

與獨孤朗相交相知，結下終身友誼，所以李翱稱兩人是「自少而歡」。朗十三年進士及第，李翱次年及第。朗進士及第後於同年被黜〔註105〕，即於蘇州奉養伯父母。可能此後入李巽江西幕府。而李翱及第後回到汴州，十六年入滑州幕府至十七年底，此後不知於何處任職，但大約不出河南。這大概就是祭文中的「中暫乖阻，周荊眇綿。」一直到元和五年，兩人在宣歙幕府會合，後同入浙東李遜幕府，直至元和九年。元和九年，朗官拜右拾遺，而李翱回洛陽聽候調選，十年為河南府司錄參軍，直至十二年。其間朗於十一年貶為興元府倉曹參軍，大約十三十四年回京。李翱約十三年回京任國子博士、史館修撰。此後兩人大約同在京師。「引我代己，眞謂其賢，共陞於朝，亦又多年。或外或內，莫余或捐。」儘管此後兩人都有貶黜外地，但兩人仍然保持聯繫，仍然友誼深厚。

大和元年，獨孤朗暴卒於路，李翱《獨孤公墓誌銘》以彰其人。同時作祭文懷念友誼，盡抒悲悼：「有妻既喪，有子童然。喪祭誰主，銘旌有翩。嗚呼哀哉！惟短與長，會歸於死，以存悲逝。前後皆爾，哭君之哀，痛折支指，欲抑不能，縱之曷已。嗚呼哀哉！入君之戶，但有裳帷。思與君言，不見容儀。薦肉不食，酌酒不持。嗟嗟用晦，何皿臻斯。」

十三、皇甫湜

皇甫湜，字持正，唐睦州新安人（睦州，治今浙江建德縣；新安，今浙江淳安縣西）。憲宗朝翰林學士王涯之甥。約代宗大曆十二年（777）生。貞元十六年（800），二十四歲，曾攜文見顧況，頗得嘉許。〔註106〕憲宗元和元

〔註105〕李翱《獨孤公墓誌銘》：「（朗）年二十一，與弟郁同來舉進士，其二年〔貞元十三年（797）〕既得之矣，會有司出賦題，德宗不悅，宰相喻使減人數，故公與十餘人皆黜。」

〔註106〕皇甫湜《唐故著作佐郎顧況集序》：「湜以童子見君揚州孝感寺，……。既接歡然，以我爲揚雄、孟子。顧恨不及見三十年於茲矣。……去年從丞相涼公襄陽，有曰顧非熊生者在門。訊之，即君之子也。出君之詩集二十卷，泣請余發之。涼公適移葭宣武軍，余裝歸洛陽，諾而未副，今又稔矣。生來速文，乃題其集之首，爲序。」丞相涼公指李逢吉。李逢吉曾兩次刺襄州充山南東道節度使，一於元和十五年（820），一於寶曆二年（826）十一月。封涼公當在寶曆元年四月前，長慶二年爲相，因此顧非熊求皇甫湜作序當在寶曆二年十一月後，即大和元年。大和二年（828）十月，李逢吉爲宣武軍節度使。皇甫湜當於此年歸洛陽。「今又稔矣」，即又過了一年，則此序作於大和三年（829）。因此，見顧況「三十年於茲」，由大和三年上推三十年，當是貞元十六年（800）。〔《舊唐書》穆宗、敬宗、文宗本紀〕

年（806）進士及第，三年（808）應吏部試，因言詞觸怒權倖，調陸渾尉（今河南嵩縣北）。從事荊州、襄陽幕，累官至工部郎中。文宗大和八年（834），裴度爲東都留守，辟皇甫湜爲判官。〔註107〕大約卒於文宗大和八年、九年（834、835）以後。〔註108〕

　　皇甫湜比李翱小三歲，他們的相識，當因同從韓愈學文。皇甫湜貞元十九年（803）始進京應進士試，結識韓愈。此年十二月韓愈貶陽山令，元和元年，自江陵法曹詔還，拜國子博士。其間皇甫湜大約都在京城應試，其貞元二十一年（805）作《答劉敦質書》：「湜求聞來京師三年矣，一年以未成顛蹶，二年以不試狼狽，及今三年，而不遇有司。」此間李翱大約在河南某地任某官，貞元末爲京兆府司錄參軍，兩人可能在貞元二十一年有相見機會，但不見來往痕迹。

　　元和元年（806）皇甫湜進士及第，元和二年（807）韓愈權知國子博士分司東都，與李翱同屬爲官。皇甫湜可能至洛陽，韓愈於此時向李翱介紹皇甫湜。〔註109〕元和三年（808），皇甫湜登賢良方正、能直言極諫科，因條指時政，言詞激切，遂調陸渾尉。

　　元和四年（809），李翱赴嶺南，此後歷宣歙、浙東，直至元和九年（814）始歸洛陽聽候選調。元和四年、五年，皇甫湜滯留洛陽與韓愈交往。曾於元和四年與韓愈同訪李賀。李賀於此作《高軒過》。元和六年（811），韓愈入朝爲職方員外郎，皇甫湜離開洛陽不知往何處。元和八年（813），皇甫湜可能

〔註107〕此段參考了《舊唐書·憲宗紀》，《舊唐書·裴垍傳》，《唐闕史》，《唐語林》，《新唐書》本傳，《資治通鑒》，《唐詩紀事》，《登科記考》。
〔註108〕余嘉錫《四庫提要辨正卷二十集部一》《皇甫持正集六卷》第1084～1087頁。
〔註109〕上文談到李翱、皇甫湜兩人在貞元二十一年有見面機會，但不見有交往痕迹。也很可能沒有交往，因爲當時韓愈貶陽山令，不在長安，兩人缺乏引薦人。當然若是韓愈以書信介紹，兩人也可能見面，但無法確定。其次，除了元和二年，此後李翱、皇甫湜可能見面的機會可能是元和八年四月前后皇甫湜回睦州老家（參見楊軍、張少華《皇甫湜評傳》，《蘇州鐵道師範學院學報》2000年12月，第17卷第四期）時，與在浙東的李翱見面，但無法確定。如果此次見面，也不應該是第一次，否則李翱《答皇甫湜書》中顯示的兩人關係不會如此熟稔。而元和二年韓愈、李翱都在洛陽，若是皇甫湜到洛陽來，這是很好的交流機會。李翱元和八年作《答皇甫湜書》云：「自別足下來」，可見此前李翱與皇甫湜一定見過面。從上分析，他們倆得以見面的機會最有可能就是這三個時間。所以元和二年，恰逢皇甫湜中進士後應吏部試之前，他趁這個心情比較放鬆的時刻在長安、洛陽遊走，從韓愈學文，是很有可能的。

回睦州小住過一段時間〔註110〕，李翱在浙東幕府，作《答皇甫湜書》：「辱書，覽所寄文章，詞高理直，歡悅無量，有足發予者。……而足下亦抱屈在外，故略有所說。」看來是皇甫湜在外一直甚不得意，先有書來，與李翱談文，李翱作書答之。但皇甫湜書已不得見。李翱此書訴說了在越中的無聊景況：「僕到越中，得一官，三年矣，材能甚薄，澤不被物，月費官錢，自度終無補益，累求罷去，尚未得，以爲愧」，然後論及作書「以傳無窮而自光耀於後」之旨，及自己最近的打算：「僕近寫得《唐書》。……僕竊不自度，無位於朝，幸有餘暇，而詞句足以稱讚明盛，紀一代功臣、賢士行迹，灼然可傳於後，自以爲能不滅者。不敢爲讓，故欲筆削國史，成不刊之書」。其中對自己文章才華充滿自負：「僕文采雖不足以希左丘明、司馬子長，足下視僕敘高愍女、楊烈婦，豈盡出班孟堅、蔡伯喈之下耶？」書中語詞詳切，確實有同門相親之感，故言無不盡。

元和九年（814）至十一年（815），皇甫湜可能在黔中，元和十一年至元和十二年（816），皇甫湜大約在吉州〔註111〕。李翱元和九年罷浙東，隨後在河南府任戶曹參軍。兩人似無見面機會。李翱仍在河南府，至元和十三年（817）才入京爲國子博士。皇甫湜元和十三年隨山南東道、荊南節度使裴武在公安，有《公安園池詩》寄韓愈，大概訴說流連光景及瑣碎小事，韓愈答詩勉勵其及時進業〔註112〕。皇甫湜、李翱兩人仍無緣相聚。

長慶四年韓愈卒於靖安里第，皇甫湜於寶曆元年作《韓文公墓誌銘》、《韓愈神道碑》。李翱作《韓公行狀》、《祭吏部韓侍郎文》。皇甫湜《韓文公墓誌銘》：「長慶四年八月，昌黎韓先生既以疾免吏部侍郎。書諭湜曰：『死能令我

〔註110〕李賀《洛陽城外別皇甫湜》大約作於元和八年十月〔朱自清《李賀年譜》〕。皇甫湜本年四月三日作《睦州錄事參軍廳壁記》，文中「前刺史李君」指李道古。李道古元和六年至元和八年爲睦州刺史，後遷少宗正，元和八年十月以御史中丞持節鎮黔中，至元和十一年〔郁賢皓《唐刺史考全編》〕。八年十月前，皇甫湜可能回洛陽與李賀、賈島等人作別，隨後從李道古使黔中。賈島《送皇甫侍御》：「來使黔南日，時應問寂寥。」〔李嘉言《長江集新校》附此事於元和八年〕（參考楊軍、張少華《皇甫湜評傳》）

〔註111〕皇甫湜《吉州刺史廳壁記》其中「御史中丞張公」即張錫；《吉州盧陵縣令廳壁記》：「余既埋厄，斥置於此。始來而弘農楊君敬之具爲余話君美談。既接益久，得實其聞。」楊敬之元和十年七月坐與駙馬王承系等交遊而貶吉州司戶。皇甫湜當於楊敬之之後來吉州，可能元和十一年，李道古從黔中回朝之後。而張錫於元和十二年爲吉州刺史。〔郁賢皓《唐刺史考全編》〕

〔註112〕皇甫湜詩今不存，乃從韓愈答詩推斷皇甫湜詩義。參見錢仲聯《韓昌黎詩繫年集釋》第 1084～1085 頁「集說」所引陳沆、鄭珍的說法。

躬所以不隨世磨滅者惟子。』」可見韓愈對皇甫湜的親睞及對其文筆的信任。
而李翱僅得作行狀而已。由此後人多認為韓愈親湜而不喜翱。大概是李翱、
皇甫湜的性格、思想及文風特點，韓愈更傾向於皇甫湜，但與李翱不能說是
關係不好。

　　皇甫湜性格確實是有些不同尋常，按照現代心理學觀點，可能有些偏執
狂的傾向。文宗大和八年（834），裴度為東都留守，皇甫湜以躁急使酒，數
忤同省，求分司東都，裴度辟為判官。時度修福先寺，將立碑，求文於白居
易，湜怒曰：「近捨湜而遠取居易，請從此辭。」度謝之，湜即請斗酒飲酣，
援筆立就。度贈以車馬繒彩甚厚，湜大怒曰：「自吾為顧況集序，未常許人。
今碑字三千，字三縑，何遇我薄耶！」度笑曰：「不羈之才也。」從而酬之。
湜嘗為蜂螫指，購小兒，斂蜂搗取其液。一日命其子錄詩，一字誤，詬躍呼
杖，杖未至，齧其臂，血流。其性格如此，其文章也是奇崛動蕩，確有才氣，
觀其《唐故著作佐郎顧況集序》、《諭業》等文可知。曾有同鄉興元元年進士
馬異（見《登科記考》）《送皇甫秀才赴舉》以「吞吐一腹文，八音兼五色」
贊之。此詩有鼓勵壯行的意思。而白居易哭皇甫湜詩：「志業過玄晏，詞華似
禰衡。多才非福祿，薄命是聰明。不得人間壽，還留身後名。《涉江》文一首，
便可敵公卿。」（自注：持正奇文甚多，《涉江》一首尤出）白居易與皇甫湜
所追求的文風本不一樣，還能如此深情地讚述，應該說皇甫湜文章是有其華
彩的。並且皇甫湜對自己的文才相當自負，上文為裴度作福先寺碑事可見一
斑。李翱則為人實在，性格平和，文章也很平實。《朱子語類》卷一百三十七
〔註113〕：「翱作得行狀絮，但湜所作墓誌又顛蹶。」又：「湜為退之作墓誌，
卻說得無緊要，不如李翱行狀較著實，蓋李翱為人較樸實，皇甫湜較落魄。」
此評由文及人，說得也切實。《四庫提要》：「（李翱）立言具有根柢，大抵溫
厚和平，俯仰中度，不似李觀、劉蛻有矜心作意之態」，又「其（皇甫湜）文
與李翱同出韓愈，翱得愈之醇而湜得愈之奇崛。」李翱、皇甫湜各得韓愈之
一，應該說韓愈對二人沒有偏袒，但是從總體上說，韓愈與皇甫湜之性格可
能更相投。綜觀韓愈一生，性情所至，任意揮灑，仕途起落跌宕；其文章毫
無拘束之態，力避庸弱，務求奇崛〔註114〕。所以韓愈與皇甫湜確實要投合一

〔註113〕「韓文公似只重皇甫湜」條小注。
〔註114〕王運熙《韓愈散文的風格特徵和他的文學好尚》，見《漢魏六朝唐代文學論
　　　　叢》，上海古籍出版社，1981年版。

些〔註115〕。但是這並不妨礙韓愈認爲李翱是個可以信賴，值得交往的朋友。正是韓愈對李翱的信任，容忍他的直言，更見韓愈爲人之高古〔註116〕。李翱與皇甫湜之間，雖有文章風格追求上的不同，但也不妨礙他們私交之親切。

從上文考證可以看出李翱生活中主要的人際交往關係圖，這裡有他的上司、同事、朋友，甚至是思想上、文學上的知心朋友，他們對李翱的生活、思想都有著或重或輕、或多或少的影響。張建封、盧坦、楊於陵，主要以上司的身份出現，李翱的仕途、工作無疑有著他們作用的痕迹。楊於陵對李翱的推薦與李翱進士及第有重要關係，所以李翱對楊於陵充滿感激，在楊於陵貶謫嶺南時積極呼應楊於陵的召喚，不辭艱辛到嶺南輔助楊於陵。盧坦在李翱無所歸依時提供職位，當再次伸出援助之手時，因爲逝世而未成，但是李翱對這樣一個長輩上司，在祭文中表達了自己深厚的傷痛和哀悼。張建封大概是李翱的第一個上司，李翱與他的交往，留下歷史記錄的是李翱向張建封推薦孟郊、李觀、韓愈等人，至於張建封是否能眞正用人，他看到李翱的書信是什麼反應，具體不得而知。李翱與楊於陵嶺南共事期間似乎頗爲相得，爲當地百姓做了不少好事，但是李翱勸諫楊於陵不要收修寺觀的錢，從語氣與內容看，李翱的意見似乎沒有立即被楊於陵接受，在這點上，李翱對佛教的觀點，楊於陵對修建寺觀的深沉想法，他們的交相辯論是值得探討的，可以更加明瞭李翱對佛教思想和現實佛教行爲更深層的看法，因爲目前找不到楊於陵回應的文章，所以也只能付之闕如。

陸傪、梁肅對李翱的思想發展有著重要影響，他們無一例外對李翱推崇備至。這種推崇對李翱是鼓勵，也是李翱親近他們的思想或者接受他們思想的重要原因。他們都年長李翱二十多歲，相當於李翱的父輩，兩人都對佛教思想有研究，陸傪修桑門之法、梁肅師從釋氏，但是他們倆都是儒學之士，從他們自身來說，佛家、儒家思想並存，也許是相互融合、相互影響的，這

〔註115〕韓愈《寄皇甫湜》：「敲門驚晝睡，問報睦州吏。手把一封書，上有皇甫字。拆書放床頭，涕與淚垂泗。昏昏還就枕，惘惘夢相值。悲哉無奇術，安得生兩翅？」可見兩人感情之深。

〔註116〕〔宋〕呂南公《灌園集》卷十七《書盧仝集後》：「唐三百年，文儒爲盛，然莫盛於元和以來。韓退之其名教宗主歟，而懇懇推道柳宗元、皇甫湜、李翱、李觀、張籍、孟郊、侯喜、歐陽詹、盧仝輩，遜服卑卑，如不足者。退之豈眞宜坐其下哉？斯以見韓之大賢也。數君皆能自致於有聞，然各有終身之弊，又當時於韓，各有輕傀處，不聞韓以爲間，益見韓之賢也已。」

反映了唐代思想的一個現實，即各派思想的融合，這種融合，無疑影響了李翱思想的發展，最直接的影響就來自陸傪、梁肅等人。因爲思想的影響，進而對文學觀念的影響，這也是順理成章的事，因爲沒有找到陸傪的相關文論，就不知陸傪在文學觀念上與李翱有什麼異同，但是梁肅的「文本於道」，「道能兼氣，氣能兼辭」的觀念，與李翱很有相近之處。

孟郊、韓愈、皇甫湜、李觀等人是李翱同一個文學圈子的朋友，以韓愈爲中心，相互學習、討論，這個圈子的文學觀念，成爲中唐古文運動的一個重要理論指導，雖然以韓愈的「氣盛言宜」、「不平則鳴」、「務去成言」最爲突出，但是李翱的「爲文明道」、「創意造言」，無疑是對韓愈文學觀念的呼應與相助。李翱對韓愈、孟郊、李觀等人文章的推崇，其中有一個重要觀點就是認爲他們的文章有著「古之道」，這其實也是中唐文學觀念的一個主流，也表明李翱對韓愈文派的認同和跟隨，同時是李翱對中唐古文的一個貢獻，沒有他們這些人的回應和推波助瀾，中唐的古文運動大概也沒有這麼有聲勢而影響深遠。在維護和宣揚此派文學觀念時，毫無疑問要與其他的思想交相辯論。裴度就站在保守的立場，非常不喜歡韓愈「以文爲戲」，柳宗元對韓愈《毛穎傳》的大力推崇就是一種反抗，李翱「創意造言」的提出同時也是一種相助。

還有一些人與李翱同輩。裴度是李翱的表兄，後來高居相位，李翱在裴度低落時的鼓勵與裴度功高時的勸退，反應了李翱爲人的眞摯、正義與不屈。獨孤朗是獨孤及之子，大概是李翱童年的朋友，後來在宣歙幕府會合，成爲同事，從現存文字看，李翱對這位朋友有深厚友誼，就獨孤朗個人看，是非常重視孝道之人，這樣的人成爲李翱的好朋友，也是可想而知的。

至於侯高，他本是道士，但是從現存文字看，他與李翱私人關係應該不錯，勸李翱不要太執著於「道」，而應求容於時，李翱在他們的交相辯論中越發堅固自己的思想，守道而不求容時。這裡補充一例，即李翱與澄觀〔註117〕的交往。澄觀爲泗州開元寺僧，李翱貞元十六年南遊時遇見他，他請李翱爲

〔註117〕澄觀。《宋高僧傳》著錄唐代州五臺山清涼寺澄觀，貞元十三年德宗召見，此後一直在京師，元和年卒。這個不是李翱遇見的澄觀。《韻語陽秋》卷十二載唐中葉有四澄觀：一爲洛中之澄觀，韓愈爲洛陽令時贈詩者。一爲會稽之澄觀，爲《華嚴》作疏，裴休爲其塔銘者。一爲《傳燈錄》所錄鎭國大師澄觀。最後一位曹溪二世，五臺山華嚴澄觀大師。據《韓愈全集校注》《送僧澄觀》屈守元、常思春題注按語，認爲韓愈贈詩澄觀與李翱所遇澄觀是同一人。

開元寺鐘作銘。李翱有《答開元寺僧澄觀書》、《泗州開元寺鐘銘》。在《答開元寺僧澄觀書》中，李翱堅持以聖人之道來作鐘銘，而非用佛家語，表明對儒家之道的堅守。正是這些辯論，李翱越來越清晰地認識自己的思想，所以這些朋友雖非儒士，但是可以給李翱提供一個周邊的視角來認識自己的思想。

　　所以，與這些長者、上司、同輩、論友的交往，我們既可以看出李翱生活的軌迹，同時也可以瞭解他思想成長的土壤，更可以看出李翱在待人處事中堅守的原則和爲人風範。

第二章 李翱思想研究

第一節 李翱思想產生的時代背景 〔註1〕

　　李翱生於代宗大曆九年（774），卒於文宗開成元年（836），經歷代宗、德宗、順宗、憲宗、穆宗、敬宗、文宗七世，幾乎見證了整個中唐的興衰演變。他的思想，離不開這個時代對他的影響。這裡簡要概述李翱生活的時代背景，以便清楚瞭解李翱思想產生的原因以及他在思想史上的地位。

　　一、藩鎮割據、宦官專權、朋黨之爭。這是困擾整個中、晚唐的三大弊政，也是葬送了唐朝的最重要原因。安史之亂（755）後，盛唐氣象一去不復返，曾經潛伏的各種問題漸漸突顯。崔瑞德在《劍橋中國隋唐史》中說：「安祿山叛亂的直接的和可見的遺產是一個大為削弱的中央政權管轄下的不穩定的總形勢。……其中最難處理的問題是曾經確保王朝生存下來的那種手段，這就是為了行使分散的權力，動員資源和進行戰爭而在內地建立起來的軍事藩鎮。」〔註2〕「叛亂結束時的行政安排是建立約三十四個新的地方藩鎮。以後幾十年新藩鎮繼續增加，其數在四十五至五十個之間。」〔註3〕中央政府很瞭解這種軍事力量分散的種種危險，但是稍微翻閱一下歷史，很容易明白中央政權對這種藩鎮割據的無力。就在代宗廣德元年（763），僕固懷恩送迴紇

〔註1〕 此節參考了《舊唐書》本紀及相關人物傳，《資治通鑒》，河北大學哲學碩士
　　　　王宏海2004年學位論文《李翱思想研究》。
〔註2〕 〔英〕崔瑞德《劍橋中國隋唐史》，第 485 頁，中國社會科學出版社，1990
　　　　年版。
〔註3〕 〔英〕崔瑞德《劍橋中國隋唐史》，第 486 頁。

可汗回朝，再次路過河東，與河東節度使發生糾紛。此時吐蕃有入侵長安之
勢，僕固懷恩使朔方軍在河東採取觀望狀態，導致吐蕃入侵長安，也使唐朝
廷遭遇七年以來的第二次出逃，使和平後剛剛有所恢復的帝國威望再次受
創。代宗大曆十年（775），李翱兩歲，魏博節度使田承嗣作亂，企圖佔據鄰
近一個已經更換節度使的相衛鎮。如果得逞，其他節度使將競相效尤，帝國
將大亂。朝廷派遣鄰近九個藩鎮征討田承嗣，田承嗣於大曆十一年正月上表
請罪。田承嗣雖然喪失了部分土地，但是也獲得了相衛鎮的部分領土。這再
次表明中央對藩鎮的調遣，特別是對河北藩鎮的調遣能力是很小的。德宗建
中三年（782）的「二帝四王之亂」，持續五年之久，直至貞元二年（786）以
唐朝廷與藩鎮妥協而告終。此後仍有藩鎮不時發生叛亂，貞元十二年，汴州
軍亂，十五年又亂，儘管朝廷有所平定，但是對藩鎮大多是採取姑息政策。
只是憲宗元和十二年（817）平定淮西可以算是對藩鎮的一次大的勝利，但是
此次勝利也不是輕易取得的，由此可見藩鎮勢力的強大。況且隨著憲宗的暴
崩（820），帝國復興的激情再次受到打擊，曾被馴服的東北三鎮，又離棄中
央政府。其後穆宗、敬宗、文宗各個帝祚短淺，雖然對藩鎮有所作為，但是
河北三鎮（魏博、承德、幽州）一直到五代以前，它們都堅持獨立存在。其
他許多地方藩鎮雖效忠於中央政府，但是在自己的地盤上擁有很大的自由。
此後藩鎮的衰落有多方面的原因，但不是因為唐帝國對他們實施了強有力的
制裁。〔註4〕

　　宦官專權，實為帝王想要加強自己的專制的結果。中唐以前未必沒有宦
官專權的問題，但是因為帝王力量的強大，終沒有釀成大禍〔註5〕。德宗前期
執政不力，有「二帝四王之亂」〔註6〕，其中有重要原因就是德宗想大權獨攬，
猜忌良將，任宦官專軍政。此後興元元年（784），德宗命宦官竇文場、霍仙

〔註4〕 本段參考崔瑞德《劍橋中國隋唐史》有關章節，《舊唐書·德宗紀》，《舊唐書·
　　　　僕固懷恩傳》，《資治通鑑》。

〔註5〕 玄宗時代的高力士，為玄宗獲得帝位起到重要作用，他也是自太宗以來第一
　　　　個獲得三品官位的宦官，從此打破了太宗的禁令。再如肅宗朝的李輔國，控
　　　　制了個人朝見皇帝的大權，插手中央政務，過問封疆大員的任命，以兵力干
　　　　涉皇帝的繼位。但終因代宗對他的憎惡而派刺客把他殺了。再如代宗朝魚朝
　　　　恩〔於大曆五年（770）被代宗設計處死〕，德宗朝的霍仙鳴、竇文場，但是
　　　　他們始終沒有對皇帝本人造成傷害。

〔註6〕 建中三年（782），中央拒絕承德節度使李寶成之子繼襲節度使的要求，李惟
　　　　岳遂與田承嗣之子田悅、盧龍朱滔、王武俊聯合叛唐，11月，朱滔、田悅、
　　　　王武俊、李納等各自稱王，隨後朱泚、李希烈各自稱帝。

鳴監左、右神策軍。貞元八年（792），左神策大將軍柏良器募精壯人代替掛名軍籍的小商販，遭宦官竇文場猜疑。德宗輕信文場言，貶柏良器（見李翱《柏公神道碑》、《舊唐書‧德宗紀》）。貞元十二年（796），任竇文場、霍仙鳴爲左、右神策軍中尉。自此宦官專權，把持軍政，甚至掌握皇位廢立之權。此後如憲宗的繼位及其暴崩，文宗的登基，甘露之變的慘禍，無一不與宦官專權有關。皇帝任用宦官，最初只是想通過這些所謂的心腹加強專制，而宦官爲了鞏固自己的勢力，力量不斷發展壯大，皇帝最終失去了對他們的控制力，並且被他們左右，這不能不說是對專制皇帝的一個教訓，從而證明，宦官當政，標誌皇權的衰落，中央政權的委靡。

朋黨之爭，也是困擾中晚唐政治一個最爲顯著的問題。關於其中的細節或是非的評價，至今仍有不同意見，但是，主要在於牛黨和李黨之爭這是沒有問題的。兩黨的爭鬥以及中央所與的行政權力不斷在兩黨之間更迭，給中晚唐政治帶來什麼樣的影響，這也是一個頗爲複雜的問題。但是從自古以來的慣例，任何一個勵精圖治，想要有所作爲的皇帝，必然是不能允許，至少是十分忌諱朋黨政治的，但是自憲宗之後，朝廷幾乎對此無能爲力，這又從另一方面證明皇權的衰落，政治的混亂。

二、經濟狀況。自安祿山叛亂之後，唐朝不僅政治上弊端重重，前進步履沉重，同時經濟形式不容樂觀。河北三鎮的桀驁不遜，其他藩鎮儘管盡忠朝廷，但是，相比叛亂之前，他們的自由度大大增強，因此，他們向政府輸送的稅收大大減弱。再則兵變不斷，朝廷對軍隊的支出日漸龐大，僅爲了籠絡迴紇的經濟支出就讓唐朝廷頗感沉重。最後，兵亂導致行政管理的混亂、無序，豪族、軍閥強取豪奪，侵佔田地，大勢搜刮，百姓生活日趨窮困。代宗的軟弱和姑息使唐朝在他執政的年代裏一直走著下坡路。德宗繼位後，長安顯出改革氣氛，僅幾個月時間內，就發了幾十道詔令，要求中央政務實行節約，禁止高級官員奢侈浪費等等。建中元年（780），被任命爲宰相的財政官員楊炎著手改革稅收及財政會計制度，這就是所謂的「兩稅法」。具體內容就是廢除租庸調製，實行統一按每戶的實有田畝和資產征稅，每年分夏、秋兩季交納。兩稅法按資產多寡把稅戶分爲九等，按戶等納稅，其本質是按戶稅和地稅代替租庸調製。兩稅法的改革馬上取得了實際的成功，僅建中元年新制度所收的稅就多於前一年的一切財源。但是這個樂觀的前景只是開了頭，隨著楊炎次年的罷免、德宗的注意力轉向河北藩鎮的問題而擱置下來。

而且兩稅法漸漸露出弊端。兩稅法用實物，也用現錢，後來主要用現錢。由於通貨緊縮，貨幣升值，農產品價格自然低廉，而稅項用現金繳納，因此農民爲了換得繳稅的錢就會抵押更多的農產品，農民的負擔增加，困苦不堪，如果不改革這一交換體制，稅收基礎將大受損害。此後對收進來的稅實行三馬分肥法把這種弊端帶進更高一級的稅收措施中去。在這過程中，方鎮官員爲了中飽私囊，想方設法截留稅收或者拒絕交足稅收。這些截留都是中央財政的淨損失。所以，中央財政所得稅收是很有限的。而較大方鎮用來作爲「貢品」的財源收入轉嫁給老百姓，當時各種苛捐雜稅名目繁多，朝廷時被蒙蔽，這又與方鎮勢力的強大不無關係。隨後有憲宗朝裴垍的改革，就是朝廷直接向州縣級征稅，但是方鎮仍然不時搗亂。憲宗是中興之主都不能解決此問題，何況此後的守成或者連守成都不成之輩呢，中央國庫的不足，老百姓的困苦，這也是中唐衰弱的表徵。

三、思想風氣。學界一般認爲唐朝的思想狀況是三教合流（儒、釋、道）。下面分門簡說。首先，道教在唐代享有最高的地位。李唐皇帝以老子（相傳李耳）後裔自居，積極扶持道教，力圖借助神權來鞏固皇權。再次，道教中的煉丹、養身、長生不死之術對君上有著無比強烈的吸引力。武德八年（625），唐高祖確定了道先、儒次、佛末的次序，宣佈了尊崇道教的方針。太宗繼位後，下詔說：「朕之本系，起自柱下。道士女冠，可在僧尼前。」乾封元年（627），唐高宗追尊老子爲太上玄遠皇帝。儀鳳三年（678），下詔以《道德經》爲上經。唐玄宗在開元元年，遣使搜訪《道經》，纂修道藏，目曰《三洞瓊綱》，又命人修《一切道經音義》。開元二十一年（733），玄宗親注《道德經》。開元二十九年（741），玄宗命令兩京諸州修設玄遠皇帝廟，崇玄學，令生徒習《老子》、《莊子》、《列子》和《文子》，每年按明經例參加科舉。道教借助皇權使其主要經典成爲國家考試的必修科目，無論就其地位還是影響力而言，都對儒士產生了巨大的影響。唐代道士在政治上受到尊重﹝註7﹞，而且有學術上的成就。如司馬承禎就撰有《坐忘論》、《天隱子》等，茅山道士李含光曾撰修《上清經法》，著《仙學傳記》、《老莊周易學記》等。又有道士吳筠，本儒生，後入嵩山以潘師正爲師，傳上清法後，撰《玄綱論》，又撰《神仙可學

﹝註7﹞ 除上述事例外，再如武宗會昌滅佛，原因眾說紛紜，但有一種說法就是「在這次『滅佛』事件的背後，毫無疑問，始終都有著道教徒的策劃和民族情緒的推動，大量的歷史文獻都記載，從唐敬宗到唐武宗的二十年間，有一批道教徒曾經受到前所未有的寵信。」（見葛兆光《中國思想史》第二卷第142頁）

論》、《形神可固論》。著名醫學家道教學者孫思邈曾注《老子》、《莊子》，道士成玄英爲《老子王弼注》和《莊子郭象注》作疏。這些都是儒士不可避免的思想資源。再者，道教後期從注重煉外丹轉向煉內丹，這種思想受整個時代思潮的影響〔註8〕，也與儒學發展中漸漸注重心性的問題有某種聯繫或者暗合。

其次，印度佛教經魏晉南北朝的發展，加上歷代皇帝的極力提倡，到唐代已轉化爲中國的佛教，滲入到社會的各個層面。唐高祖武德二年(619)，在京師聚集高僧，立十大德，管理一般僧尼。太宗即位，重興譯經場，在全國建立寺刹。貞觀十九年（645），玄奘從印度求法回來，朝廷爲他組織大規模譯場，他以深厚的學養做精確的譯傳，對當時佛教界有極大的影響。武則天請高僧爲其講《華嚴經》。不空和尚仕玄宗、肅宗和代宗三朝，出入宮門，封肅國公。唐憲宗曾下詔將法門寺的佛指舍利迎到皇宮供奉。同時寺院經濟也得到了迅速發展。到會昌五年（845）武宗下令毀佛時，據《唐會要》記載，當時拆毀的寺院4600餘所，佛教建築4萬餘所，強迫僧尼還俗的達260，500人，可見佛教的盛行。

唐代佛教主要宗派有：1、法相宗，又名法相唯識宗。其創立人是玄奘（602～664），但是他致力於翻譯，故此宗最少中國人思想之傾向。真正把唯識學說加以解釋和闡述的是他的弟子窺機（632～682）和圓測（613～696）。所謂「唯識」者，乃謂識外無物。它的主要內容是「窮究萬法之性相」，故名法相宗。以論證「萬法惟識」，「心外無法」爲宗旨，又稱唯識宗。其崇奉的經論有《瑜伽師地論》、《佛地經論》和《成唯識論》，其學說由「八識」、「三性」、「三能變」、「五位百法」以及轉識成智的五位等等一系列複雜的概念、分析、推理和體驗構成。2、華嚴宗，以《華嚴經》爲據立宗，其創始者是杜順法師（557～640），據說他曾經著有《法界觀門》一卷，《妄盡還源觀》一卷。但使其學派風靡朝野的卻是他的再傳弟子法藏（643～712）。其闡述佛教的宗旨可用「明緣起」、「辨色空」、「約三性」、「顯無相」、「說無生」、「論五教」、「勒十玄」、「括六相」、「成菩提」、「入涅槃」等等幾組理論來表述。他們追尋佛教的終極境界「事事無礙法界」，提出達到此佛陀境界有十種法門。3、天台宗，以鳩摩羅什譯的《法華經》、《大智度論》、《中論》爲依據而立宗。其創

〔註8〕　參看孫昌武《道教與唐代文學》，葛兆光《中國思想史》有關「九世紀的道教」部分。

立人爲隋陳時的智顗（531～579）大師，因其住在浙江天台山，遂以天台爲名。但智顗所說多修行方法，不盡有哲學興趣，闡發此宗教義的乃《大乘止觀法門》，其中有受唯識宗和華嚴宗影響的痕迹。宣講「一切諸法，依此心有，以心爲體」，「明三性」、別「共相識與不共相識」、「萬法互攝」、「止觀」、去「染性」等等觀念。後來天台第九祖湛然提出「無情有性」之說。李翱奉爲知己的著名古文運動家梁肅爲天台宗傳人，湛然弟子。4、禪宗，相傳由南印度僧人達摩在北魏時傳入中國，因其講究禪定或坐禪而得名。此派對佛教哲學中之宇宙論貢獻不多，主要論述佛教中的修行方法。闡述經義的著作乃《六祖壇經》。五祖〔註 9〕後禪宗分南北兩派。南派以惠能（638～713）爲代表，主張「菩提本無樹，明鏡亦非臺。本來無一物，何處惹塵埃」，「本性是佛，離性無別佛」。是謂頓教。北宗以神秀（？～706）爲代表，主張「身是菩提樹，心如明鏡臺。時時勤拂拭，勿使惹塵埃」，長期苦修，漸悟成佛。是謂漸教。八世紀中葉，禪漸漸成了一種相容了理論與實踐的龐大體系。在其宗派分化及思想分化的同時，爲尋找解脫路徑的人們提供了多種途經，也讓他們在選擇中找到一個真正適合中國知識、思想與信仰世界的，從宇宙本原、宗教實踐到終極境界都彼此貫通的禪思想體系，最終使禪宗戰勝其他佛教教派，成爲最中國的佛教。除以上四宗外，唐代還有密宗、律宗和淨土宗，後來淨土宗影響較大。由於唐代道教規模較佛教小，並且是本土具有的，再有皇權的支持，因此幾乎沒有受到儒士的批判。相反佛教卻受到了來自道教和儒教兩方面的批判，其中較著名的儒士就有傅奕、狄仁傑、姚崇、韓愈和李翱等人。但是儘管韓愈、李翱對佛教有所批判〔註 10〕，但他們都不同程度的對佛教的思想有所借鑒和吸收。〔註 11〕

　　唐代的儒學。總的來說，這一期的儒學處於蟄伏時期，或者說從漢至唐，儘管儒家在官方一直都處於「正統」地位，官方也需要從儒學裏面找到自己行事的依據，但是儒學一直以來都處於發展的「高原狀態」。〔註 12〕如果用積

〔註 9〕 據禪宗中所傳述之歷史，此宗直受釋迦佛之心傳，傳至菩提達摩乃至中國，
　　　　當爲梁武帝時。達摩乃爲中國禪宗之初祖，慧可爲二祖，僧璨爲三祖，道信
　　　　爲四祖，弘忍爲五祖（卒於唐高宗上元二年，即 675 年）。

〔註 10〕 李翱著重義理上的批判，也有因佛教對人們的生活有影響而批判，如《去佛
　　　　齋論》。韓愈則著重從佛教對社會經濟的危害方面批判，如《原道》。

〔註 11〕 此段有關唯識宗、華嚴宗、天台宗、禪宗的文字參考了馮友蘭《中國哲學史》，
　　　　葛兆光《中國思想史》中相關部分。

〔註 12〕 這裡的「蟄伏」、「高原狀態」的意思是相對於自漢至唐儒、釋、道三家的發

極的表述方式，則是儒學一直在尋找新的發展契機，但是沒有突破漢學的局限。八世紀末九世紀初的唐朝，由於內憂外患，國家正面臨著一個深刻的危機，即是以皇帝爲代表的國家權威幾近失墜，由此引起知識和思想界的秩序紊亂。但是正是此時，唐帝國又面臨著復興的契機，自憲宗登基（九世紀初），此種復興的信心也慢慢在士人心中點燃。對當時政治弊端的批評和診療，漸漸集中到修復失墜的國家權威上，這在士人當中相當強烈，主要表現爲對思想秩序的訴求。然而當時思想界中，把作爲知識權力的儒家獨享變成了思想世界的門戶開放，把過去儒門一統的格局變成了佛儒共處的空間，加上當時道教、黃老、刑名的異端思潮紛至沓來，思想世界的界限越發模糊了。正是這種背景，容易喚醒士人根深蒂固的文化上的民族主義情緒，從而在「華夷之變」中排佛，當然又在既定的事實——佛教已深入生活的方方面面，思想界界限並不涇渭分明——中發掘自己歷史傳統中的資源。中唐的儒學就是在這種背景下開始了不知不覺的轉換或者說新變。〔註13〕

綜上所述，有唐一代，釋、道兩家的地位經常不讓於儒家，所以韓愈《原道》有道斷之歎。但經學在唐代曾有小小高潮，即太宗臨朝孔穎達作《五經正義》時，儒家經典再一次被確立爲官方的教科書，只不過時間不長，高宗武后時期隨即發生變異，即儒學不再是思想界的主流思想。唐代思想狀況呈三教合一之勢，即陳寅恪先生說：「至李唐之世，遂成固定之制度（即三教合一）。如國家有慶典，則召集三教之學士，講論於殿廷，是其一例。故自晉至今，言中國之思想，可以儒、釋、道三教代表之。」〔註14〕

第二節　《論語筆解》的突破

一、《論語筆解》眞僞考補

關於《論語筆解》的眞僞問題，查屏球先生的《韓愈〈論語筆解〉眞僞

展狀況說的，指儒學發展到一定階段，就像停留在一個高原上，很難向前進展。不是說儒家一蹶不振，沒有發展。唐初官方主修的《五經正義》就是對儒學的重視，只是仍然是採用漢學的方法，對儒學本身的進步促動不大。一般的觀點總是說魏晉玄學，隋唐佛學，也就是這個緣故。

〔註13〕此段主要觀點參考了葛兆光《中國思想史》有關「重建國家權威與思想秩序」部分。

〔註14〕陳寅恪《馮友蘭中國哲學史下冊審查報告》，見《金明館叢稿二編》，三聯出版社，2001年版。

考》論證十分詳實〔註15〕，結論爲《論語筆解》就是韓愈、李翱所作。筆者同意查先生的觀點，同時從分析其內容著手進行補充證明。再次，查先生未認爲此書作於早年，本文對此書成書時間提出了自己的看法。

一、《論語筆解》的注疏方法與李翱自己所說的完全一致。《復性書》講述自己解經方法：「彼以事解者也，我以心通者也。」當然文中是指他解《中庸》的方法，而李翱將他欣賞的這種方法用之於解《論語》也是可能的。「以事解者」指先儒解經的方法，一般是拘泥於字句，或者從既定的觀念出發牽強附會，由此顯得穿鑿、不夠融通。而「以心通者」則是將經文上下文貫通，結合當時的背景，做出合理的解釋，它是建立在對經文整體把握的基礎上進行的，不是見字解字，見句解句。這與李漢《論語筆解序》「自『學而』至『堯曰』二十篇，文公與李翱指摘大義，以破孔氏之注」正相合。據統計〔註16〕，在《論語筆解》中，共摘錄孔安國注 43 條，其中被駁斥者 34 條；共摘錄包咸注 19 條，其中被駁斥者 18 條；共摘錄周氏注 2 條，其中被駁斥者 1 條；共摘錄馬融注 14 條，其中被駁斥者 13 條；共摘錄鄭玄注 11 條，其中被駁斥者 10 條；共摘錄王肅注 3 條，其中被駁斥者 2 條。下面以例證之。

1《論語・爲政》：子曰：「溫故而知新，可以爲師矣。」

孔曰〔註17〕：溫，尋也。尋繹故者，又知新者，可以爲師矣。〔註18〕

韓曰：先儒皆謂尋繹文翰，由故及新。此是記問之學，不足爲人師也。吾謂故者，古之道也。新謂己之新意，可爲新法。

李曰：仲尼稱子貢云：「告諸往而知來者。」此與溫故知新義同。孔謂尋繹文翰，則非。

按：這一條韓李與先儒最不同的地方在於對「故」的理解。先儒訓「故」，一般爲「所學已得之事」〔註19〕，或者訓「故」爲「古」，爲「已然之迹」〔註20〕，強調「故」的知識性內涵及與「新」相對的一面。

〔註15〕 查先生從唐代關於韓愈注《論語》一事的記載，宋人對《論語筆解》的著錄，《論語筆解》流傳情況三方面論證了《論語筆解》就是韓愈、李翱所作。

〔註16〕 此統計見唐明貴《論韓愈、李翱之〈論語筆解〉》，《孔子研究》2005 年第 6 期。

〔註17〕 今本《論語集解》不出著者名。

〔註18〕 阮元校：「可以爲人師矣」，皇本作「可以爲師也」。

〔註19〕 見程樹德《論語集釋》「唐以前古注」條引「皇侃疏」。上海書店據國立華北編譯館 1943 年版影印（以下同，不再標版本），第 84 頁。

〔註20〕 見《論語集釋》「考證」條引《黃氏後案》。第 83 頁。

韓愈直接點出「故者，古之道也」，明確強調「道」。李翱進一步引出經文「告諸往而知來者」來解釋「溫故知新」，同時認爲先儒將「溫故」訓爲「尋繹文翰」爲非，可見李翱是贊同韓愈的觀點的。先儒解「溫故知新」爲「尋繹故者，又知新者」，並非不合理，但是韓李爲了倡「道」而將「故」訓爲「古之道」，由此認定先儒的解釋爲「記問之學」而否定之，可見他們對經文的理解是站在自己的理論建構基礎上的，是「以心解之」。再次，這種對「道」的倡導，也是韓李在他們的其他文章中經常提到的。〔註21〕

2 《論語‧八佾》：子曰：「吾不與祭，如不祭。」

包曰：不自親祭，使攝者爲之，不盡敬，與不祭同。

韓曰：義連上文 「禘自既灌而往，吾不欲觀之矣」。蓋魯僖公亂昭穆，祭神如神在，不可躋而亂也。故下文云「吾不與祭」，蓋歎不在其位，不得以正此禮矣。故云「如不祭」，言魯逆，祀與不祀同焉。

李曰：包既失之，孔又甚焉。孔注祭神如神在，謂祭百神，尤於上下文乖舛。

按：孔注「祭如在」爲「言事死如事生」，「祭神如神在」謂「祭百神」。結合包注「不自親祭，使攝者爲之，不盡敬，與不祭同」，都是針對祭禮本身而言，強調祭禮中「敬」的含義。如此解釋這段經文，並沒有錯。但是韓愈聯繫上下文來理解，認爲這句話的主要意思是：孔子認爲魯僖公僭禮亂昭穆，而自己不在其位，不能以正此禮，所以爲「吾不與祭」，即不參與；而魯僖公越禮而祭，祭了也如同沒祭，所以爲「如不祭」，這樣，兩句話的主語是不同的，一爲孔子自己，一爲魯僖公。而上句經文「或問禘之說。子曰：『不知也。知其說者之於天下也，其如示諸斯乎！』指其掌」之義：孔子本來知道「禘」之旨，但是因爲反感魯逆、越禮而「禘」，所以回答說「不知道」，以此諱國惡，但是又怕一般人真的認爲自己不知道，無以明其諱國惡，所以接著說自己知道禘禮之說者，如同於天下之事，明白其旨，就如指示掌中之物。韓愈對經文的解釋即承此而來，由此越過孔安國、包咸執著於祭禮本身的解釋，強調了對魯逆越禮的不滿之意，

〔註21〕韓愈《原道》，李翱《與叢弟正辭書》、《從道論》、《答侯高第二書》等文中均有論述。

也不無道理。這種結合上下文及當時背景解經的方法，在《論語筆解》中很多〔註22〕，體現了他們不拘泥舊注，大膽突破的精神。

3《論語・公冶長》：子謂子貢曰：「女與回也，孰愈？」對曰：「賜也何敢望回？回也，聞一以知十；賜也，聞一以知二。」子曰：「弗如也，吾與女弗如也。」

包曰：既然子貢不如，復云吾與女俱不如者，蓋欲以慰子貢爾。

韓曰：回，亞聖矣。獨問子貢孰愈，是亦賜之亞回矣。賜既發明顏氏具聖之體，又安用慰之乎？包失其旨。

李曰：此最深義，先儒未有究其極者。吾謂孟軻語顏回深入聖域云「具體而微」，其以分限為差別。子貢言語科深於顏回，不相絕遠，謙云得具體之二分。蓋仲尼嘉子貢亦窺見聖奧矣。慮門人惑，以謂回多聞廣記，賜寡聞陋學，故復云俱弗如，以釋門人之惑，非慰之云也。

韓曰：吾觀子貢此義深微，當得具體八分，所不及回二分爾。不然，安得仲尼稱弗如之深乎？

按：韓李之解釋，截然不同於先儒。蓋先儒認為，子貢自認為只能以一知二，不如顏回能聞一知十，孔子為了安慰子貢，說自己也不如顏回。而韓李均認為子貢與顏淵確實有別，但是夫子謂「弗如」並不是安慰子貢。韓愈認為子貢之言發明顏回具有聖人之體，表明他自己是有自知之明的，不用安慰。李翱進一步闡述，顏回乃德行科之第一人，相對聖人之德，是「具體而微」，而子貢乃言語科高弟，其德行不及顏回，但言語深於顏回，只是自謙，所以說自己只是得「具體之二」。夫子讚賞子貢也窺見聖奧，但是又擔心門人以字面意思去理解子貢的話，由此認為子貢寡聞陋學，所以說自己也「弗如」，以解門人之惑。韓愈接著闡述，其實子貢已得聖人「具體八分」，只是不及顏回「二分」，不這樣理解，就是不明白夫子稱自己「弗如」的深意。韓李的解釋確實是大膽創見。但是他們的見解也並非憑空而來。皇侃疏引顧歡言：「回為德行之後，賜為言語之冠，淺深雖殊，而品裁未辨，欲使名實無濫，故假問孰愈。子貢既審回、賜之際，

〔註22〕如《論語筆解》之《雍也》「子見南子」條，《顏淵》「子張問士何如斯可謂之達矣」條，《衛靈公》「子曰君子義以為質」條等等。

又得發問之旨，故舉十與二，已明懸殊愚智之異。夫子嘉其有自見之明，而無矜克之貌，故判之以弗如，同之吾與汝。此言我與爾雖異，而同言弗如，能與聖師齊見，所以為慰也。」顧歡雖然得出的結論仍然是安慰子貢，但是前面的分析「夫子嘉其有自見之明，而無矜克之貌，故判之以弗如，同之吾與汝」，與李翱「蓋仲尼嘉子貢亦窺見聖奧矣」是有某種相通之處的。韓愈、李翱如此理解經文，與他們對孔門弟子的態度很有關係。他們尊崇孔子，由此也擡高孔子弟子的地位，所以對經文中涉及其弟子的地方，先儒多半解釋為批評意見的，他們都認為是褒揚。〔註23〕這與韓愈、李翱其他文中對孔子及其弟子的推崇也是一致的〔註24〕。

這種以心解經的方法如此廣泛運用於解釋《論語》，從《論語集釋》裏看，在韓李之前是少有的。又劉汝霖《東晉南北朝學術編年》裏記載的對《論語》的注疏情況如下：東晉袁宏《論語注》，范甯《論語注》，梁沈麟士《論語注》，裴子野《論語集注》，皇侃《論語義疏》，陳沈文阿《論語義記》，周弘正《論語疏》，張譏《論語義》，這些注書大多已遺失。而《論語義疏》之《四庫提要》解題：「《國史志》稱『侃疏雖有鄙近，然博極群言，補諸書之未至，為後學所宗。』蓋是時講學之風尚未甚熾，儒者說經亦尚未盡廢古義。」可見直至北宋，對《論語》之解說總體上仍是「尚未盡廢古義」，更可見《論語筆解》是韓愈、李翱運用以心解經方法對前人注疏的突破的意義。

　　二、《論語筆解》中韓李的觀點與他們自己其他文章的觀點一致。例證如下：

　1《論語・為政》：子曰：「吾五十而知天命。」

　李曰：「天命之謂性」。《易》者，理性之書也。先儒失其傳，惟孟軻得仲尼之蘊，故《盡心》章云盡其心，所以知性，修性，所以知天。此天命極至之說，諸子罕造其微。

　按：觀李翱《復性書（中）》：「『敢問何謂天命之謂性？』曰：『人生而靜，天之性也。性者，天之命也。』」對性的探討，都遵循了《中庸》的說法。此條中推尊孟子，也與《復性書》中建立「道統」、對孟子的

〔註23〕如《論語筆解》之《公冶長》「宰予晝寢」條，《先進》「賜不受命而貨殖焉」條等。

〔註24〕可以參見韓愈《原道》、李翱《復性書》中的「道統」表。

重要性的關注是一致的。再者,「此天命極至之說,諸子罕造其微」與《復性書(上)》:「嗚呼!性命之書雖存,學者莫能明,是故皆入於莊、列、老、釋,不知者謂夫子之徒不足以窮性命之道,信之者皆是也」的感歎語氣也是很相似的。

2 《論語‧陽貨》:子曰:「性相近也,習相遠也。」子曰:「惟上智與下愚不移。」

韓曰:上文云「性相近」,是人可以習而上下也。此文云「上下不移」,是人不可習而遷也。二義相反。先儒莫究其義。吾謂上篇云「生而知之上也;學而知之次也;困而學之,又其次也;困而不學,民斯為下矣」,與此篇二義兼明焉。

按:此條孔注:「君子慎所習」,「上智不可使為惡,下愚不可使強賢」。孔安國強調的是「慎所習」。韓愈認為孔安國的注解沒有將此經文理解透。經文「性相近也,習相遠也」指人可以通過「習」而達到「上智」或「下愚」,而「惟上智與下愚不移」則指人不可因習而遷改自己的「性」,即「上智」不可變成「下愚」,「下愚」不可變成「上智」。前者似乎強調「習」的重要,而後者又否定了「習」對「性」的作用。這種字面上的理解使這兩句經文出現自相矛盾,而先儒沒有做出合理的解釋。韓愈認為這兩句經文沒有矛盾,引《論語》前文:「生而知之上也;學而知之次也;困而學之,又其次也;困而不學,民斯為下矣」來論證。按韓愈的觀點,「生而知之」是「上智」,「困而不學」是「下愚」,這兩者是不能改變的,而「學而知之」、「困而學之」是中間層次,是可以通過學習改變的。因此,「性相近,習相遠」是針對中間層次,而韓愈所說的中間層次,確實可以通過「習」改變「性」;「上智」與「下愚」就是針對上、下兩個層次的,這兩個層次已沒有改變的可能,所以經文並無矛盾。其實這也是韓愈對此經文的一種理解,不見得就完全符合孔子原意〔註25〕。但這種觀點與韓愈《原性》「性之品有上、中、下三,上焉者善焉而已矣,中焉者可導而上下也,下焉者惡焉而已矣」是完全一致的。不能說這是一種巧合,可以說韓愈就是這麼來理解孔子的這句話,由此觸發他

〔註25〕 我認為孔子論性的前提是,本性是善的,韓愈這樣的解釋就導進「性三品」的觀點中。

認為性是有品級的。

李曰：窮理盡性以至於命，此性命之說極矣。學者罕明其歸，今二義相
　　戾，當以《易》理明之，「乾道變化，各正性命」，又「『利貞』者，
　　情性也」，又「一陰一陽之謂道，繼之者善也，成之者性也」。謂
　　人性本相近於靜，及其動感外物，有正有邪，動而正則為上智，
　　動而邪則為下愚。寂然不動則情性兩忘矣。雖聖人有所難知，故
　　仲尼稱顏回「不言如愚，退省其私，亦足以發，回也不愚」，蓋坐
　　忘遺照，不習，如愚，在卦為《復》，天地之心邃矣。亞聖而下，
　　性習近遠，智愚萬殊。仲尼所以云「困而不學」，「下愚不移」者，
　　皆激勸學者之辭也。若窮理盡性，則非《易》莫能窮焉。

按：此段是要對經文的「二義相戾」做出合理的解釋，出發點與韓愈一
　　樣，但論證和結論很不一樣。「謂人性本相近於靜，及其動感外物，
　　有正有邪，動而正則為上智，動而邪則為下愚。」這裡存在一個前
　　提，即「性」是善的，人之本性在靜態情況下是相近的，之所以有
　　「上智」、「下愚」，是因為「性」為外物所感。這與《復性書》的觀
　　點完全一致。其次，此條談到養「性」之法「寂然不動」，這也與《復
　　性書》中「復性」之方「弗思弗慮」一致。因此，此條認為「人性
　　本相近於靜」，「寂然不動則情性兩忘矣」與《復性書》論述「性」
　　之特點〔註26〕，及其如何復性的方法是完全一樣的。再次，此條云
　　「仲尼所以云『困而不學，下愚不移』者，皆激勸學者之辭也」，與
　　《復性書（下）》對時間流逝的緊迫感及汲汲於道的修養〔註27〕也是
　　一致的。再者，僅此段文字，不足三百字，但引《易》的地方不下
　　四處，並且對《易》高度評價，「若窮理盡性，則非《易》莫能窮焉」，
　　這與《復性書》對《易》的頻繁徵引也是相當一致的。此條解釋大
　　概是《復性書》的雛形或者構思階段的產物，這應該沒有疑問。

綜上所述，我們可以說，《論語筆解》就是韓愈、李翱所作，是他們相互
切磋經義，交相明辨的產物。

〔註26〕《復性書》論性：「人生而靜，天之性也。性者，天之命也。」
〔註27〕《復性書（下）》：「然則人之生也，雖享百年，若雷電之驚相激也，若風之飄
　　　　而旋也，可知矣，況千百人而無一及百年者哉！故吾之終日志於道德，猶懼
　　　　未及也。」

二、《論語筆解》對前人的突破〔註28〕

韓李二人對前人的突破最主要表現爲他們「以心解經」的方法或者說論學思路，上文《眞僞考》已提到，但上文主要是從解經方法闡述，這裡主要從他們「破注」的內容進行闡說。〔註29〕韓李二人對前人的突破表現在對經文進行重新闡發，有異於先儒，以及對經文本身進行改易。列爲以下三點進行論說。

（一）指出訓詁上的失誤

1《論語‧學而》：有子曰：「信近於義，言可復也。」

馬曰〔註30〕：其言可反覆，故曰近義。

韓曰：反本要終謂之復，言行合宜終復乎信，否則小信未孚。非反覆不
　　　定之謂。〔註31〕

李曰：尾生之信，非義也。若要終合宜，必不抱橋徒死。馬云反覆，失
　　　其旨矣。

按：《論語集解》此條注文爲：「復，猶覆也。義不必信，信非義也。以
　　　其言可反覆，故曰近義。」注文之「覆」，韓愈理解爲「反覆不定」
　　　之義，意思是說言語反覆，可得證驗，就接近於義。韓愈認爲經文
　　　之「復」當爲「反本要終」之義，強調言行必須合宜才能稱爲「義」。
　　　而《爾雅‧釋言》云：「復，返也，返與反同。」《說文》云：「復，
　　　往來也，往來即反覆之義。」蓋注釋「復」之義並不爲非，只是
　　　韓愈要強調「言行合宜」的意思，所以認爲「復」爲「反本要終」。

〔註28〕此一節對「突破」的幾種情況的分類參考了唐明貴《論韓愈、李翱之〈論語筆解〉》之「二」，但不完全一樣。

〔註29〕在韓愈、李翱之前，也有學者衝破漢儒的解經方法，主要代表是啖助、趙匡，著作代表是陸淳的《春秋輯傳纂例》，此書乃釋其師啖助及趙匡之說而成。《四庫全書總目提要》云：「助之說《春秋》務在考三家得失，彌縫漏闕，故其論多異先儒。……故序事雖多，釋經殊少，猶不如公、穀之於經爲密，其論未免一偏。故歐陽修、晁公武諸人皆不滿之。而程子則稱其絕出諸家，有攘異端開正途之功。蓋捨傳求經，實導宋人之先路，生臆斷之弊，其過不可掩。破附會之失，其功亦不可沒也。」這種評論是公允的。而韓李二人主要是針對《論語》，所以也可以說是用破注之法釋經的一個創新嘗試。

〔註30〕今本《論語集解》不出著者名。

〔註31〕韓愈《原道》：「行而宜之之謂義」，強調合宜爲義，與此處觀點有相合之處，這也是《論語筆解》非僞作的一個例證。

即言須「合宜」，唯義所在才是信；視義而行之，言近於義。李翱爲了證明韓愈所說之正確，舉尾生之事證之。其實在韓李之前，皇侃疏云：「信，不欺也；義，合宜也。復，猶驗也。夫信不必合宜，合宜不必信。若爲信近於合宜，此信之言乃可復驗也；若爲信不合宜，此雖是不欺，而其言不足復驗也。或問曰：『不合宜之信云何？』答曰：『昔有尾生與一女子期於梁下，每期每會。後一日急暴水漲，尾生先至而女子不來，而尾生守信不去，遂守期溺死。此是信不合宜，不足可復驗也。』」〔註32〕由此可見，韓李之說並不是憑空出新，很大程度上參考了皇侃之疏，但皇疏只是表明「信」、「義」之別及「復」之含義，韓李則特別強調了「言行合宜才近義」的觀點。

2《論語·學而》：因不失其親，亦可宗也。

孔曰：因，親也。所親不失其親，亦可宗敬。

韓曰：因訓親，非也。孔失其義。觀有若上陳信義恭禮之本，下言凡學必因上禮義二說，不失親師之道，則可尊矣。

李曰：因之言相因也。信義而複本，禮因恭而遠嫌，皆不可失。斯迺可尊。

按：這裡韓愈、李翱均認爲孔注「因，親也」爲非，兩人結合上下文「有子曰：『信近於義，言可復也。恭近於禮，遠恥辱也。因不失其親，亦可宗也。』」將「因」解釋爲「因循」（韓愈沒有直接解釋「因」之含義，但是「凡學必因上禮義二說」之「因」就是此義）、「相因」，由此韓認爲「不失親師之道」爲尊，李認爲「信義而復本，禮因恭而遠嫌」爲尊。劉寶楠《論語正義》云：「《詩皇矣》『因心則友』，《傳》：『因，親也。』此文上言因，下言親，變文成義。孔注『因，親』是通說人交接之事。」因此，孔非失其義，韓、李之解釋結合上下文，強調「禮義」之中「恭」之重要，「禮」之有「恭」才有尊。。

3《論語·爲政》：子曰：「《詩》三百，一言以蔽之曰：『思無邪！』」

包曰：蔽猶當也。又曰：歸於正也。

韓曰：蔽猶斷也。包以蔽爲當，非也。按：「思無邪」是《魯頌》之辭，仲尼言《詩》最深義，而包釋之略矣。

〔註32〕見《論語集釋》第 45 頁。

李曰：《詩》三百篇，斷在一言，終於《頌》而已。子夏曰：「發乎情，民之性也。」故《詩》始於風，止乎禮義。先王之澤也，故終無邪。一言詩之斷也，慮門人學《詩》，徒誦三百之多而不知一言之斷，故云然爾。

按：《論語集解》曰：「此章言爲政之道在於去邪歸正，故舉《詩》要當一句以言之。……『一言以蔽之』者，蔽，猶當也。古者謂一句爲一言。《詩》雖有三百篇之多，可舉一句當盡其理也。『曰：「思無邪」』者，此《詩》之一言，《魯頌・駉篇》文也。《詩》之爲體，論功頌德，止僻防邪，大抵皆歸於正，故此一句可以當之也。」韓李均認爲「蔽猶斷也」。韓愈認爲包注以「當」解「蔽」，是沒有理解仲尼「思無邪」之深義，包咸對此的解釋失之簡略。李翱將「蔽」釋爲「斷」，認爲「《詩》三百篇，斷在一言」，並且認爲是夫子「慮門人學《詩》，徒誦三百之多而不知一言之斷，故云然爾」。其實細推李翱的意思，這個「斷」也就是對全文文意的判斷、概括，與包注「一言以當之」沒有實質的區別。但是正是在這種地方，可見韓李要別出新意之意。

4《論語・里仁》：子游曰：「事君數，斯辱矣。朋友數，斯疏矣。」

包曰〔註33〕：數，謂速數之數。

韓曰：君命召，不俟駕速也，豈以速爲辱乎？吾謂數當謂頻數之數。

李曰：頻數再三，瀆必辱矣。朋友頻瀆則益疏矣。包云「速數」，非其旨。

按：注文解釋「數」強調速度，意思是侍奉君王太迅速會遭受羞辱。韓愈駁之，「君命召，不俟駕速也，豈以速爲辱乎」，繼而認爲「數」乃指頻率之數。按照韓李的解釋，對君上，如果是經常叨擾，或者說進諫過多、親近過多，而君王不聽，則會自取其辱；對朋友，如果煩瀆太多也會漸漸疏遠。韓李這樣的解釋比注文確實要合理一些。在韓李之前，有《釋文》引鄭注，釋「數」爲「世主反」，謂「數己之功勞」。還有皇侃疏：「禮不貴褻，故進止有儀。臣非時而見君，此必致恥辱；朋友非時而相往，數必致疏遠也。」一云：「言數，記數也。君臣計數，必致危辱；朋友計數，必致疏絕也。」〔註34〕可

〔註33〕此注皇本作「孔安國曰」，見《論語注疏》阮元校。今本《論語集解》未出著者名。

〔註34〕見《論語集釋》第246頁。

　　見前人就有不同的理解，但是韓李並不依從前人，而是結合經文，
　　加以合理解釋。

5《論語‧雍也》：子曰：「君子博學於文，約之以禮，亦可以弗畔矣夫。」

鄭曰：弗畔，不違道也。

韓曰：畔當讀如偏畔之畔，弗偏則得中道。

李曰：文勝則流靡，必簡約，《禮》稱君子之中庸是也。鄭言違畔之畔，
　　　豈稱君子云哉？失之遠矣。

按：這裡韓李結合上下文意，將「畔」釋爲「偏畔」之義，認爲既然是
　　君子，這個身份就賦予他「不偏頗」、「不違道」的品質，「博學於文，
　　約之以禮」之後，將得中道，這樣理解確實比鄭注要圓通一些。儒
　　者對這句話的解釋多集中在「禮」、「文」的爭論上，韓李避開這個，
　　而抓住「畔」字作出新意，也是他們與眾不同之處。《論語集釋》「別
　　解」云：「《群經平議》：畔者，言畔嗖也。博學於文，約之以禮，則
　　自無畔嗖之患矣。《先進篇》：『由也嗖』，鄭注曰：『子路之行，失於
　　畔嗖』。正義曰：『舊注作「【口反】」〔註35〕嗖」，《字書》：「【口反】
　　嗖，失容也。」言子路性剛，常【口反】嗖失於禮容也。今本【口
　　反】作畔。王弼云：『剛猛也。』據此，則畔嗖爲剛猛而無禮容，合
　　言之曰畔嗖，分言之則或曰畔或曰嗖矣。」此解「畔」爲「剛猛而
　　無禮容」，與解「畔」爲「違道」都是將「畔」與「禮」、「道」聯繫
　　起來，強調其違禮背道的意思。韓李的解釋，實際上是突出他們用
　　「中」的觀點，這與他們論道的觀點是一致的。〔註36〕

6《論語‧泰伯》：子曰：「恭而無禮則勞，慎而無禮則葸，勇而無禮則
　　亂，直而無禮則絞。」

王曰〔註37〕：葸，懼貌。絞，刺也。

韓曰：王注云「不以禮節之」。吾謂禮者，制中者也，不及則爲勞、爲葸，

〔註35〕因爲字形檔中沒有相應的字，只有用兩個字組合，用括弧括起來，後文此字
　　　同，不再作注。

〔註36〕如《論語筆解》之《里仁》「子曰參乎吾道一以貫之」條，韓曰「說者謂忠與
　　　恕一貫，無偏執也」，《先進》「子曰回也其庶乎屢空」條，李曰「吾謂言語科，
　　　實資權變，更能慮中乎」，再如《復性書》對《中庸》的強調等等，都與他們
　　　對「中」的觀點的認同有關。

〔註37〕《論語集解》「葸，畏懼之貌」，未出著者名，「絞，絞刺也」爲「馬曰」。

過則爲亂、爲絞。絞，礭也。

李曰：上篇云「禮之用，和爲貴。不以禮節之，亦不可行。」此言發而
　　皆中節，謂之和也。今言恭必企而進，禮不可太過，大抵取其制
　　中而已乎。

按：《論語集解》釋此經文強調要以禮節之，韓李進一步指出「禮者，制
　　中者也」，「禮之用，和爲貴」的「中」、「和」之用，這是抓住了「禮」
　　的本質的。韓愈釋絞爲礭，意思是，禮可以讓人的行爲達到一個恰到
　　好處的狀態，不及則勞、則畏懼，而太過則會爲亂，爲礭。「礭」，《說
　　文》段注：「礭，即今之埆字，與土部之墝音義同。《丘中有麻傳》曰：
　　『丘中，磽埆之處也。磽埆，謂多石瘠薄。……謂堅剛相訟，其引申
　　之義也。」韓愈所說之「礭」，大概就是「堅剛相訟」之意〔註38〕，
　　結合經文，即一個人太直、太堅剛而不節之以禮則會與人發生糾紛，
　　引起不快。《論語注疏》解釋爲「刺」，乃指一個太直而不以禮節之則
　　會刺人之非，強調「直」人對別人的傷害，也未爲不可。韓愈釋爲「礭」，
　　則是強調爲人「太直而不節之以禮」的最終結果，即產生糾紛，導致
　　「相訟」，這個含義比「刺人之非」的涵蓋面更廣，普適性更強。可
　　見韓愈、李翺在討論經文時對字意確實有過仔細推敲。

（二）指出經文理解上的失誤

即韓李認爲先儒對經文的理解不正確，特以糾正；或者認爲先儒沒有弄
清當時背景，穿鑿附會或者理解有偏差，他們著重補充背景、上下文，以發
新意。舉例如下：

1《論語・學而》：子曰：「敏於事而慎於言，就有道而正焉，可謂好學
　　也矣。」

孔曰：敏，疾也。有道，有道德者。正謂問事是非。

韓曰：正謂問道，非問事也。上句言事，下句言道。孔不分釋之，則事
　　與道混而無別矣。

李曰：凡人事政事，皆謂之事迹。若道則聖賢德行，非記誦文辭之學而
　　已。孔子曰：「有顏回者好學，不遷怒，不貳過。」此稱爲好學。
　　孔云問事是非，蓋得其近者小者，失其大端。

〔註38〕《論語筆解》之《陽貨》「好直不好學，其蔽也絞。」韓曰：「絞，礭也，堅
　　礭之義。」

按：韓愈、李翱認爲孔注之失主要是孔沒有分清「正」的內容。韓愈認
爲「正」謂問道。李翱進一步指出「事」和「道」的區別，解釋何
者爲「事」，何者爲「道」，並引證他處經文論證「好學」包含「不
遷怒，不貳過」之德行，得出「道」並不僅僅指「記誦文辭之學」
的結論，以此認爲孔沒有理解聖人深意，僅認爲「正」謂問「事」
之是非，是「得其近者小者，失其大端」。這是很有道理的反駁。後
人論述「道」，有承李翱此說之意。《論語集釋》此條中「發明」云：
「《石渠意見》：『就有道而正焉，就有道之人而正所言所行之是非，
正者行之，非者改之，斯可謂好學之人也。』蓋古之學者其要在乎
謹言慎行以修身，非徒記誦辭章而已。」這就幾乎和李翱意思一樣。

2《論語・子罕》：子絕四：毋意，毋必，毋固，毋我。

王曰〔註39〕：不任意，無專必，無固行，無有其身也。

韓曰：此非仲尼自言，蓋弟子記師行事。其實子絕二而已。吾謂無任意
　　　即是無專必也，無固行即是無有己身也。

李曰：非弟子記之繁，傳之者誤以絕二爲四也。但見四毋字，不曉二義
　　　而已。亦猶手之舞之，足之蹈之，雖四事，其實二事云。

按：韓李二人均認爲經文「絕四」實際上只是「二事」，即「無任意，無
　　固行」而已。先儒大多注意「意」、「固」的理解，並且對每個字句
　　解釋沒有錯誤。韓李化四爲二，他們的理解也有說得通的地方。《論
　　語集釋》「考證」條引《論語足徵記》云：「《集注》：『意，私意也；
　　我，私己也』。案：私意必由己，私己即是意，二義有何分別？意當
　　讀爲不億不信之億。」可見崔適認爲此經文的「意」、「我」含義有
　　重合的地方，儘管與韓愈「毋意，毋必」爲一義，「毋固，毋我」爲
　　一義有所不同，但最終結論是趨向一致的，只是他仍然不敢否定經
　　文之「四」，所以提出要改換朱熹對「意」的含義的解釋。又「別解
　　二」條引《群經評議》云：「上文『毋必』言『無專必也』，此文『毋
　　固』又言『無固行』，然則『必』之與『固』，其義則無別矣。固當
　　讀爲故。……毋故者，不泥其故也。用之則行，舍之則藏，是謂毋
　　必。彼一時，此一時，是謂毋故。」這與崔適《論語足徵記》如出
　　一轍，都是認爲經文文義有重合處但是不敢否定的作法。由此更加

〔註39〕今本《論語集解》不出著者名。

顯得韓愈、李翱的大膽，但是他們的解釋也不是空穴來風，無中生有，而是帶著自己的思索和玩味才做出的。其次，韓愈的理解還帶有辨正的意味。前面引文，一則認為「意」與「我」同義，一則認為「必」與「固」同義。而韓愈認為「無任意即是無專必也，無固行即是無有己身也」，初看毫無道理，「無任意」如何與「無專必」一義，「無固行」如何同於「無有己身」？試解之：無有己身，實際是忘我，既然忘我，所以就無固行，不需要堅持自己。「任意」與「專必」似乎是完全相反的詞語，但是「任意」實際上是任隨己意，這其實是最大的「專必」。夫子言「克己復禮」，實際上就含有個人收斂的意思，並不是要個人肆意張揚，因為在肆意張揚的時候，必然會侵犯其他人的空間，就如同君王的肆意妄為，其實是最大的專制一樣。「無任意」是針對我之外的人說的，「無固行」是針對自己的意念所說，所以韓愈沒有把它們兩個合在一起。因此韓愈的理解確實有他自己的新見和體會。他是一個大膽的懷疑主義者，也確實是一個思想者。李翱解「手之舞之，足之蹈之，雖四事，其實二事云」以此證明經文雖四事實二事，為韓愈助陣。

3 《論語‧子罕》：子路使門人為臣。

鄭曰：子路欲使弟子行為臣之禮也。

韓曰：先儒多惑此說，以謂素王素臣。後學由是責子路欺天。吾謂子路剛直無諂，必不以王臣之臣欺天爾。本謂家臣之臣，以事孔子也。

李曰：卿大夫稱家，各有家臣。若輿臣隸，隸臣臺，臺臣僕之類，皆家臣通名。仲尼是時患三家專魯而家臣用事，故責子路，以謂不可效三家欺天爾。

按：鄭注解「臣」為一般君臣之「臣」，理由是孔子曾為大夫。韓李均認為此「臣」非普通意義的「臣」，而是「家臣之臣」。李翱進一步指出孔子叱責子路之由乃「患三家專魯而家臣用事，故責子路，以謂不可效三家欺天爾」，點出時代背景，為自己的解說尋找依據，也是有道理的。《論語集釋》「考證」條的主要觀點是：說「家臣」較符合孔子的身份，說「素臣」則不合，而經文中孔子叱責子路，所以此經文之「臣」為「素臣」。又皇侃疏引江熙言「子路以聖人君道，足宜臣」，仍然是將臣理解為「君臣之臣」。這種解釋是就經文字面

意思立論，並無錯誤，但比較而言，不如韓李深透。而韓李如此解釋，除了發明深意之外，其次是爲子路辯護，因「子路剛直無諂，必不以王臣之臣欺天」，即子路是明白夫子身份的，所以他會使門人行「家臣」之禮，這並不犯僭越之禮。這與韓李對孔子及其弟子的推崇是一致的。

4《論語·鄉黨》：鄉人儺，朝服而立於阼階。

孔曰：儺，驅逐疫鬼，恐驚先祖，故朝服而立於廟之阼階。

韓曰：正文無「廟」字，又云「恐驚先祖」，疑孔穿鑿，非本旨。

李曰：仲尼居鄉，似不能言者，覩儺鬼，非禮也。故朝服立階，欲止之，使不儺。適會時當在阼階爾，別無異義。

按：韓愈明白指出孔注是穿鑿附會，任意添加經文中沒有的含義，如添加「廟」字，再如發揮出「恐驚先祖」的意思。李翱對經文進行重新解釋，認爲覩鄉人儺鬼是非禮的，而孔子居鄉「似不能言者」，意思是孔子對不好的現象不是直指其不對，所以孔子朝服立於階上，以此行動反對之，使不儺；孔子所立處不是廟之阼階，僅僅是阼階。關於儺，《論語集釋》「考證」條有如下解釋：《菣厓考古錄》：「此即《月令》『季冬之月，命有司大難，旁磔，出土牛，以送寒氣』也。凡難有三。季春國難，畢春氣，諸侯以下不得難。仲秋天子難，達秋氣，天子以下不得難。惟季冬難，貴賤皆得爲，故謂之大。」而「唐以前古注條」皇侃疏曰：「儺者，逐疫鬼也。爲陰陽之氣不即時退，疫鬼隨而爲人作禍，故天子使方相氏，黃金四目，蒙熊皮，執戈揚楯，玄衣朱裳，口作儺儺之聲，以驅疫鬼也。一年三過爲之，三月、八月、十二月也。故《月令》季春云：『命國儺』，鄭玄云：『此儺，儺陰氣也。陰寒至此不止，害將及人，屬鬼隨之而出行。』至仲秋又云『天子乃儺』，鄭玄云：『此儺，儺陽氣也。陽暑至此不衰，害亦將及人，屬鬼亦隨之而出行。』至季冬又云『命有司大儺』，鄭云：『此儺，儺陰氣也。屬鬼將隨強陰出害人也。』侃案三儺，二是儺陰，一是儺陽，陰陽乃異，俱是天子所命。春是一年之始，彌畏災害，故命國民家家悉儺。八月儺陽，陽是君法，臣民不可儺君，故稱天子乃儺也。十二月儺雖是陰，既非一年之急，故民亦不得同儺也。今云『鄉人儺』，是三月也。」因此對此條經文「鄉人儺」的

時間有兩種不同的看法，皇侃認為是三月，而《考古錄》認為是十二月。《考古錄》接著對皇侃之說進行了駁斥，認為其非，後人也認為皇疏有違鄭義，不知何據，但也無從確考，只得從疑。本文引用眾人對「儺」的解釋，不是求證經文中「鄉人儺」的具體時間，而是由此評判韓愈、李翱的解說──認為孔注為附會，孔注沒有發明經文深意，即不知此儺不合禮，孔子乃正之的意思──並不是憑空設想，而是有依據的，即「儺」確實有時間限制，如果不合時，就有「非禮」之嫌。而李翱因為「儺」之非禮而認為孔子「朝服立階」的行為是為了糾正「儺」之不合禮，這種理解有合理之處。

（三）對經文進行大膽改正

主要認為經文具體字詞有闡說不通之處，韓李將其改為其他字詞；其次就是認為經文次序顛倒，將其掉換位置；還有乾脆刪掉重複的經文。其例如下：

對字句的改正，明朝都穆有過總結，他一共找出 13 處〔註40〕，都穆指出的都是《論語筆解》中韓、李所要闡釋的《論語》經文本身之誤，其實韓李解經過程中，為了論證說明，又引用了《論語》他處經文，韓李也指出這些經文有誤之處，這裡可以看出他們對全書融彙貫通，然後進行解釋的方法。韓李改正經文之後，並說明了改正理由。這裡再補充幾例。

1 《論語・子路》：曰：「敢問其次。」曰：「行己有恥，使於四方，不辱君命，可謂士矣。」曰：「敢問其次。」曰：「言必信，行必果，硜硜然小人哉。抑亦可以為次矣。」

孔曰：有恥者有所不為。鄭曰：硜硜，小人之貌也。

韓曰：硜硜，敢勇貌，非小人也。「小」當為「之」字，古文「小」與「之」相類，傳之誤也。上文既云「言必信，行必果」，豈小人為耶？當作「之人」哉，於義得矣。

李曰：請以四科校量次第，則孝悌當德行科，上也。使四方，不辱君命，當言語科，次也。言必信，行必果，當政事科，又其次。以推文學，可知焉。

按：首先來看《論語》對「小人」的描述：《為政》篇：「君子周而不比，

小人比而不周。」《里仁》篇：「君子懷德，小人懷土，君子懷刑，小人懷惠。」「君子喻於義，小人喻於利。」《雍也》篇：「子謂子夏曰：『女為君子儒，無為小人儒。』」《述而》篇：「君子坦蕩蕩，小人長戚戚。」《顏淵》篇：「君子成人之美，不成人之惡。小人反是。」「君子之德風，小人之德草也。草尚之風，必偃。」《子路》篇：「樊遲請學稼。子曰：『吾不如老農。』請學為圃。子曰：『吾不如老圃。』樊遲出。子曰：『小人哉，樊須也。』」「君子和而不同，小人同而不和。」「君子易事而難說也。說之不以道，不說也。及其使人也，器之。小人難事而易說也。說之雖不以道，說也。及其使人也，求備焉。」「君子泰而不驕，小人驕而不泰。」《憲問》篇：「君子上達，小人下達。」「君子固窮，小人窮斯濫矣。」《衛靈公》篇：「君子求諸己，小人求諸人。」「君子不可小知，而可大受也。小人不可大受，而可小知也。」《季氏》篇：「君子有三畏：畏天命，畏大人，畏聖人之言。小人不知天命而不畏也，狎大人，侮聖人之言。」《陽貨》篇：「君子學道則愛人，小人學道則易使也。」「色厲而內荏，譬諸小人，其猶穿窬之盜也與？」「君子義以為上，君子有勇而無義為亂，小人有勇而無義為盜。」《子張》篇：「小人之過也必則文。」這些例子，可以將「小人」分成三類：一是與有德君子截然相對的，在德行上最差的那種人，甚至是人格卑劣的人。如「君子成人之美，不成人之惡。小人反是。」。其二，指德行上不及君子，在禮、義等方面的修養不夠的人。如「君子坦蕩蕩，小人長戚戚。」其三，指地位低下的人，一般是指普通老百姓。如「君子懷德，小人懷土，君子懷刑，小人懷惠。」「君子之德風，小人之德草」。「君子學道則愛人，小人學道則易使也。」由此再來看這段經文，先儒的意思可能是說，「言必信，行必果」這種行為還算不上君子之風，所以稱之為「小人」的行為，這裡的小人當指第二種，這種理解是無可厚非的。

其次，「硜」到底何義？《說文》段注「硜」：「《樂記》曰：『石聲磬，磬以立辨。』《史記·樂書》作『石聲硜，硜以立別。』蓋『硜』本古文『磬』字，後以為堅確之意。是所謂古今字。……《釋名》曰：『磬者，磬也。其聲磬磬然堅致也。」先儒釋「硜」為「小人之貌」，語焉不詳。韓愈釋「硜」為「敢勇貌」，這個理解是符合此字本義的。

韓愈認爲「言必信，行必果」是敢勇之人的行爲，而非小人之行爲。大概韓愈理解的小人是指品行很差的第一類「小人」，而「言必信，行必果」並沒有什麼不好的地方，和惡劣的小人之行爲聯繫不上。所以無論是從字義還是從文意上講，韓愈的理解都是有理的。由此他認爲經文「小」乃爲「之」之誤，並非不近情理。只是李翱以四科來較量次第，認爲「言必信，行必果，當政事科，又其次」，稍有穿鑿之嫌。但「言必信，行必果」歸爲「政事科」，指治理政事，決斷不疑的品格，這與《先進》所說「政事：冉有，季路」二人之特點確實有共通之處。李翱的解釋就是爲了說明經文中「之次」的含義。既然「言必信，行必果」非小人之行爲，爲什麼又在其次呢，李翱由此搬出「德行、言語、政事、文學」四科有等級之分來說明。因此，韓李的解釋還是相當縝密的。

2《論語・衛靈公》：子曰：「由，知德者鮮矣。」

王曰：君子固窮，而子路慍見，故謂之少於知德。

韓曰：此一句是簡編脫漏，當在「子路慍見」下文一段爲得。

李曰：濫，當爲「慍」字之誤也。仲尼因由慍見，故云「窮斯慍」焉，則知之固如由者亦鮮矣。

按：這是論證過程中引用到《論語》他處經文，李翱認爲有錯誤，韓愈則指出經文編排順序有誤。此段經文之上文：「子路慍見曰：『君子亦有窮乎？』子曰：『君子固窮，小人窮斯濫矣。』」韓愈認爲「子曰：『由，知德者鮮矣。』」是緊承這句話的。而現在所見《論語》在這兩句之間插了「子曰：『賜也，女以予爲多學而識之者與？』對曰：『然，非與？』曰：『非也，予一以貫之』」這一句。其實先儒們大多認爲上兩句話之間有著緊密聯繫，但是不敢明白提出是「簡編脫漏」之誤，不敢明確指出兩句經文實乃相承。李翱繼續對上句經文進行解釋，認爲「濫，當爲『慍』字之誤」。而何晏解釋：「濫，溢也。君子固亦有窮時，但不如小人窮則濫溢爲非。」這裡的「濫溢」就是對自己行爲的放縱，去做不合禮義的事情；「固」當是「固然」或者「本來」。李翱結合當時對話場景，子路與夫子對話討論「處窮」的問題：子路跟隨夫子一路奔波逃亡，所以有些不快，問夫子：君子也要如此窮困嗎？孔子很平靜地回答，君子可以堅守窮困，或

者說君子在窮困時也志向堅定（這個「固」就是「堅守」、「堅定」的意思），但是小人則不一樣了，小人窮困時會抱怨〔註41〕。這樣理解非常有現場感，使夫子的教育不是講大道理，而是針對學生具體情況即時點撥，使子路一聽便明白夫子之意。何晏解釋爲「小人窮困則濫溢爲非」，這樣解說並沒有錯，但是不及李翱的理解貼實。並且如果按何晏之解釋，這句話就存在對子路嚴屬批評的意味，這與李翱推崇孔子及其弟子的立場不合，況且子路本身並不是如此不堪。所以李翱認爲夫子是微言深意，提醒子路而已，將「由，知德者鮮矣」解釋爲「固如由者亦鮮矣」，即像子路這樣處窮時只是稍微抱怨，但是志向仍然堅定的人也很少啊。

對經文秩序進行改換的有兩處：

1《論語・子罕》：子曰：「可與共學，未可與適道。可與適道，未可與立。可與立，未可與權。」

孔曰〔註42〕：雖能之道，未必能有所立。雖有所立，未必能權量輕重。

韓曰：孔注猶失其義。夫學而之道者，豈不能立耶？權者，經權之權，豈輕重之權耶？吾謂正文傳寫錯倒，當云「可與共學，未可與立，可與適道，未可與權」，如此則理通矣。

李曰：權之爲用，聖人之至變也。非深於道者莫能及焉。下文云「唐棣之華，偏其反而」，此仲尼思權之深也。《公羊》云：反經合道謂之權，此其義也。

按：對此段的理解最重要是對「權」之含義的把握。先儒認爲是「權量輕重」之「權」，韓愈認爲不對，應該是「經權之權」，李翱申論之，取《公羊》之義，認爲「反經合道謂之權」。焦循解「反經合道謂之權」之「權」曰：「說者疑於經不可反。夫經者，法也。法久不變，則弊生。故反其法以通之。不變則不善，故反而後有善；不變則道不順，故反而後至於大順。故反寒爲暑，反暑爲寒，日月運行，一寒一暑，乃爲順行。恒寒恒燠，則爲咎徵。禮減而不進則消，樂盈而不反則放，禮有報而樂有反。此反經所以爲權。」〔註43〕焦說指

〔註41〕《說文解字》：「慍，怨也。」段注也認爲釋「怨」比釋「怒」更有據。
〔註42〕今本《論語集解》不出著者名。
〔註43〕劉寶楠《論語正義》之《子罕》篇此條經文下所引。

出「反經合道爲權」之意，實際上強調了「通變」。「權」之關鍵在於「變」，「變」非循環，是要生生不息，達到「通」，至於「順」，可以不拘法，但是這就是大法。「反經」與「合道」實爲一個意思，即不是死守已成的具體之法，而是根據實際情勢做出適當調整，「權」就是在處理具體事件中所採取的通變之策，最終合「最高原則」即「道」，這就是「反經合道謂之權」的含義。再次，考「權量輕重」之意。《玉篇》：「權，稱錘也。」《孟子·梁惠王上》篇：「權然後知輕重。」焦氏循說「權」曰：「權之於稱也，隨物之輕重以轉移之，得其平而止。物增損而稱則長平，轉移之力也。不轉移，則隨物低昂而不得其平。故變而不失常，權而後經正。」高誘《淮南子注》云：「權，因事制宜，權量輕重，無常形勢，能合醜反善，合於時適義。是由反而至大順，亦用權之道，所謂無常形勢也。」因此，「權量輕重」之「權」，實際上仍然是強調「隨事制宜」，講求「通變」。只是「權量輕重」較「反經合道」之「權」的解釋，在字面上顯得較具體，停留在操作層面而已。皇疏引王弼曰：「權者，道之變。變無常體，神而明之，存乎其人，不可預設，尤至難者也。」這種解說有些玄妙，實際仍然是抓住「權」之「變」的特質，點出「權變」之用依賴於人本身的智慧，這是很有識見的。因此韓李與先儒對「權」的解釋上，沒有實質性的差異。

其次，韓愈改換經文位置。經文：「可與共學，未可與適道。可與適道，未可與立。可與立，未可與權。」韓改爲：「可與共學，未可與立，可與適道，未可與權」。《論語集釋》「考異」條引《詩·綿》正義，《三國志·魏武帝紀》注，《說苑·權謀》，《北周書·宇文護傳論》，《唐文粹》等書均爲「可與適道，未可與權」。此書「按」引《淮南子·泛論訓》引孔子之言及高誘注，認爲經文是「漢儒相傳經訓如此，《筆解》之說，不足據也。」此說有宗經之意。至於韓愈之改換，確實是他自立新說，但對自己的改換理由論證不太充分。

2《論語·衛靈公》：子曰：「由，知德者鮮矣。」

王曰：君子固窮，而子路慍見，故謂之少於知德。

韓曰：此一句是簡編脫漏，當在「子路慍見」下文一段爲得。

按：此處改換有一定道理，從王注也可見其認同此兩句有緊密關係。

刪減經文處如下：

《論語·顏淵》子曰：「博學於文，約之以禮，亦可以弗畔矣夫。」

韓曰：簡編重錯，《雍也》篇中已有「君子博學於文，約之以禮，可以弗畔矣夫」，今削去此段可也。

按：此段經文重出，先儒並不是不知，並且重出並無深意，可以刪去。只是先儒尊敬經典，虔誠之極，視重出也為當然。韓愈言「刪去此段可也」表現出他不盲從經典，敢於表達自己的思想的精神。

綜上所述，韓愈、李翱對先儒注疏及其對經文本身所作的修改，大多數都是他們對經文進行全面解讀，多方參考，並對字句進行推敲，然後才作出的改正。儘管先儒的有些解釋並沒有錯誤，或者他們的「修正」本身也有不合理的地方，但是他們這種「疑經破注」的精神和行為，確確實實和先儒們的執守章句訓詁完全不一樣，對當時的思想界來說，無疑是有觸動的。這種精神，在任何年代，在任何需要創造發展的領域，都有進步意義。因此，《論語筆解》儘管還沒有形成嚴格的思想體系，但是它在思想史上的開創意義不可抹煞。

三、《論語筆解》中韓、李二人解經之異同

《論語筆解》是韓愈、李翱兩人切磋經義，探求聖奧並由此建立自己的儒學思想的產物。他們在解經過程中，基本觀點大致相同，但是具體闡述方面各有側重點。一般來說，韓愈先明確觀點，李翱為韓愈的觀點找出合理的依據，或者作進一步論證，顯得更細緻，更深入，同時使經義更加顯豁、明白。當然，由於是對話形式，韓愈的解經語言也比較通俗，以至於朱熹認為過於鄙淺而非韓愈所作。明朝都穆駁曰：「及觀韓文有《答侯生問〈論語〉書》曰：『愈昔注其書而不敢過求其意，取聖人之旨而合之，則足以信後生輩耳。』然則朱子之所謂鄙淺，固韓公之欲求信於後生者耶。」可備一說。認為韓愈、李翱的解經並不是「鄙淺」，是因為《論語筆解》不是正式的書稿，而是對兩人探討經文的過程的一種記錄，所以在表述上顯得不那麼嚴謹、精練，也不夠系統。其次《論語》本身是語錄體，這種語體天生不適合建構思想體系，既然是對它進行解說，不可能超越它的形式。其三，朱熹稱之為鄙淺的主要原因，即他們對經文的改正似頗為隨意。通過上文的論證，表明他們並不是隨心所欲地妄改，也不是沒有發明深意。況且「取聖人之旨而合之」與「過求其意」相比，「過求其意」反倒顯得故作艱深，不利後學。所以不可因此而覺得他們思想也鄙淺。下面舉例說明他們解經的特點。

（一）李翱為韓說找例證

1《論語‧學而》：有子曰：「信近於義，言可復也。」

韓曰：反本要終謂之復，言行合宜終復乎信，否則小信未孚。非反覆不
定之謂。

李曰：尾生之信，非義也。若要終合宜，必不抱橋徒死。馬云反覆，失
其旨矣。

2《論語‧學而》：恭近於禮，遠恥辱也。

韓曰：禮，恭之本也。知恭而不知禮，止遠辱而已。謂恭必以禮為本。

李曰：晉世子申生恭命而死，君子謂之非禮。若恭而不死，則得禮矣。

按：在這兩例中，韓愈的解釋都是比較抽象的，如「反本要終謂之復，
言行合宜終復乎信」的「反本要終」、「言行合宜」，「恭必以禮為本」
中的「恭」與「禮」，都是抽象的概念，比較難於理解。李翱舉尾生
的故事、晉世子申生的故事，把抽象的道理具體化、生動化，使讀
者很容易理解、接受。

（二）李翱從上下文及其他書中為韓說找證據

《論語‧學而》：

子曰：「敏於事而慎於言，就有道而正焉，可謂好學也矣。」

孔曰：敏，疾也。有道，有道德者。正謂問事是非。

韓曰：正謂問道，非問事也。上句言事，下句言道。孔不分釋之，則事
與道混而無別矣。

李曰：凡人事政事，皆謂之事迹。若道則聖賢德行，非記誦文辭之學而
已。孔子曰：「有顏回者，好學，不遷怒，不貳過」，此稱為好學。
孔云問事是非，蓋得其近者小者，失其大端。

按：韓愈僅僅提出「正謂問道」及「事」與「道」的區別，沒有作任何
說明。李翱則替韓愈補充說明「事」與「道」為何，並舉經文論證
「好學」並非僅是記問之學，這樣使韓愈的說法有了可靠的支撐點，
使他們對先儒釋義的反駁不為無根之談。

2《論語‧里仁》：子曰：「君子之於天下也，無適也，無莫也，義之與
比。」

韓曰：無適，無可也。無莫，無不可也。惟有義者與相親比爾。

李曰：下篇第九云：「子絕四，曰毋固」。注云：「無可無不可，在毋固執焉」。王通云：「可不可，天下所共存也。」孟子曰：「惟義所在」，其旨同。

按：這是典型的從上下文及他文中爲韓愈之說找證據。從「下篇」至「天下所共存」是證明韓釋「無適，無可也。無莫，無不可也」爲確，後文引「孟子」所說則證明「爲有義者與相親比爾」之理由，認爲君子之於天下，是採取無可無不可的態度，但是仍然有一個最高準則，即是「義」，只要有「義」，則與之「相親」。

3《論語‧述而》：冉有曰：「夫子爲衛君乎？」子貢曰：「諾。吾將問之。」入，曰：「伯夷、叔齊何人也？」曰：「古之賢人也。」曰：「怨乎？」曰：「求仁而得仁，又何怨？」出，曰：「夫子不爲也。」

韓曰：上篇云「伯夷、叔齊不念舊惡，怨是用希。」此言君子雖惡不怨也。又下篇云「不降其志，不辱其身，伯夷、叔齊歟？我則異於是，無可無不可。」吾嘗疑三處言夷、齊各不同，吾謂此段義稱賢且仁者，蓋欲止冉有爲衛君而已。

李曰：聖人之言無定體，臨事制宜。孟軻論之最詳，曰：「伯夷，聖之清者也；伊尹，聖之任者也。柳下惠，聖之和者也。孔子，聖之時者也。時行則行，時止則止。」大抵仲尼與時偕行，與時偕極，無可無不可，是其旨也。其餘稱賢且仁，誠非定論。

韓曰：習之深乎哉！吾今乃知仲尼之言，瞻之在前，忽然在後，不可蹊窺其極。

按：韓愈認爲「三處言夷、齊各不同」，李翱立即說出一條規律「聖人之言無定體，臨事制宜」，隨即引孟子之言得出「仲尼與時偕行，與時偕極，無可無不可」而「其餘稱賢且仁，誠非定論」的結論。這個論說，與韓愈的銜接非常自然，並且引證十分貼切，所以韓愈也感歎：「習之深乎哉！」實在是佩服李翱能把經典融會貫通，隨手拈來，恰到好處。不過對於孔子評夷、齊賢且仁是止冉有爲衛君還是表明自己不會助衛君，李翱沒有論述，大概是認同韓愈所說「此段義稱賢且仁者，蓋欲止冉有爲衛君而已」。

4《論語‧‧子罕》：子罕言利與命與仁。

包曰〔註44〕：寡能及之，故希言。

韓曰：仲尼罕言此三者之人焉，非謂罕言此三者之道也。

李曰：上篇云「仁遠乎哉？我欲仁，斯仁至矣。」是仲尼凡於道則無不
　　　言，但罕有其人，是以罕言爾。上篇云「必有之，吾未之見」，此
　　　罕言之義。

按：韓愈的解釋與包注稍有差異：包氏認為「利」、「命」、「仁」三者之
　　理很少有人觸及，所以夫子很少說這三者。韓愈言「仲尼罕言此三
　　者之人」，其意費解，大概認為夫子很少說與「利」、「命」、「仁」有
　　關的人，而不是這三者之道。李翱引用經文，得出「仲尼凡於道則
　　無不言，但罕有其人，是以罕言」的結論，是佐證韓愈「非謂罕言
　　此三者之道」的解釋。進而舉證說明何為「罕言」，即「必有之，吾
　　未之見」，意思是可以談「利」、「命」、「仁」之道的人一定有，但是
　　很少見到，所以就很少說到這三者。

5《論語‧堯曰》：帝臣不蔽，簡在帝心。

包曰〔註45〕：桀居帝臣之位，罪過不可隱蔽。

韓曰：帝臣，湯自謂也。言我不可蔽隱桀之罪也。包以桀為帝臣，非也。

李曰：吾觀《湯誥》云爾「有善，朕弗敢蔽；罪當朕，躬弗敢自赦。惟
　　　簡在上帝之心」，此是湯稱帝臣明矣。疑《古文尚書》與《古文論
　　　語》傳之有異同焉。考其至當，即無二義。

按：此條主要關注的是「帝臣」為誰的問題，包注認為是桀，而韓愈認
　　為是湯。李翱舉《湯誥》之語證之，頗有說服力。

7《論語八佾》：子曰：「吾不與祭，如不祭。」

包曰：不自親祭，使攝者為之，不盡敬，與不祭同。

韓曰：義連上文「禘自既灌而往，吾不欲觀之矣」。蓋魯僖公亂昭穆，祭
　　　神如神在，不可躋而亂也。故下文云「吾不與祭」，蓋歎不在其位，
　　　不得以正此禮矣。故云「如不祭」，言魯逆，祀與不祀同焉。

李曰：包既失之，孔又甚焉。孔注祭神如神在，謂祭百神，尤於上下文
　　　乖舛。

〔註44〕今本《論語集解》不出著者名。
〔註45〕今本《論語集解》不出著者名。

按：此條韓李的解說形式比較特別，一反韓說簡單、李說詳細的常態，
　　而是韓說較詳細，從上下文引證，李翱僅僅只指出包、孔注之失。
　　這在《論語筆解》中是少見的。

（三）李翱為韓說點出背景

1《論語・為政》：子曰：「君子不器。」子貢問君子。子曰：「先行其
　言而後從之。」

孔曰：疾小人多言而行不周。

韓曰：上文「君子不器」與下文「子貢問君子」是一段義。孔失其旨，
　　　反謂疾小人，有戾於義。

李曰：子貢，門人上科也，自謂通才可以不器，故聞仲尼此言而尋發問
　　　端。仲尼謂但行汝言，然後從，而知不器在汝，非謂小人，明矣。

按：此段爭議在孔子「先行其言而後從之」的對象為誰。孔注認為是「小
　　人」，韓李均認為是「子貢」。韓李的解釋一般注重聯繫上下文，並
　　且常從當時說話場景中推測經義，所以其解釋比較具有現場感。這
　　就是典型的一例。韓愈指出孔注之誤，李翱隨即補充子貢此人的資
　　料：子貢為言語科高弟，曾謂通才不器。所以孔子乃針對子貢而回
　　答，即遵循你自己的話去做，然後以言從之，言行相符，就是「君
　　子」。因為李翱的補充，使韓愈對孔注的反駁具體化而容易理解。

2《論語・里仁》：子曰：「參乎！吾道一以貫之。」曾子曰：「唯。」
　子出，門人問曰：「何謂也？」曾子曰：「夫子之道，忠恕而已矣。」

孔曰：直曉不問，故答曰唯。

韓曰：說者謂忠與恕一貫，無偏執也。

李曰：參也魯，是其忠焉，參至孝，是其恕也；仲尼嘗言：忠必恕，恕
　　　必忠，闕一不可。故曾子聞「道一以貫之」，便曉忠恕而已。

按：韓李解釋並不是駁斥孔說，而是申發己意。韓愈認為「忠與恕一貫，
　　無偏執也」，強調「忠」與「恕」兩者同等重要，不是偏重其一；其
　　次，「忠恕」即「道」，「道」是行動的指導，故「一以貫之」。李翱
　　補充曾子其人的特點，「魯」而「至孝」，本為「忠恕」，又得出「忠
　　必恕，恕必忠，闕一不可」的結論，所以曾子立即明白夫子「吾道
　　一以貫之」之義。李翱的補充也是孔注的證據，因韓李兩人均贊同

孔注，但是兩人均認為孔注仍有不足，所以韓愈進一步補充經義，李翱則在背景資料方面作充實。

3《論語‧陽貨》：子路曰：「佛肸以中牟畔，子之往也，如之何？」子曰：「有是言也。不曰堅乎，磨而不磷。不曰白乎，涅而不緇。吾豈匏瓜也哉？焉能繫而不食？」

孔曰〔註46〕：晉大夫趙簡子邑宰。不得如不食之物，繫滯一處。

韓曰：此段與公山氏義同。有以知仲尼意在東周，雖佛肸小邑亦往矣。

李曰：此自衛返魯時所言也。意欲伐三桓，子路未曉耳。

按：韓李二人沒有反對先儒之注，只是將注文之義闡發得更明白。韓愈認為此段同上段經文之意，是仲尼欲興周道於東方，即使是佛肸這樣的小地方，只要有用得著他的道的，他就去。李翱補出當時背景，乃孔子自衛反魯時，意欲伐三桓而為〔註47〕。而子路只是從表面現象判斷，認為仲尼似乎違背了自己的「親於其身為不善者，君子不入」的話，是不解仲尼欲興道的深意。

（四）李翱對韓說進一步發揮

1《論語‧雍也》：子曰：「齊一變至於魯，魯一變至於道。」

包曰：齊可使如魯，魯可使如大道行之時。

韓曰：道謂王道，非大道之謂。

李曰：有王道焉，「吾從周」是也。有霸道焉，「正而不譎」是也。有師道焉，得天子禮樂，「吾舍魯何適」是也。然霸道可以至師道，師道可以至王道，此三者皆以道言也，非限之以器也。故下文云「觚不觚」，言器不器也，「觚哉」重言，不器，所以臻道也。

按：韓愈反駁包咸之說，認為道乃王道，非大道也。李翱引經文證之。進而發明「然霸道可以至師道，師道可以至王道，此三者皆以道言也，非限之以器也」，以此解釋下文「觚不觚，觚哉！觚哉」乃「不器，所以臻道」〔註48〕。

〔註46〕此句今本《論語集解》不出著者名。

〔註47〕見《史記‧孔子世家》。

〔註48〕《論語集釋》「按語」認為韓李之說較《集解》為勝，可從。李翱釋「觚不觚，觚哉！觚哉」為「不器，所以臻道」，此說可理解為「比喻」義，即李翱認為孔子說「觚」，實為論「政」及「道」，重言「觚哉」，實為感歎，要求超越「觚」

2《論語・鄉黨》：子曰：「山梁雌雉，時哉！時哉！」子路共之，三嗅
　而作。

周曰〔註49〕：子路共之，非本意，不苟食，故三嗅而作。

韓曰：以爲食具，非其旨。吾謂嗅當爲嗚嗚之嗚〔註50〕，雉之聲也。

李曰：子路拱之，雉嗅而起。記者終其事爾，俗儒妄加異義，不可不辯
　　　也。

按：韓李二人均認爲先儒解釋爲非，韓愈解「嗅」爲「嗚」，義爲「雉之
　　聲」。李翱繼韓說對經文進行解釋，認爲「共」乃「拱」，指子路明
　　白夫子所說「山梁雌雉」得其時之意，所以對著雉「拱」之，而雉
　　不明所以，所以鳴聲飛起。這段經文只是弟子記當時事而已，而先
　　儒乃妄加深意。李翱的解釋使韓說及經文意思更加明白、清晰，同
　　時駁斥了先儒之說。

3《論語・先進》：德行：顏淵、閔子騫、冉伯牛、仲弓。言語：宰我、
　子貢。政事：冉有、季路。文學：子游、子夏。

說者曰〔註51〕：字而不名，非夫子云。

韓曰：《論語》稱字不稱名者多矣。仲尼既立此四品，諸弟子記其字而不
　　　名焉，別無異旨。

李曰：仲尼設四品，以明學者不同科，使自下升高，自門升堂，自學以
　　　格於聖也。其義尤深。但俗儒莫能循此品第而窺聖奧焉。

韓曰：德行科最高者，《易》所謂「默而識之」，故存乎德行，蓋不假乎
　　　言也。言語科次之者，《易》所謂「擬之而後言，議之而後動，擬
　　　議以成其變化」，「不可爲典要」，此則非政法所拘焉。政事科次之
　　　者，所謂「雖無老成人，尚有典刑」，言非事文辭而已。文學科爲

的實物性，器物的局限性，而達到對「道」的獲得。由此反觀李翱的「霸道」、
「師道」、「王道」的精細區分，可見他處理概念時的縝密，因此由不器而至
道，是李翱對「器」與「道」的認識而做出的解說。

〔註49〕今本《論語集解》不出著者名。

〔註50〕《論語集釋》引作「嗚」，可從。

〔註51〕此條《論語集解》無，而《論語集釋》「考異」條、「考證」條後有按語：「《先
　　　進》一篇皆記弟子言行，此章依《史記》爲夫子平時所論列，而記者記之，
　　　不必在從陳蔡時。清初學者多持此種見解，此從之。」從此句意及其「考異」、
　　　「考證」條所引例子，確實有人認爲此條非直接記孔子語，所以韓愈、李翱
　　　大概是引當時一種傾向性的說法。

下者，記所謂離經辯志，論學取友，小成大成，自下而上升者也。

李曰：凡學聖人之道，始於文，文通而後正人事，人事明而後自得於言，言忘矣而後默識已之所行，是名德行，斯入聖人之奧也。四科如有序，但注釋不明所以然。

按：此段可見韓李二人交相發明之意。首先是韓愈提出觀點：此是仲尼所說，立此四品，諸弟子記其字而不名，別無異旨。李翱接著指出，四品實有高下之分。然後韓愈具體說明四品高下之由。最後李翱總結，明晰四科由低到高漸進之意。由此駁斥前人注釋之不明所以然。

4《論語・憲問》：子曰：「作者七人矣。」

包曰：長沮、桀溺、丈人、石門、荷蕢、儀封人、楚狂接輿。

韓曰：包氏以上文連此七人，失其旨。吾謂別段，非謂上文避世事也。下文「子曰」別起義端，作七人，非以隱避爲作者，明矣。避世本無爲，作者本有爲，顯非一義。

李曰：其然乎，包氏所引長沮已下，苟合於義。若於作者，絕未爲得。吾謂包氏因下篇「長沮、桀溺云『與其從辟人之士，豈若從避世之士哉』」，遂舉此爲七人，苟聯上義。殊不知仲尼云「鳥獸不可與同群」，此則非沮、桀輩爲作者明矣。又況下篇云「逸民伯夷、叔齊、虞仲、夷逸、朱張、柳下惠、少連」七人，豈得便引爲作者，可乎？包謬，不攻自弊矣。

韓曰：齊魯記言，無不脫舛。七人之數固難條列，但明作者實非隱淪，昭昭矣。

李曰：以作者之謂聖之義明之，則理道明矣。

韓曰：仲尼本至誠如此乎，但學者失之云耳。

按：此段又可見韓李二人交相討論之意。包注坐實經文「七人」爲長沮等一系列隱者。韓愈認爲包注「失其旨」，並認爲此節和上文沒有直接聯繫，應該是另起一段，其次認爲「七人」並非隱避者，因爲「避世」與「作者」含義本不相同，「作者」是有爲之人。李翱繼續申述：首先說明包注列出七人可以算是合乎「七人」之義，但這七人不能算是作者，包注錯誤在於受下篇影響，列出七位隱者名。李翱隨即引經文駁斥包氏，認爲長沮等七人非作者，孔子已經說得很明白，並指出他處也有「七人」，與包注的「七人」不合，所以不能因爲湊

數而引用。韓愈繼續總結，認爲「七人」無法坐實，但是「作者實非隱淪」。李翱進一步指出「作者」乃「聖人」之意。因此二人在駁斥包注中也漸漸明確「作者」之意，這才是他們反駁包注的根本理由。二人相互補充、啓發的意思是很明顯的。

5《論語・衛靈公》：子曰：「君子義以爲質，禮以行之，孫以出之，信以成之。君子哉！」

韓曰：操行不獨義也，禮與信皆操行也。吾謂君子體質，先須存義，義然後禮，禮然後遜，遜然後信，有次序焉。

李曰：上云「君子」者，舉古之君子也。下云「君子哉」者，言今之學者能依此次序，乃能成君子耳。

按：韓愈認爲此條經文文字排列次序蘊藏深意，乃指「君子體質」的層進發展，並未說明兩「君子」有含義上的不同，但是細究其意，兩「君子」含義有差別。李翱則指出經文中兩處「君子」意義並不一致，一爲「古之君子」，一爲「今之學成者」，可見其對經文的體會之細密，如此解說讓讀者體會更深。

6《論語・微子》：齊景公待孔子曰：「若季氏，則吾不能；以季、孟之間待之。」子〔註52〕曰：「吾老矣，不能用也。」孔子行。

孔曰：魯二卿，季氏爲上卿，最貴；孟氏爲下卿，不用事，言待之以二者之間。聖道難行，故言老不能用矣。

韓曰：上段孔子行，是去齊來魯也。下段孔子行，是去魯之衛也。孔子惡季氏，患其強不能制，故出行他國。

李曰：按《史記・孔子世家》：子在衛，使子路伐三桓，城不克。此是仲尼既不克三桓，乃自衛反魯，遂作《春秋》。《春秋》本根不止傷周衰而已，抑亦憤齊將爲陳氏，魯將爲季氏云。

按：此處韓李解說並不是駁斥孔注。韓愈指出孔子當時的說話背景：謂經文「孔子行」乃去齊來魯，而下段經文「齊人歸女樂，季桓子受之，三日不朝，孔子行」之「孔子行」乃去魯之衛。李翱引證《史

〔註52〕《論語集解》、《論語注疏》、《論語正義》均無「子」字。且邢疏、劉氏《正義》皆曰「吾老矣，不能用也」乃景公之言，即因受制於晏嬰而言，見《史記・孔子世家》。而《論語筆解》此處經文加一「子」字，意義大變，意爲孔子之說，與《史記・孔子世家》不合，當誤。

記‧孔子世家》明孔子又自衛反魯之事，乃在申發孔子作《春秋》
之深意。

7《論語‧子張》：子夏曰：「大德不踰閑，小德出入可也。」

孔曰：閑，猶法也。小德不能不踰法，故曰出入可也。

韓曰：孔注謂「大德不自踰法」，非也。吾謂大德，聖人也。言學者之於
聖人，不可踰過其門閾爾。小德，賢人也，尚可出入，窺見其奧也。

李曰：防閑之閑，從木，義取限分內外，故有出入之踰。孔注便以閑訓
法，非也。況大德之人，豈踰法耶？

按：此條經文雖然看似主謂俱全，但是仍有發揮的空間，主要是古代漢語
的句子結構會因為句中詞義的變化而變化。孔注認為「閑猶法」，大
德不踰法，小德則不能不踰法，因此，「大德」、「小德」充當句子主
語。而韓愈認為這種解釋為非，認為「大德」乃聖人，對於聖人，學
之者不可踰過其門閾，即「聖奧不可窺」、「瞻之在前，忽然在後」之
意，韓愈認為此句的行為主體為「學者」；因此「大德」、「小德」均
為「學者」之學習對象，不是充當行為主體。李翱贊成韓說，從訓詁
上解釋「閑」乃「防閑之閑」，以證韓愈「門閾」之說。實則李翱說
「閑」是其本義，而孔注說「閑」為引申義而已，無多大差別。只是
李翱要為韓說找證據，所以從訓詁方面尋求幫助。再次，李翱認為大
德之人不會踰法是不言而喻的，由此反駁孔注，這也是認可「大德」
乃「聖人」之意。韓李二人此處的理解確實是別出新意。此處經文本
有多重闡釋的可能，所以對韓李的解釋不能以正確與否來評判，而應
看成他們對經文之意進行更合理的探討的一種嘗試，具有啟發意義。

（五）韓李二人觀點稍有不同處

1《論語‧陽貨》：子曰：「性相近也，習相遠也。」子曰：「惟上智與
下愚不移。」

按：對「性」的認識，韓李二人觀點不一，上文《真偽考補》已分析，
此從略。

2《論語‧陽貨》：子曰：「予欲無言。」子貢曰：「子如不言，則小子
何述焉？」子曰：「天何言哉？四時行焉。」

何曰：言之為益少，故欲無言。

韓曰：此義最深，先儒未之思也。吾謂仲尼非無言也，特設此以誘子貢，以明言語科未能忘言至於默識，故云「天何言哉」，且激子貢使進於德行科也。

李曰：深乎！聖人之言。非子貢孰能言之，孰能默識之耶？吾觀上篇子貢曰「夫子之言性與天道，不可得而聞也」，又下一篇陳子禽謂子貢賢於仲尼，子貢曰：「君子一言以爲不知，言不可不慎也。夫子猶天不可階而升也。」此是子貢已識仲尼「天何言哉」之意明矣。稱「小子何述」者，所以探引聖人之言，誠深矣哉！

按：何注認爲此則的意思是說爲言的好處少。韓愈認爲「仲尼非無言」，只是言語科子貢仍未達到「默而識之」的境界，所以說「天何言哉」以此激勵子貢，使其進於德行科。李翱認爲子貢對夫子之言已經理解並能默識，舉《公冶長》及《子張》篇子貢之言證之，而子貢之問小子何述，並非不知「無言」之意，實乃探引聖人之言。韓說實際上接近何注，雖然認爲夫子並非無言，而是以無言激勵子貢，所以子貢仍然處於受教導的地位。而李翱走得更遠，認爲子貢在此並非處在受訓導的地位，而是在積極尋找聖人之意，所以用言語探尋。這和《論語筆解》其他處對孔門弟子的推崇是一致的。何注從字面探求經義，簡單明白，韓愈、李翱則發掘深意，並能說出理由，但是顯得曲折。

綜上所述，韓愈的解經大致是提點式的〔註 53〕，一般比較抽象，而李翱在上下文及其他經典中尋找證據，進行更周詳地解釋，更細密地辨析，這與他的論述類文章風格特點是一致的，此論述見後文。這一點也可以證明，《論語筆解》實爲韓李所作。其次，從韓李交相辯論來看，李翱對經典的掌握，對經典的理解確實是有功力的，韓愈也不得不讚歎。因此李翱對自己的自負是有理由的，李翱不稱韓愈爲師，這也許是一個原因。再次，《論語筆解》中韓李二人觀點大多一致，並且相互啓發，那種如切如磋，如琢如磨的意味很明顯，如果兩人關係交惡，意見相左，不可能如此融洽。因此，這種辯論研討之作，也是兩人相互學習，關係友好之證。從《論語筆解》中有關文字與李翱其他文章的關係看，從《論語筆解》體現的思想看〔註 54〕，這本書大致作於《復性書》之前，不遲於貞元十八年（802），貞元十五年李翱南遊，十

〔註 53〕 許勃《論語筆解序》：「愈筆大義則示翱，翱從而交相明辨，非獨韓製此書」中「筆大義」之意。

〔註 54〕 比如對孔子及其弟子的尊崇，對「性」的探討等，觀點與《復性書》一致。

六年出任滑州觀察判官直至十八年，所以《論語筆解》很有可能作於認識韓愈不久，是貞元十三、十四年間從韓愈學文，也與韓愈探討經典的成果。

第三節　《復性書》思想內容再探

　　《復性書》是李翱二十九歲時寫成的一篇文章，探討了儒學一個最重要的議題：人性。分上、中、下三篇，四千多字。上篇簡單界定情、性，探討了「情」和「性」的關係，中篇以問答形式闡述復性的方法，下篇敍述人生苦短，勉勵人要終身追求道。《復性書》是儒家心性之學發展過程一個重要的轉捩點，上承先秦孔孟心性之學，下啓宋明理學，也是中古儒家心性論之最大著作〔註55〕。

　　向來對《復性書》的研究主要集中在兩點：一是探討其思想淵源，二是明辨它與宋明理學的關係。在溯其淵源上，主要有四種解釋：1《復性書》的基本思想來自佛教，此說起源最早，勢力最大，可說是主流意見。這種最占勢力的看法包含了三種論點。第一是依據李翱曾經問道於禪宗名僧藥山惟儼及其他禪僧的記載，主張李翱思想導源於南宗禪。第二種論點認為，《復性書》有模仿梁肅《止觀統例》之處。另一種說法則強調，《復性書》的內容有許多與佛教思想相近之處，純就此點判斷，李翱曾經受佛教影響。2《復性書》的思想產生於李翱對儒家舊有性命之學的理解，比較不太重視《復性書》的佛、道淵源。此說可以傅斯年《性命古訓辨正》為代表。3《復性書》的基本觀念出自古代道家。這個看法流行於德川時代的日本，回響至二十世紀初。此說由大儒依藤仁齋首先提出，他的兒子東涯（長胤）詳加發揚。在中國，清儒阮元也曾宣稱「復性」的觀念出自《莊子》。4 這是一種較新穎的觀點，以為《復性書》思想的許多來源是玄學——特別是中古時代玄學化的儒經注疏。這是 T H Barrett 論《復性書》的專著特別強調的。這些只是有關《復性書》淵源的解釋類型，在實際的研究論著中，一個學者經常兼采一種以上的看法。〔註56〕

〔註55〕陳弱水《〈復性書〉思想淵源再探——漢唐心性觀念史之一章》：「在九世紀前後，除了李翱，還有其他文士對儒家的心性思想——或儒家對心性問題可能有的看法——展現了興趣。但無論就論述的完整，探討的深度，或觀念的創新而言，《復性書》都明顯是出乎其類，拔乎其萃。傅斯年稱習之為『儒學史上一奇傑』，確是恰當的評價。」第 424 頁。

〔註56〕此段參考陳弱水《〈復性書〉思想淵源再探》「幾種成說的檢討」這一節。第462～471 頁。

　　近人論述《復性書》思想淵源最細密的是陳弱水的《〈復性書〉思想淵源再探》。他通過對《復性書》內容的分析確定其基本問題意識與核心觀念，然後找出這些觀念的歷史背景及其與歷史思潮的關聯。他認爲《復性書》的主題在於如何修道成聖，其基本觀念是「成聖問題」，「性與情」，「性靜與守靜」。關於「成聖」，他認爲在魏晉南北朝時代，中國本土的儒、玄之學並沒有修養成聖的問題意識，成聖問題，基本上是由佛教所引發的。其次，關於「情與性」。據其考察，《復性書》雖然以兩漢儒家發展出的性情對立觀爲基本概念框架，復性的主旨實在淵源於古代的道家思想。而滅情反性的完整觀念似乎要到唐代道教中才形成，是唐代道教心性修養理論中的一個主要元素。因此，李翱的滅情反性的修爲論受了道教和道家思想強大的影響或暗示。再次，關於性靜情動。陳氏認爲李翱《復性書》抱持性靜情動的理論，明顯是受古代道家與六朝玄學的影響。而在修養問題上主張心性寂靜，則與唐代道教盛行的守靜思想很接近。其次，佛家的禪定也強調內心與外緣之寂靜。在李翱的時代以前，主靜思想可說完全存在於道、佛的傳統，儒家無與焉。因此李翱在重建儒家人性和修養理論時，受到盛行的道、佛思想的重大影響，是清楚而確切的。

　　其次，對李翱思想研究最全面的是張瑜《李翱思想述評》，她從《復性書》思想淵源、《復性書》本身對心性問題的觀點及對宋明理學的影響三方面做了十分細緻的論述。其特點是緊緊扣住文本，抓住全文主旨或摘取文中若干詞句，與古代或中古思想的某些方面作對比，使其任何一項立說都有文本上的依據。在排比考索中，此文認爲《復性書》與儒家經典《論語》、《孟子》、《易傳》、《中庸》、《大學》有相契之處，但不相契處亦夥，究其原因，乃在其不能超越佛教大盛的潮流。

　　陳、張二文均有自己的特點，是近人李翱思想研究中在研究方法上具有代表性的兩種。陳文給我們提供了認識李翱思想的廣闊的背景，即唐代思想風氣中儒釋道的合一，及其如何體現在《復性書》中。但是，陳文在溯源思想淵源時，似乎有意疏漏了李翱思想中對儒家的繼承。而張文在對文本文意具體追蹤的過程中也有局限〔註57〕。本文即從探尋《復性書》內容來修正他

─────────────────────

〔註57〕探討《復性書》與儒家佛家經典的關係時，對《復性書》中某些引文的理解不太恰切。比如《復性書》上李翱引用了《中庸》：「唯天下之至誠爲能盡其性，……其次致曲……」一段，張瑜指出「至誠」一句言聖人之情完全朗現的情景，可以贊天地之化育，與天地參；「致曲」句則指次於聖人的賢人的

們的不足。

一、《復性書》的主題

陳文認爲《復性書》的主題在於如何修道成聖，這是不錯的，但是他所
關注的重點是「成聖問題」，而不是「修道問題」。我認爲《復性書》最重要
的主題是「修道」。「成聖」與「修道」之間的區別就在於，「成聖」是一種理
想，是永遠的追求目標，而「修道」是要落實到生活中的人人都可以做的實
踐工夫。「人皆可以爲堯舜」（《孟子・告子下》）與其說一種可以實現的境界，
不如說是對人性修爲的一種鼓勵和引導，但是「聖人」畢竟是難以企及的，
而「修道」卻可以時時處處履行。具有實踐性品格的儒家，他們不僅僅只是
高懸「成聖」的理想，更重要的是讓每個人都有「向善」的可能並提供可行
方法，所以「修道」一直是他們的主題。李翱在當時的時代背景下，時時刻
刻關注的是每個人的修爲，關注的是「修道」之功夫的落實，這個最具有可
行性，也最具有實效性，所以《復性書》就是論述修道的必要性，修道的方
法，並且強調修道時不我待，並且永無止息。

前人論述一般認爲《復性書》下篇對於全文主旨無大關礙，或者當成全
文之跋語，所以常常存而不論〔註 58〕。實際上這一篇是李翱自己寫作主旨和

境地，不類於聖境。這種理解是正確的，關鍵是張認爲「致曲」不是談聖人
而是談賢人，所以是贅語，而習之不察。其實是張沒有瞭解習之深意。聖人
境地固然是習之想望達到的境地，但習之之關鍵意思在於修道之落實，所以
提倡常人通過修道也會漸次接近聖人的境界，因此他談「致曲」，就是說賢人
發揮自己的一偏之善，不斷擴充完善，也可以達到至誠能化的境界，這是對
普通人的鼓舞。所以這裡並不是贅語。

〔註 58〕 傅斯年《性命古訓辨證》中《附論李習之在儒家性論發展中之地位》：「《復性
書》三篇中，下篇論人之一生甚促，非朝夕警惕不足以進於道。此僅爲自強
不息之言，與性論無涉，可不論。」陳弱水《〈復性書〉思想淵源再探》：「《復
性書》下篇極短，只有三百六十三字，完全不涉及『復性』的問題。此篇的
中心意念是：修道爲人生之要務。人不過是萬物中之一物。因爲有『道德之
性』，幸而能異於禽獸蟲魚。人身難得，人生苦短，若不『力於道』、『專專於
大道』，只能說是『昏不思』了。對有宋明儒學六百年歷史背景的現代中國知
識份子而言，這番話聽起來是老生常談，平凡無奇。但在八、九世紀之交的
唐代，『力於道』——致力於儒道、孔子之道——卻是士人群中出現的一個新
的人生目標，標誌著中國思想走向一個巨大變化的開端。」陳先生注意到這
個主題的重要，但是隨即轉開了，轉到「成聖」問題上去，爲的是討論「成
聖」的思想淵源源於佛教。還有其他論文，一般都是關注《復性書》中的「人
性」問題，幾乎就不談下篇了。如郭爲《李翱之人性論及其與佛老及玄學之

目的的表白。這一節實在沒有哲學思想可言，僅僅只是論述修道之緊迫及其必須，也許正因為此，諸多研究者認為它不重要。但是它是全文的出發點和落腳點，上、中篇就是圍繞修道展開的論述。這個下文再論。這樣確定《復性書》的主題似乎降低了它在哲學史上的地位，僅僅是一篇指導修道的文章而已，但是此處正好可以證明李翱是純正的儒家〔註59〕，其思想淵源底子就是儒家。儘管此文中有不少觀念或者說思維方式甚至用語也與佛教有關〔註60〕，但這只是時代風習所染之故，並非受其感化而變儒為佛。

　　如此立論最值得爭議的是：《復性書》開宗明義提出「復性」問題，有何根據證明其文主旨不是談性情而是談修道。理由如下：《復性書》中所述的「道統」為：聖人（即孔子）──顏子（子路、曾子幾乎同時而稍後而已）──子思──孟子，孟子之後，遭秦滅書，此道遂廢。李翱以繼承此脈學說自任，著意發揚光大之。而《論語》、《中庸》、《孟子》作為儒家的經典，其根本討論的就是人的「內聖」即修道問題〔註61〕。修道過程中最容易碰到的是人自身的矛盾：人作為精神的存在，他可以無限超越，由此獲得心靈的淨化和提升，達到「聖人」的境地。但是人又是物質的，肉體的存在使他不得不具有七情六欲，這是生物實體一種最自然的需要，也是最能放縱的地方，因為它

關係與對道學家之影響》、劉振維《論李翱「復性」說之意蘊暨其與朱熹「人性本善」的理論關聯》等等。

〔註59〕葉夢得《避暑錄話》卷下：「吾謂唐人善學佛而能不失其為儒者無如翱。」其次「修道」是儒家一貫的主張。無論是《論語》、《孟子》、《荀子》、《大學》、《中庸》等，他們始終都關注一個主題，就是人性。無論是性善說，還是性惡說，其最終目的就是讓人回歸或者達到善的境地，這就是一個「修道」過程，不管它是通過外在教育還是內心的自覺。所以「修道」是儒家關注的主題。

〔註60〕參見張瑜《李翱思想述評》第二章第四節《〈復性書〉與佛學之關係》。

〔註61〕也許有人不同意這種觀點，認為是把經典通俗化、世俗化了，但是我認為這種看法是切合當時的論作背景的。當時確實追求如何把人做得更好。《論語》裏的「仁」、「義」、「忠」、「恕」、「好學」等等概念，都是有關做人的標準的，更不論其中涉及叫人如何吃飯、如何穿衣，如何擺正自己的位置（《論語・鄉黨》）的問題。《中庸》裏「庸德之行，庸言之謹，有所不足，不敢不勉」，「慎獨」、「誠明」，也是談如何讓自己平常行為達到一個理想和諧的狀態。《孟子》「吾善養吾浩然之氣」、「富貴不能淫、貧賤不能移、威武不能屈」等等又何嘗不是探討如何做一個堂堂敞亮之人。當然這些經典裏也談到治國大略，但是，就是治國大略也是以「修身」為本。《大學》談治國平天下，最後的落腳仍然是「自天子以至於庶人，壹是皆以修身為本。」「修道」為成人，「修身」是立人，「修道」與「修身」乃一義。

可以不受理智的約束；人的邪惡大都由此產生。先儒對此的察覺使他們必然
會關注人性問題。因此，修道中最關鍵的問題就是對「性」如何處理。孔子
提出「性相近，習相遠」，此句意思是人的本性都是一樣的，而之所以爲善爲
惡，是後天所習不同造成的。因此，孔子雖然沒有明白指出「性本善」，但對
人的本性給予了天生的信任。孟子認爲「人無有不善」猶如「水無有不下」，
也就是人的本性總是善的，所以我們所做的就是發揚本性的善。《中庸》謂「天
命之謂性」，即以「天命」爲人之所以爲人的性。這是由孔子在下學上達中所
證驗出來的。孔子五十而知天命，實際是對人的生命之內所蘊藏的道德性的
全般呈露。此蘊藏的道德性，一經全般呈露，即會對於人之生命給予以最基
本的規定，而成爲人之所以爲人的性。〔註62〕這個「性」必定是「善」的。
孔孟一派信守「性本善」，因此，修道最重要的就是讓人之本性盡情展現，由
此破絕「非性」之爲。在發露本性中，碰到的阻礙也來自人本身，李翱認爲
是「不善之情」。但在先秦儒家中，「性」與「情」沒有決然的分別，李翱所
說「性善情惡」的概念確實不是來自先儒，但是這不表明先儒沒有注意這種
「惡」的東西，只是表述用語不一罷了。〔註63〕李翱稱之爲「不善之情」，修

〔註62〕 此處對「天命之謂性」的解說，參考了徐復觀《中國人性論史（先秦篇）》第
　　　　五章《從命到性──〈中庸〉的性命思想》中「命與性」一節。

〔註63〕 《論語》中對「小人」特點的描述，其次如對「君子」的誠勸，「四毋」、「三
　　　　戒」等等，實際就是人在修道過程所碰到的問題。舉一例分析：《季氏》篇孔
　　　　子曰：「君子有三戒：少之時血氣未定，戒之在色。及其壯也，血氣方剛，戒
　　　　之在鬥。及其老也，血氣既衰，戒之在得。」其中蘊含「好色」、「好鬥」、「好
　　　　得」實乃人生而俱來之意，孔子沒有說要絕對禁止，但是任其發展必然會導
　　　　致惡果，此乃君子不爲，所以當「戒」。孔子的處理是極智慧的，這源於他對
　　　　人本身的認識，既然他對人性是信任的，那麼對人之「惡」的處理也是審慎
　　　　的。孔子雖然不說它是人之惡，但是認爲對它們好得過分則是君子所不爲，
　　　　應當戒。對於這些「惡」孔子沒有用一個概念來概括它，而採取了列舉的方
　　　　式來表述它們的各種形態。《孟子》多言仁政、德政，但《告子》、《盡心》兩
　　　　章仍然回到對性的探討。首先明確「性本善」，隨即對性做了簡單的描述，「口
　　　　之於味也，目之於色也，耳之於聲也，鼻之於臭也，四肢之於安佚也，性也，
　　　　有命焉，君子不謂性也。仁之於父子也，義之於君臣也，禮之於賓主也，知
　　　　之於賢者也，聖人之於天道也，命也，有性焉，君子不謂命也。」（《盡心下》）
　　　　由此可知孟子的「性」指耳目口腹之需，即血氣之性，對這種性的正常的滿
　　　　足是應該的，也是善的，但是人之好美色，好美味等欲望不能過分，過分則
　　　　不爲「性」。而仁、義、禮、知限於生初，但是擴而充之，則成爲人之性，可
　　　　以使天生血氣之性在一個適度的範圍而達到善的境地。對於君子、士，指出
　　　　修爲之法：「持其志，無暴其氣」（《公孫丑上》），「養心莫善於寡欲」（《盡心

道之要乃「妄情滅息」，以至「本性清明」，這就是「復性」的由來。李翱以此爲題，實在是對先儒理論中一直存在的問題的試圖解決，他抓住修道的根本——即回復本來之善性，有醒奪人目的作用。正是用「復性」爲題，顯示了李翱對先儒提出的修道問題進行了理論上深層的探討，這個不能不感謝當時三教合一的大背景。但是李翱仍然沒有將修道拋棄而直談心性，這又是他對儒家重實踐、重工夫的一種深層認同後的繼承。就是他自己本人，也一直遵循「道不遠人」，遠人非道的修道思想。做人即修道，道非虛浮的理論，而是用生命去體驗，用生命來完成，所以是終身之事。這正是儒家的品格，早已被孔子自己體現著，並由此而奠定了。〔註64〕

下》）。「持志」、「寡欲」，一個是針對外界的物質誘惑，要做到剋制自己的物質的欲望，一個是對自己內心的把持，堅定思想意志，其實這兩者是一個意思，沒有堅定的意志，就無所謂對自己的約束，對誘惑的拒絕。因此，孟子明確指出「過分的欲」乃修心之礙，儘管他也沒有對此展開論述。《中庸》重在論述修道之法，開篇明瞭綱目後指出修道之法——「慎獨」，強調行爲的守「中」、致「和」，「庸德」，「庸言」，下篇主要關注「誠」、「明」。所有這些方法暗含了一個前提，就是人如果不慎獨，不守中，不至誠，他就會表現出漫溢不當之行爲。《大學》之意，一言以蔽之，「自天子以至於庶人，壹是皆以修身爲本」。治國平天下，歸結到人本身，依舊是「君子先慎乎德。有德此有人，有人此有土，有土此有財，有財此有用。德者本也。」而「所謂齊其家在修其身者，人之其所親愛而辟焉，之其所賤惡而辟焉，之其所畏敬而辟焉，之其所哀矜而辟焉，之其所傲惰而辟焉。故好而知其惡，惡而知其美者，天下鮮矣！」修身之必要，實乃人之有幾種偏執，即「愛，惡，畏敬，哀矜，傲惰」，這樣導致人不能守住公心，對事物做出全面的認識和評價，只知好而忘其惡，知惡而忘其好。綜上所述，從《論語》的戒勸之言，《孟子》的寡欲，《中庸》的慎獨、至誠，《大學》對五種偏見的描述，都表明他們認識到人本身所存在的問題對修道的阻礙，但是都沒有對這個阻礙做出界說，只是描述而已。因爲任何一種界說，都涉及到對界說對象的探源問題，即這種阻礙從何而來。李翱將其界說爲「不善之情」，其實已經陷於矛盾中，即情由性生，性本善，情何來不善？但是這種不善確實存在，這就是修道的必要所在。李翱受時代風氣影響，提出「性善情惡」，其實是對一直以來存在的問題試圖尋找解決的出路，並給予理論上的探討，這無疑是一種進步，儘管它不完善，但引發宋人進一步研究，由此獲得較圓滿的解決。因此，不能說李翱「復性」說只是來源當時佛、道的思想，而是儒家本身存在沒有解決的問題，李翱借用了佛、道的語彙或者思維方式來進行探討，其淵源仍然是儒家，而不是佛、道。

〔註64〕李翱對道的孜孜追求與身體力行，從其他文章中可以看出。《復性書》完成於貞元十八年。在此之前，李翱文章中也有談到道的。貞元十五年，李翱作《答泗州開元寺僧澄觀書》：「吾之銘是鐘也，吾將明聖人之道焉，則於釋氏無益也。……吾當亦順吾心以順聖人爾。阿俗從時，則不忍爲也。」貞元十六年

其次，從《復性書》全文來看，修道之意也如草蛇灰線，隱伏其中。上篇大致可以分為兩個層次，從「人之所以為聖人者，性也」至「非他也，此盡性命之道也」為一層，其後為第二層。第一層又可分為兩個小層次，從開篇至「情之動弗息，則不能復其性而燭天地，為不極之明」為一層，簡單界定「情」、「性」，並說明兩者之關係。以下為第二層，著重論述「盡性」。第二個大層次主要清理「道統」，表明己志，即恢復久已廢闕之道。乍一看，兩個大層次之間沒有必然聯繫，前半論述情、性，盡性，而後半建立道統。細究文意，李翱以孟子之後的儒家傳人自任，認為自己是能與孔孟心通之人，能讓闕絕廢棄之道劈開塵封，重現精義。儒家之道，即性命之道〔註65〕，所以對「性」的探討成為第一大層次的重點。因此上篇的內在結構是回溯式的，即之所以有第一層次對「性」、「情」、「盡性」的討論，是因為這是儒家道統一脈相承必須解決的問題。而對這些問題的討論，不只是理論上的解惑，而是應該落實到行動中，使人人可行，這樣才是真正的傳揚儒家之道。因此，文中常常出現「修道無止息」之意。這裡不再討論李翱思想中「情」「性」問題涉及的哲學思考，因為這個前人已討論很多。這裡旨在說明李翱確實關注「修道」之實踐。李翱在論述「情與性」的關係時為了不讓討論顯得太抽象用了比喻的說法，其次，把「性」與「情」分別落實到「聖人」與「百姓」身上，認為聖人也有情，百姓之性與聖人之性弗差，但是聖人「寂然不動」，

《寄從弟正辭書》：「凡人之窮達所遇亦各有時爾，何獨至於賢丈夫而反無其時哉？此非吾徒之所憂也。其所憂者何？畏吾之道未能到於古之人爾。其心既自以為到且無謬，則吾何往而不得所樂？何必與夫時俗之人同得失憂喜而動於心乎？」這種對道的孜孜追求，不求時容，與孔子厄於陳蔡所言不求容於時何其相似。直道而行，言行謹一，李翱面刺宰相李逢吉之過，直指朋友之弊，真誠直率，這是他修道的必然行為。《從道論》：「君子從乎道也，不從乎眾也。」大約作於元和六年至九年間的《答侯高第二書》同樣義正嚴辭地表明自己對聖人之道的永恒追求，而決不為苟且生存而求容於世，與世沉浮，同流合污，就是稍稍屈就也不行，這種嚴正的態度，也是李翱性格中特別突出的。大約作於同時或稍前的《學可進》用「潢汙之停不流也，決不到海矣；河出崑崙之山，其流徐徐，行而不休，終入於海」比喻修道是終身之事。這些都表明，求道修道是李翱衷心的追求，道是用來指導自己行為的準則，不會因為外界的阻撓而改變，而放棄。

〔註65〕《復性書上》：「性命之書雖存，學者莫能明，是故皆入於莊、列、老、釋，不知者謂夫子之徒不足以窮性命之道，信之者皆是也。有問於我，我以吾之所知而傳焉，遂書於書，以開誠明之源，而缺絕廢棄不揚之道，幾可以傳於時。命曰《復性書》，以理其心，以傳乎其人，烏戲！夫子復生，不廢吾言矣。」由此可見李翱認為孔孟學說之重點在探討性命問題。

「雖有情也，未嘗有情」，而百姓則是性爲情昏，所以終身不睹其性。隨之有一個比喻：「火之潛於山石林木之中，非不火也；江河淮濟之未流而潛於山，非不泉也。石不敲、木不磨，則不能燒其山林而燥萬物；泉之源弗疏，則不能爲江爲河爲淮爲濟，東匯大壑，浩浩蕩蕩，爲弗測之深。情之動弗息，則不能復其性而燭天地，爲不極之明。」大意是說明要息止情之動，這樣才能復其性。但是將「息情」與「敲石」、「磨木」、「疏泉」並列，實隱含了息情復性就如敲石、磨木爲火，疏泉爲淵一樣是不易之功，非工夫不能到。如果說這種理解似有臆測成分，再看下面論「盡性」部分。此部分緊承上說，指出聖人之先覺使其性明而能復，並且行止語默，無不處其極。然後說「復其性者，賢人循之而不已者也，不已則能歸其源矣。」聖人的先覺使其覺而明，而賢人則要「循之而不已」，即在復性之路上不停止，這樣才能到得本性圓滿自足、完全呈露的境界。因此這是承上之比喻，仍然強調復性之工夫。此後引《易傳》之文描畫聖人大德與天地萬物無所不合的神妙，得出結論「此非自外得者也，能盡其性而已」，非自外得，乃是內修，盡性復性，皆內修之功。然後引《中庸》「至誠」、「致曲〔註66〕」一段，其意在說明「至誠」功效乃能與天地參，就是「致曲」，即用力推廣局部之善，最終能化天下，其至誠之妙將不亞於聖人。而李翱引證後作結：「聖人知人之性皆善，可以循之不息而至於聖也，故製禮以節之，作樂以和之。」這與原文之意不符，是李翱強調至聖修道之工夫，即反覆言說只有注重「循之不息」之功才可以歸性命之道的目的而引出的。此層最後發明：「道者，至誠也。誠而不息則虛，虛而不息則明，明而不息則照天地而無遺。非他也，此盡性命之道也。」此處兩個「誠」，意義不一。道者至誠，沿用《中庸》之意，「至誠」即爲盡其性，爲性之德的全部展現，而性之德的全部展現，就是即道，所以「道者至誠」。而「誠而不息則虛」之「誠」則爲盡性之工夫，由誠而心靈虛靜，由虛靜而心明，由心明而照天地而無遺，與萬物而相應。這種循序層進的工夫就是永不止息的修煉。而「製禮以節之，作樂以和之」則是從制度上教化民眾的措施，實際這種制度也是使民修道的外在動因與方法。然後下一轉語，可以看成第一層與第二層的過渡。「哀哉，人皆可以及乎此，莫之止而不爲也，不亦惑邪？」李

〔註66〕朱熹《四書章句集注・中庸章句》注：「致，推致也。曲，一偏也。……蓋人之性無不同，而氣則有異。故惟聖人能舉其性之全體而盡之。其次則必自其善端發見之偏而悉推致之，以各造其極也。曲無不致，則德無不實，而形著動變之功自不能已。積而至於能化，則其至誠之妙亦不異於聖人矣。」

翱認爲盡性乃人人都可以做到的，只要永不停息，永遠追求就可以，但是（很多人）不去做，所以不能盡性，而讓自己處於被外物所惑的境界，這在李翱看來是很糊塗的做法。其實在這句感歎裏，仍然是強調修道乃終身之事。在第二個層次敍述道統時，對顏回的評價是「其所以未到於聖人者，一息耳，非力不能也，短命而死故也。」非顏回不能到得聖人之境，只是可惜壽短而已。這同樣包含對道體認的深淺是修煉工夫決定的意思。

上篇所包含的「修道」乃是「循之不息」之事，已如上分析，再看中篇。中篇主要討論修道方法。可以分爲四個層次。第一層，從開篇至「故神無方而易無體，一陰一陽之謂道」，著重探討修道的心理狀態，即「無思無慮」。無思無慮很可能被誤解爲一種絕對的靜止狀態，或者以靜止動。李翱對此進行解說，認爲是「本無有思，動靜皆離，寂然不動」這種「至誠」狀態。這種狀態具體說來，不是不聽不聞，而是「視聽昭昭，而不起於見聞」，「其心昭昭而不應於外物」。既然明瞭修道之狀態，第二層就討論修道中的具體作爲。此層從「生爲我說《中庸》」至「無爲而成天地之道，可一言而盡也」。主要列出三點，一是「誠」，即「擇善而固執之」，二爲「愼獨」，三是「明與誠，終歲不違」，即「至誠不息」之意。此層的關鍵點就在於對「善」的堅守。第三層，從「凡人之性猶聖人之性」至「如將復爲嗜欲所渾，是尚不自覺者也，而況能覺後人乎」，主要討論修道過程中如何認識情和性並如何正確對待。這是修道中至關重要之處，李翱幾乎花了此篇一半的篇幅進行討論。李翱的基點仍然是「性本善」，所以桀紂之性猶堯舜之性。之所以有桀紂和堯舜的不同，在於爲不善者爲情昏惑。但是聖人也有情，情非全惡，關鍵在於所發之情要合乎「中」，聖人因爲能合「中」，所以不至昏惑。既要合「中」，所以得滅息「妄情」，即泛濫之情。對於常人來說，對「妄情」的認識和處理，要有先覺者的開啓，所以先覺者自誠明，而常人要受其引導。經過這三層的辨析，如何修道已有了明晰的方法，眾人遵循即可。所以最後一層問「死生」，雖有孔子不語怪力亂神之意，但重點仍然在於盡生之道，即抓住有生之時盡力修道。所以「此（死之說）非所急也，子修之（生之道）不息，其自知之。」所以，此答可以看作下篇論述人生苦短，必須勉勵修道的引子。這樣全文就是貫通一氣的。因此，中篇以問答方式談論修道方法，看似他人詢問，李翱回答，實際上是李翱自己邊破邊立，一層層闢開修道所遇的問題並找出應對之策，最終落到修道的工夫上來。

下篇之文，是《復性書》中最有感情的一段。人之所以異於禽獸蟲魚，

乃在於有道德之性（此說正同孟子）。而生年有限，得道爲難，即使人生百年，仍然如雷電之驚相激，若疾風之飄而旋，會很快消逝於世間。所以李翱對時間的緊迫感猶爲強烈，實在是他對於道的追求已成爲精神上一種永恒的刺激，因此體驗也比別人深刻。此篇以「吾之終日志於道德，猶懼未及」結束，其對道汲汲追求，唯恐不得之心是十分明瞭的。所以，修道爲人生之要務，是儒家討論的主題，同時是李翱最爲關注的論題，也是《復性書》的主題。

二、《復性書》與當時文人學者之人性論比較

《復性書》的產生不是孤立的，既是儒家學說自身的發展，又是時代思想風潮的薰染，同時也是時人對此關注探討的產物。如當時對「性」的探討有韓愈《原性》、皇甫湜《孟子荀子言性論》，歐陽詹《自明誠論》及杜牧《三子言性論》等。因爲張瑜文已對這五篇文章中涉及的性、情的內涵層次，性情關係，惡的來由及致聖的工夫做過剖析並進行比較，本文只選取《復性書》與《原性》、《孟子荀子言性論》進行討論，主要對張文進行補充，並從各篇文章結構、論述方法上討論異同。

《復性書》與《原性》〔註67〕

兩文首先碰到的問題是如何界定「性」，因此對「性」的認識是兩文最根

〔註67〕《復性書》完成於貞元十八年。《原性》寫作時間一直不能確考。《韓愈全集校注》列入「疑年文」，《唐宋八大家文鈔校注集評·昌黎文鈔》《原道》題解：「貞元二十一年（805），韓愈上書李巽，云『謹獻舊文一卷，扶樹教道，有所明白』，朱熹疑所謂舊文，即《原道》、《原性》、《原毀》、《原人》、《原鬼》，舊注多采其說。然元和八年（813）韓愈做《進學解》稱孟子荀卿「優入聖域」，孟荀並提，而此篇則云荀子「擇焉而不精，語焉而不詳」，以孟子直接孔子，將荀子排除於道統之外，當是韓愈的定論，故此篇疑作於元和八年之後，確年不可考。」我認爲於定於貞元二十一年更確。因爲作《論語筆解》時，韓李二人之討論已涉及「性」的問題，而此次兩人集中討論學問大約於貞元十三年至貞元十五年之間，此後三五年李翱便完成《復性書》，韓愈不可能事隔十多年後才想起寫《原性》之文。況且《原性》之說並不是很成熟的理論，從文中分析可知，不可認爲文中的觀念就是韓愈定論。再次，《原性》文末點出批佛之論，當然是批評時風，但有人即認爲有批評李翱之意，這也是可能的，因爲作《論語筆解》時兩人對「性」的認識就不一樣。因此《原性》文末之批佛，大約是看了《復性書》之後有感而發，這種批評，也不可能等到十多年後再提。之所以沒有在貞元十八年後立即駁斥李翱，因爲貞元十九年韓愈被貶陽山令，直至貞元二十一年二月才回京，這段時間是不大可能有心情作理論的辯論。因此，朱熹所說爲確。

本的區別。《復性書》立說的根本是「性本善」,他的直接理論根據是《中庸》,上溯於孟子、孔子。《原性》對性沒有善惡評價,但他對孟子的性善說、荀子的性惡說、揚雄的性善惡混一一駁斥,文意隱含著性既不是善,也不是惡,也不是善惡混,所以他分性爲三品。在上、中、下三品的分類中,其界說爲:「上焉者,善焉而已矣;中焉者,可導而上下也;下焉者,惡焉而已矣。」其分類以孔子「上智與下愚不移」爲依據(參看《論語筆解》此條的解說)。認爲「上智」之人永遠是善,下愚之人永遠是惡,他們的性是無法改變的,只有介乎其中者,才能通過教導,從善而善之,從惡而惡之。但是如此來解釋「性相近,習相遠」則違背了孔子原意。朱熹《論語集注》對此條的解釋是,「此所謂性,兼氣質而言者也。氣質之性,固有美惡之不同矣;然以其初而言,則皆不甚相遠也。……程子曰:此言氣質之性,非言性之本也。若言其本,則性即是理;理無不善,孟子之言性善是也。何相近之有哉。」朱注的本意,是以《論語》此處所說的性,實指的是氣質之性;性相近,實指的是氣質之性的相近;所謂氣質之性,落實下來,就是血氣心知之性,也就是生理的性。但孔子所說的「性」不是血氣心知的性,而是從血氣心知之性的不同形態中,發現的共同之善的傾向,比如「進取」、「不爲」、「廉」、「直」,都是在血氣之偏中所顯出的善,因此他才能說「性相近」。孔子性相近的「性」,只能是善,而不能是惡的。〔註68〕至於「上智與下愚不移」,不是就「性」本身立說,性本來是善的,不存在「上智則善」、「下愚則惡」。「上智」、「下愚」指人的天生稟賦,或者智力水平,它們是先天的,不可更改的,這種才智是有分別的,所以有「上智」,「下愚」之等級。《原性》以此來論性三品,是沒有認識到善惡與才智的等級並無必然的正比關係。

但是「性三品說」並非韓愈獨創。王充《論衡》云:「人性有善有惡,猶人才有高有下也。高不可下,下不可高;爲性無善惡,是謂人才無高下也。稟性受命,同一實也。命有貴賤,性有善惡;謂性無善惡,是謂人命無貴賤也。九州田土之性,善惡不均,故有黃赤黑之別,上中下之差。水潦不同,故有清濁之流,東西南北之趨。人稟天地之性,懷五常之氣,或仁或義,性術乖也。動作趨翔,或重或輕,性識詭也。面色或白或黑,身形或長或短,至老極死不可變易,天性然也。余因以孟軻言人性善者,中人以上者也;孫

〔註68〕 參考徐復觀《中國人性論史》第四章《孔子在中國文化史上的地位及其性與天道的問題》。

卿言人性惡者，中人以下者也；揚雄言人性善惡混者，中人也。」這裡分上、中、下論性有三品，即性是有等差的。荀悅《申鑒》云：「或問天命人事。曰：有三品焉，上下不移，其中則人事存焉爾。命相近也，事相遠也，則吉凶殊矣。故曰：窮理盡性，以至於命。」這是以三品論命，取孔子論性者論命。王充認爲人性有差別，乃由天定，上賢下惡皆不可移，中人則可教以別善惡。荀悅所論，謂未可盡以善惡分性情，而人性一如天命，有三品之不同。王荀二氏詞氣有不同，輕重或別異，但祈求以孔子品差的性論代漢代之善惡二元的性論則是一致的。此後三品之性說乃爲儒者之習言。至韓昌黎始用三品之名於其《原性》一文中。此文相當於《論衡・本性篇》之節要約旨。〔註69〕因此韓愈《原性》文末則言：「今之言性者異於此，何也？曰：今之言者雜佛老而言也。」可見韓愈認爲自己是繼承儒家正統並以此排佛的。但是，無論是否自認正統，無論是王充、荀悅，還是韓愈，以三品論性都離夫子論性之意遠矣。張文認爲《原性》之「性」是氣質之性，其實不能以此來概括韓氏之意。以三品論性，實際上不是對性的本質的探討，而是對社會現實中道德品行表現的分類。但是因爲對性的界定沒有一個標準，韓愈的論述充滿矛盾。

　　《原性》曰：「性也者，與生俱生也；情也者，接於物而生也。」又曰：「其所以爲性者五：曰仁、曰禮、曰信、曰義、曰智。」〔註70〕既然性以仁、義、禮、智、信爲內容，那麼性本身就沒有惡的因素，同於孔子之言性〔註71〕；況且其認爲性是與生俱來的，爲何性又表現爲上、中、下之別？如果這種區別是因人而異，那麼就不能說是性本身有品第。其三品曰「上焉者，善焉而已矣；中焉者，可導而上下也；下焉者，惡焉而已矣。」實在是以人實際表現出的善惡來定性，由此認定性有天生爲善的，爲惡的，這種推理本身就是

〔註69〕 此段王充、荀悅的引文及其評說參見傅斯年《性命古訓辨證》下卷第一章《漢代性之二元說》。

〔註70〕 朱熹《昌黎先生集考異》卷第四：「方（崧卿）從閣、杭、蜀本，云：禮、信去仁爲近，諸本多作曰仁曰義曰禮曰智曰信。今按：……竊意諸本語陳而韓公亦頗尚異，恐方本或得之。」第86頁。

〔註71〕 徐復觀《中國人性論史》第四章《孔子在中國文化史上的地位及其性與天道的問題》：「孔子既認定仁乃內在於每一個人的生命之內，則孔子雖未明說仁即是人性，但如前所述，他實際是認爲性是善的；在孔子，善的究極便是仁，則亦必實際上認定仁是對於人之所以爲人的最根本的規定，亦即認爲仁是作爲生命根源的人性。」

錯的，是以現象代替本質，同時與前述所說以「仁、義、禮、智、信」爲性的內容相矛盾。但由此來定情的品第，確有合理之處。不是認爲他因性之品定情之品合理，而是在類比中，推出「上焉者之於七也（喜怒哀懼愛惡欲），動而處其中」，這種陳述包含了並非所有的情都是惡的這樣的觀念。這個與李翱言「情有善有不善」有相同之處。從這點說來，張文認爲李翱之言情完全是邪惡之情，這是不全面的。

《原性》在「性」的本源上含混不清，而李翱執守「性本善」，文章就不會因此而破漏百出，況且在這個本源問題上，李翱是眞正繼承了儒家孔孟之精神。但是李翱在論述「情與性」的關係時仍然陷於矛盾之中。李翱認爲：「人之所以爲聖人者，性也；人之所以惑其性者，情也。」這樣界定情，首先就有情惡之意，與李翱其後所說「情有善有不善」相矛盾。中篇所說「情有善有不善」，大概是李翱意識到「情惡」之說不符合實情。又曰：「性與情不相無也。雖然，無性則情無所生矣。是情由性而生，情不自情，因性而情；性不自性，由情以明。」既然性本善，情由性而生，那麼情爲何有不善呢，這是李翱在講情性關係時最難說清的地方。張文借用宋儒「天地之性」、「氣質之性」來解釋李翱的「性」與「情」，認爲李翱的「性」就是「天地之性」，天地之性，永遠是善的，李翱所說的「情」，是「氣質之性」，其中有善有不善。這樣至少從理論形式上解決了李翱論說的矛盾。實際上也表明宋儒是在李翱理論上的進一步的完善〔註72〕。

上文說過，李翱的情性論，根本在於讓人修道成聖，所以在討論兩者關係之後，緊跟著討論修道之方，這樣讓自己的論述有了著力點和落腳點，顯得十分深入。而韓愈僅僅只是提出性三品之說，沒有去追問性的本質是什麼，緣何分爲三品，所以只是停留於表面。眞德秀云：「韓子以仁義禮智言性，以喜怒哀樂言情，蓋愈於諸子。然所分三品，卻只說得氣，不曾說得性。」〔註73〕這是典型的宋人的評價，張文稱韓愈三品言性之性乃氣質之性大概即從此出。我認爲眞氏乃是說韓愈言性是沒有抓住「性」的根本。其後茅坤曰：「性之旨，孟氏沒而周、程始能言之，昌黎原不見得。特按三家之言而剖析

〔註72〕黃震《黃氏日鈔》卷五十九云：「性有三品之說，正從孔子『上智與下愚不移』中來，於理無毫髮之背。至伊洛添氣質說。又較精微。蓋風氣日開，議論日精，得氣質之性於天地之性對說。」所以宋儒之精，實際是風氣所開，繼承前人之故。

〔註73〕王文濡《評校音注古文辭類纂》卷二。

之如此，然於天命之原，已隔一二層矣。」〔註74〕比眞氏之說更加直白明顯。都是說韓愈論述不深。

韓愈論述不深，浮於表面，與他對「性」的認識的深刻程度有關，同時也從行文的結構表現出來。《原性》篇整個論述呈並列式。一共四段，除第四段闢佛之外，前三段均圍繞主題詞「性」展開。第一段，「性也者，與生俱生也；情也者，接於物而生也。性之品有三，而其所以爲性者五；情之品有三，而其所以爲情者七。」簡單界定性情並劃分品第。第二段主要是第一段的展開。分兩個層次，第一，明性有上中下三品①，性之具體元素②，隨後介紹上中下三品各自對性之五種元素的實施情況③。之後以一轉語「性之於情視其品」論情之三品①，情之構成元素②，及情之三品對情的七種元素的實施情況③。因此，這兩個層次是平列的，論述的結構、內容也一致。至於單個層次而言，只有論性情各自對其構成元素的實施，即③可以看作是對①②兩個內容進行了綜合討論，使三品之內容更充實，但從思想上看不出有層進的地方。第三段，主要是駁斥前人觀點。分爲三個層次。第一，擺出孟子、荀子、揚雄的觀點並進行評論，「皆舉其中而遺其上下者也，得其一而失其二者也。」第二層，舉例證明性既不是本善，也不是本惡，也不是善惡混。第三層，重申第一層的觀點，即三子提法皆不確，所以提出性三品。因此，這一段的各個層次也不是層進式的深入。相對於第二段，只是在說明自己提出性三品的理由，但沒有對性三品進一步探討。所以，這種平列式的結構，對思想的展開是有局限的，或者說韓愈對性的認識的不深入導致他採用了這種平列式的結構。

《復性書》的論述大致呈遞進式，這樣有利於思想的層層深入，這是李翱論文中特別突出的特點，在此僅就此篇展開論述。上篇，首先開宗明義提出何爲性、何爲情，緊跟著說明情與性的關係。這種複雜的關係很難理清，也很難讓人理解，所以採用比喻的方式，並且用百姓、聖人身上所體現之情、性說明之，實際上已經涉及如何盡性、復性的方法問題。理清情性關係，隨後論述復性（文中多稱「盡性」）之後的清明廣大的境界。這是此篇第一大層次，第二層次敍述道統，上文已說，相對於第一層，實際上是在解釋需要復性之原因，因此與第一層構成回溯式的結構。中篇，緊承上篇。既然理清了情性關係，並且明瞭復性之後與天地合的境界，那麼如何復性，則成爲全文

〔註74〕茅坤編《唐宋八大家文鈔》卷九《原性》篇題注。

之重點。因此，此篇著重論述復性之方法。復性的第一步乃為無思無慮，即
達到「動靜皆離」的狀態，這是心性調節最重要、最關鍵的一步，所以放在
第一。其次，討論復性的具體方法，即誠明、慎獨等。復性的心態及具體方
法說明白了，但是這些方法仍然是抽象的，必須針對具體的情況做出具體的
反應，而復性的方法問題最終是如何處理「情性關係」的問題，所以下文著
重討論有關一般人對情性的疑惑地方，比如「為不善者非性邪」，追問「性」
者何，「堯舜豈不有情邪」，「人之性猶聖人之性，嗜欲愛憎之心何因而生」，
既然認為為不善者非性，堯舜有情但處處得中而已，那麼對於常人，如何處
理情性關係，由此作答。所以，中篇對復性方法的陳述也不是平列的，隨著
思想的深入，探討也更深。關於下篇，儘管不是理論探討，但是作為全文的
主旨所在，也不是突然出現的，前文有諸多鋪墊，上文已詳述。因此，儘管
《復性書》的論述在細節上有矛盾的地方，全文的結構並不是十分精美，但
是主要採用了層進式的論證方法。這種論證方法吸收了佛家善於深入追問開
掘的思維方式，但是儒家中也不是沒有。如《大學》：「古之欲明明德於天下
者，先治其國；欲治其國者，先齊其家；欲齊其家者，先修其身；欲修其身
者，先正其心；欲正其心者，先誠其意；欲誠其意者，先致其知；致知在格
物」，從「明明德」、「治國」推到「誠意」、「致知」、「格物」，從思想上說，
是將外在功業的實現完全轉向內在心性的修養，從形式上，則完全是層層推
進的方法。其次《中庸》：「至誠無息，不息則久，久則徵，徵則悠遠，悠遠
則博厚，博厚則高明；博厚所以載物也，高明所以覆物也，悠久所以成物也；
博厚配地，高明配天，悠久無疆；如此者，不見而章，不動而變，無為而成
天地之道，可一言而盡也。」整段話分為四個層次，以分號為標識。第一層，
至誠所能達到的境界，第二、三層，對第一層的主要概念進一步展開論述，
第二層是從功用方面展開，第三層是從物質匹配方面進行說明。第四層，總
結上文，對「至誠」通過這麼多層的歷練後所能達到的境界作一闡述。因此，
四個層次間是層進的關係。再看第一層「至誠無息，不息則久，久則徵，徵
則悠遠，悠遠則博厚，博厚則高明」，很明顯，除了頂針手法，此段也是逐層
遞進討論的。因此，李翱對這種層進的方法的熟練運用，除了佛家的影響，
也有儒家經典的影響。

　　如此看來，《復性書》對問題的論述比《原性》要深刻、深入，在於李翱
對儒家經典的深入理解，並且吸收佛家、道家思想或者方法上的長處，融會

貫通而成。這種廣博深入，在《論語筆解》中已露端倪。從這點來說《復性書》與《論語筆解》是一致的。韓愈自認為是儒家傳人，但是因為拘守儒家，並且主要從社會生活的層面闢佛老〔註75〕，所以義理方面的探討是相對膚淺的。

《復性書》與《孟子荀子言性論》

皇甫湜《孟子荀子言性論》與韓愈《原性》一樣，認同性三品說，認為孟子性善說、荀子性惡說乃「於聖人皆一偏之論」；在論述方式上，也與《原性》有相似之處，同樣是舉例證明「有生而惡者，得稱性善乎哉？有生而善者，得稱性惡乎哉？故曰孟子荀卿之言，其於聖人皆一偏之說也。」全文至此幾乎與《原性》沒有差別，除了沒有引揚雄的性善性惡相混之說之外。因此，這一段只能說是對韓愈觀點的重複。因為就是在舉證何為上智、何為中人、何為下愚時，所採用的例子幾乎都一樣。但是如果《孟子荀子言性論》僅此而已，那麼就不必拿出來討論了。他最有價值的地方在下面對孟子荀子言性說的分析。這是韓愈文中絕無，就是李翱《復性書》也沒有論及的。

皇甫湜既然認為孟子荀子之論是偏頗的，他沒有停留於得出結論，而是進一步分析孟荀二人偏頗在何處。蓋於性三品之後，以「窮理盡性，惟聖人能之。宜乎微言絕而異端作，大義乖而偏說行」　為一轉語，始討論孟子荀卿之偏乃「思有所未至，明有所不周」。儘管各有不周，但是又非完全不同，所以進一步論證：「即二子之說，原其始而要其終，其於輔教化尊仁義亦殊趨而一致，異派而同源也。何以明之？孟子以為惻隱之心，人皆有之；是非之心，人皆有之。性之生善，由水之趨下，物誘於外，情動於中，然後之惡焉。是勸人汰心源，返天理者也。荀卿曰：人之生不知尊親，長習於教，然後知焉。人之幼不知禮讓，長習於教，然後知焉。是勸人黜嗜欲，求善良者也。一則舉本而推末，一則自葉而流根。故曰：二子之說殊趨而一致，異派而同源也。」這是抓住孟子荀卿異派而同源立論，認為孟子性善乃「勸人汰心源，返天理」，荀子性惡乃「勸人黜嗜欲，求善良」。因此，儘管前文論說孟荀之偏，但是此處分析孟荀偏頗之由，其實是道出兩者各自成說的深層緣由，同時將孟荀理論中最具有建設性、最具有積極性的地方指出來，語言非

〔註75〕見韓愈《原道》。與《原性》對「性」在義理上的探討不深入一樣，在義理方面對「道」的闡述也很少，全文基本上採用古今對比法，論述在社會生活中有「儒道」與沒有「儒道」的不同，由此闢佛老。

常精當。蓋孟荀立說，最終目的仍然是要對現實中的人性，無論是善還是惡，提出一個積極的解決方案。所以孟子之性本善，是要將現實中的醜惡導向善的本源，荀子性本惡，是強調現實中的教育可以教人趨向爲善。孟子從回復本心的角度立論，強調內心的修養，荀子從後天教育之有爲立論，強調求知從教的作用。這實際上已開創儒家學說的分流，一重心，一重知。同時這也是孟荀理論中深刻的地方，也是使他們的理論不成爲空談的理由。皇甫湜這樣的立說就比韓愈大大進了一步，並且補充了李翱文中所沒有的部分。這就是皇甫湜對前賢理論的一種批判式的繼承。但是皇甫湜在繼續向下論述的過程中，越來越偏向性本善的說法。前面引文評述孟子乃「舉本而推末」，荀子爲「自葉而流根」，實際上就暗含了性本善的意思。其後又引《書》曰：「唯人最靈」，同樣是對人本性之美善的認同。所以最後結論：「則軻之言合經爲多益，故爲尤〔註76〕」。因此，皇甫湜最終從實際效果方面認同了孟子性本善之說。這個和李翱的立論有一致之處。只不過李翱對「性本善」的接受是不需論證的，他認爲「性本善」是天經地義的，所以開篇就提出此論點。當然這也是李翱對孔孟一派理論的深層認同所決定的。皇甫湜對孟子的認同是經過理論的辨析之後得到的，從理論發展角度說，這種分析更具有說服力。所以這是皇甫湜《孟子荀子言性論》最閃光的地方。但是對於具體如何去修養或者如何去指導現實中人性的修養，皇甫湜沒有論述，這又是他不及李翱的地方了。所以，《復性書》在這三篇文章中，是論述最深透、精詳而全面的。

綜上言之，李翱與韓愈作《論語筆解》，疑經破注，似有不尊先賢之意，實際上是李翱、韓愈等人在新的思想風氣鼓舞下，想通過對經典的重新闡釋來建立一個儒學系統，以此與佛家、道家抗衡。〔註77〕《復性書》正是這種思想的進一步發展，儘管借用了佛家、道家的某些觀念、思維方式，但是究其本質，乃儒家之眞正繼承者。李翱不僅在理論的探討上遵循儒家，在實際生活中，也實踐儒家修身之道，積極有爲之行。其表現有：闡述佛教在生活中之害並盡力闢之，如《與本使楊尙書請停修寺觀錢狀》、《再請停率修寺觀錢狀》、《去佛齋論》等。其次如前文中展現的直言敢諫的性格，從其出發點

〔註76〕《全唐文》本「尤」爲「賢」，可從。
〔註77〕陳弱水《〈復性書〉思想淵源再探》「結論」曰：「必須說明，本文雖然論證，《復性書》的思想建構多有賴於佛家和道家傳統，這決不表示，李翱的思想是所謂的『陽儒陰釋』或『陽儒陰道』。就主觀目標而言，習之是要爲儒家的成德之道找尋穩固的基礎——一個足以與佛、道抗衡的理論。」

來看，是儒家「成人」之美德。其次如舉薦人才的熱心，見於其多篇薦士之文：《薦所知於徐州張僕射書》、《與陸傪書》、《論事與宰相書》、《薦士於中書舍人書》等文推薦過孟郊、韓愈、張籍、韋辭、石洪、獨孤朗等等。《與韓侍郎書》批評韓愈引薦人才以是否憑附於己為標準，表明自己引薦人才，唯恐失一，這才是真正的「汲汲求賢」。再次，在為政之略上，也一貫以儒家思想作指導，儘管有時陷於迂腐，但是可見李翱對此理想的忠誠信仰。如在元和十四年作的一組疏表《疏用忠正》、《疏屏姦佞》等文章中表現得十分集中，留待下文分析。再如《與淮南節度使書》：「然則聖賢之於百姓，皆如視其子，教之仁，父母道也，故未嘗不及於眾焉。……以故為官不敢苟求舊例，必探察源本，以恤養為心，以戢豪吏為務，以法令自撿〔註78〕，以知足自居，利於物者無不為，利於私者無不誚，比之時輩，亦知頗異。」這乃承孔孟仁政而來。此文作於舒州刺史時期，文中所寫與他在舒州力救旱災，使民安於農的善政是符合的。（見《舊唐書》本傳）因此，通過此章之分析，讓我們更加清楚李翱為人處事之根源，同時也更清晰地認識李翱其人。

〔註78〕《全唐文》為「檢」，當從之。

第三章　李翱的文章

第一節　李翱作品概述

一、李翱作品版本

　　李翱作品集，最早的著錄見《新唐書・藝文志》：「《李翱集》十卷。」其後《宋史・藝文志》曰：「《李翱集》十二卷。」而鄭樵《通志・藝文略》曰：「《李翱集》十卷。」陳振孫《直齋書錄解題》云：「《李文公集》十卷。蜀本分二十卷。集中無詩，獨有《戲贈》一篇，拙甚，決非其作也。然韓集《遠遊聯句》有習之一聯云：『前之詎灼灼，此去信悠悠』亦殊不工。」晁公武《郡齋讀書志》云：「《李翱集》十八卷。集皆雜文，無歌詩。前有蘇舜欽序云：『唐之文章稱韓柳，翱文雖辭不迨韓，而理過於柳。』」馬端臨《文獻通考》云：「《李文公集》十八卷。」又引石林葉氏曰：「李習之文辭高古，幾可追配韓退之。然不長於作詩，故集中無傳。今惟《傳燈錄》載其《贈藥山僧》一篇云『煉得身形似鶴形，千株松下兩函經。我來欲問西來意，雲在青天水在瓶』，氣格與其文全不相類。韓退之《遠遊聯句》亦記其一聯云『前之詎灼灼，此去信悠悠』，終篇不再見。或云退之以其不工却之，使不復與也。」

　　從這些著錄我們得到的結果是，李翱作品集在流傳中有《李翱集》與《李文公集》兩個集名，卷次有四個版本，十卷，十二卷，十八卷，二十卷。十二卷的只有《宋史》一條記錄。十卷的記載，從《新唐書》一直到宋朝鄭樵、陳振孫都是如此，只是陳氏當時所見還有一個版本，即「蜀本分二十卷」，陳氏沒有繼續說明這兩個版本之間有何不同。十八卷的記載，從晁公武開始，

此後大多沿用十八卷的說法。那麼十八卷與十卷之間到底有何不同呢？兩種命名有何區別？

宋朝洪適《盤洲文集・跋李文公集》對此問題有過關注，曰：「《李文公集》十八卷，以《唐・藝文志》校之，多八卷，蓋常山宋次道所定也。建陽小本獨多《答開元寺僧書》一篇，亦不著目，其辭反復溫潤，與他文相類，而集中又有所作鐘銘，知其爲習之文昭昭矣。既是正之，冠以蘇公序，附其傳於後。」洪適認爲十八卷本比《唐・藝文志》多八卷，是常山宋次道所定。他沒有說十八卷本與《唐志》十卷本具體篇目差異，大概他只是參考《唐志》的著錄，那麼十卷本與十八卷本具體篇目則無從考察。推究文意，洪適還參考了另一個版本「建陽小本」，這個版本比《李文公集》十八卷多出《答開元寺僧書》一篇，據他的判斷，這篇是李翱所作。在此之後都沿用了十八卷本的著錄。元代趙汸《東山存稿・書所編李文公集篇目後》首次說出十八卷本的具體篇數，「百四篇。江浙行省參政趙郡蘇公所藏本。」

此後能見到的對李翱文集的集中介紹是《四庫全書總目提要》：「《李文公集》十八卷，唐李翱撰。其集《唐・藝文志》作十八卷。趙汸《東山存稿》有《書後》一篇，稱《李文公集》十有八卷，百四篇，江浙行省參政趙郡蘇公所藏本。與《唐志》合。」他所見的就是十八卷的版本。但是他說「其集《唐・藝文志》作十八卷」，認爲趙汸的記載十有八卷，百四篇，「與《唐志》合」，這個說法是錯誤的，因爲《新唐書・藝文志》記載的是「《李翱集》十卷」。《提要》又引陳振孫《書錄題解》中「蜀本分二十卷」之語，只是沒有做任何說明。余嘉錫先生《四庫提要辨證》對此的解釋是：「李翱集在唐、宋間雖有十卷、二十卷之分，然二十卷本但每卷分而爲二，其文實無所增。惟《郡齋讀書志》之《李文公集》，獨作十八卷，與今本合，疑即二十卷之本，佚其二卷耳。另有《宋史・藝文志》著錄之十二卷，則不知爲何本，《宋志》多脫略，恐不足據。」余先生認爲二十卷本乃十卷本每卷一分爲二，實際文章數目沒有增加，這個推測是合理的。至於《宋史・藝文志》所載「《李翱集》十二卷」，余嘉錫先生認爲「不知爲何本，《宋志》多脫略，恐不足據」，也是合理的推論。

至於元代趙汸所說《李文公集》十八卷，百四篇，與洪適所見的《李文公集》十八卷是否是同一版本，就不得而知了。《四庫全書總目提要》引用趙汸的說法，並且認爲趙汸所見之版本與《新唐書・藝文志》一致。又曰：「近

時凡有二本，一爲明景泰間河東邢讓抄本，國朝徐養元刻之，訛舛最甚。此本爲毛晉所刊，仍十八卷。或即蘇天爵家本歟？」《四庫》採納的是毛晉刊本，乃浙江鮑士恭家藏本。館臣認爲毛晉刊本可能就是蘇天爵家本。又云：「振孫所謂有一詩者，蓋蜀本；適所謂不載詩者，蓋即此本。」據此，「凡有二本」指毛晉刊本和蜀本，但是蜀本乃陳振孫所見，《提要》對蜀本沒有展開論述，只是認爲蜀本比毛晉本多錄了《戲贈詩》一首。

目前所能見到的李翱的文集就是文淵閣《四庫全書》之《李文公集》，十八卷（下文稱四庫本）。其次，《四部叢刊》初編《李文公集》，十八卷（下文稱四部本）。再次，《全唐文》之《李翱集》，七卷。四庫本與四部本在分卷及各卷所著錄的篇目、順序基本一致，只是四庫本沒有目錄。四部本目錄數是一百零四篇，但是其序文點明只有一百零三篇，所標目錄總數也是「凡一百三首」，其原因在於第五卷目錄爲「文八首」，而正文中標目爲「文七首」。但是這樣一來，整個篇目的確定應該按照另一個標準，因爲卷五目錄標「文八首」是將《雜說二首》算成兩首，而正文卻只算成一首。如果按正文的標準，那麼第二卷目錄「文三首」，實際是《復性書》上、中、下三篇，在正文中應該只算一首，但是正文仍按三首計，再次第三卷目錄「文三首」，實際是將《進士策問二首》算成兩首，正文也並未因其是同一篇名算作一首。因此，只是將《雜說二首》在正文中以一首計，總篇目數則爲一百零三篇，但是這樣造成了分篇目標準的不統一。按一百零四篇計則沒有這個矛盾。按一百零四篇計，實際上仍然要除去第九卷闕《疏數引見待制官問以時事》，第十二卷闕《歐陽詹傳》，及其第十八卷併入的《戲贈詩》一首，實際篇目爲一百零一篇。四庫本除了第十八卷沒有收錄《戲贈詩》（而是在毛晉的「識」語中錄用了全詩），及第十五卷少了一篇《馬少監墓誌》外，其他各卷的篇目和內容與四部本完全一樣。只是四部本的目錄與內容有很多不相符合的地方：目錄中所用的題目一般比文章的題目要簡略；目錄中的篇目順序與正文的排序有不一致的地方，第十七卷目錄將《舒州新堂銘》排在《陸傪檻銘》、《泗州開元寺鐘銘》之後，而正文中《舒州新堂銘》在兩文之前；更有甚者，正文中有的篇目，目錄竟然漏寫，如第十卷明明標出是「奏議狀六首」，目錄只錄了五首，漏掉《再請停率修寺觀錢狀》；還有一類錯誤就是目錄重出，如第十四卷和第十五卷目錄都有《馬少監墓誌》、《李長史墓誌》，實際上第十四卷的目錄與內容完全對不上號，《馬少監墓誌》對應的文章是《獨孤常侍墓誌》，《李長史墓誌》

對應的是《任工部墓誌》。因此，四部本給人感覺是目錄編排得很粗糙。

四部本目錄前面有明朝王融、何宜的序文，大致介紹李翱文章特點，集後有歐陽修跋語，邢讓「識」語。而四庫本沒有這些內容，只是全集末有毛晉的「識」語。這就是《四庫提要》說：「一爲明景泰間河東邢讓抄本，國朝徐養元刻之，訛舛最甚，此本爲毛晉所刊，仍十八卷。」可能毛晉刊印時將序文和跋語去掉了。又曰：「振孫所謂有一詩者，蓋蜀本；適所謂不載詩者，蓋即此本。」大概四部本乃出自蜀本，四庫本即毛晉本。但從《提要》所述毛晉所採納的也爲邢讓抄本，及上文分析兩個版本的目次、內容幾乎完全一致，所以四庫本與四部本如果來源不同的版本，也沒有特別大的差別。

而《全唐文》的編目與所收文章數目與四部本（或四庫本）大不相同。前文分析表明四部本實際所收文章爲一百零一首，四庫本爲一百首。按照四部本所說的標準來看，《全唐文》收文一百零九首，較四部本多出八首：《代李尚書進畫馬屏風狀》，《斷僧相打判》，《斷僧通狀判》，《答泗州開元寺僧澄觀書》，《八駿圖序》，《卓異記序》，《辨邪箴》，《仲尼不歷聘解》。《全唐文補編》據《祖堂集》補出《書東寺和尚塔》一首。《全唐文》之《李翱集》分七卷，目次編排與四部本大異。第一卷主要收錄賦、疏、表、事狀，共 20 首；第二卷主要收錄與友人書、薦士書等，12 首；第三卷收錄書、序、論等，11首；第四卷收雜著和復性書，23 首；第五卷收雜著和碑文，14 首；第六卷乃墓誌銘和行狀，13 首；第七卷爲傳和祭文，16 首。由此可見《全唐文》的分卷及目次編排爲賦、論、書、雜著、墓誌銘、祭文這樣一個順序，幾乎每卷都有不同的文體類型，顯得比較雜亂。下面對《全唐文》較四部本多出的八首作品進行簡單考訂。

《代李尚書進畫馬屏風狀》，《文苑英華》、《古儷府》、《文章辨體彙選》均有收錄，標明李翱所作。《答泗州開元寺僧澄觀書》，宋洪適已辨明爲李翱作品，《唐文粹》、《文苑英華》等都認定爲李翱所作。《斷僧相打判》、《斷僧通狀判》，只有《雲溪友議》有錄，載爲李翱所作。《八駿圖序》，《李元賓文編》卷二著錄，題爲《周穆王八駿圖序》。《唐文粹》、《玉海》、《玉芝堂談薈》均題爲李觀作。祝穆《古今事文類聚後集》、謝維新《古今合璧事類備要別集》、彭大翼《山堂肆考》記載爲秦少游所作。只有《文章辨體彙選》標明是李翱所作，但是沒有做任何說明。其次，無論是《李元賓文編》等書認爲是李觀所作，還是《古今事文類聚後集》等書認爲是秦少游所作，他們所錄文章內

容都是一致的，而《文章辨體彙選》所錄文章僅僅是上述書中所錄之文的前半段，《全唐文》之《八駿圖序》題爲李翱所作，所錄文章與《文章辨體彙選》一致。按：《李元賓文編》前三編乃大順元年（890）給事中陸希聲所編，是現存資料中最早著錄《八駿圖序》的。如果晚出的《文章辨體彙選》所說爲李翱所作爲確，爲什麼它的引文只是《李元賓文編》的前半段，這只能說明是《彙選》之誤。至於《八駿圖序》的作者，在沒有其他有力證據時，我們只能選取最早的記錄，即《文編》所認爲的，此文乃李觀所作，而不是李翱，也不是秦少游。《卓異記序》是否爲李翱所作，《四庫提要》曰：「謹案《卓異記》一卷，舊本題唐李翱撰。《唐書・藝文志》則作陳翱。案李翱爲貞元會昌間人，不應紀及昭宗。陳翱，《唐志》注曰：『憲穆時人。』亦不應紀及昭宗。其非李翱，亦非陳翱，甚明。《宋史・藝文志》作陳翰而注曰：『一作翱。』亦不言爲何許人。其序稱『開成五年七月十一日』，乃文宗之末年。其次年辛酉，乃爲武宗會昌元年。何以書中兩稱武宗，則非惟名姓舛訛，並此序年月亦後人妄加，而書則未及竄改矣。」按《卓異記》之作者向來存疑，最早的著錄《唐志》作陳翱，其後《書錄解題》、《讀書志》均沒有確指爲誰。《提要》認爲文中有記及昭宗時事，而李翱乃貞元會昌人，因此否定此書非李翱所作。沒有材料證明其說爲非，所以此篇作者非李翱。《辨邪箴》，《唐文粹》、《古文集成》、《古今事文類聚》等書均記載爲李德裕之文，不知《全唐文》認定爲李翱所作有何依據，沒有任何依據，只能認定此篇非李翱所作。《仲尼不歷聘解》，《唐文粹》、《古文集成》、《歷代名賢確論》均認爲是盛均所作，只有《山東通志》認爲是李翱作，而山東之有通志，自前明嘉靖朝始，所以《山東通志》最早也是嘉靖時編，較《唐文萃》、《古文集成》等書編年爲晚，並且沒有任何證據認爲《仲尼不歷聘解》作者不是盛均。所以從《唐文粹》，此篇非李翱所作。

綜上所述，《全唐文》之《李翱集》較四部本多出八首，實際上只有《代李尙書進畫馬屛風狀》、《答泗州開元寺僧書》、《斷僧相打判》、《斷僧通狀判》四首是李翱所作。《卓異記序》非李翱作品，《八駿圖序》爲李觀作品，《辨邪箴》乃李德裕作，《仲尼不歷聘解》爲盛均作。所以，《全唐文》較四部本僅多出四首。因此，李翱的文章，由四部本的一百零一首，加上《全唐文》的四首，《全唐文補編》補錄一首，現在所見的是一百零六首。

二、李翱的詩歌

　　根據上文各書記載，李翱不擅長詩歌。《四庫提要》對前人說法進行了集中說明：「陳振孫謂集中無詩，獨載《戲贈》一篇，拙甚。葉適亦謂其不長於詩，故集中無傳，惟《傳燈錄》載其《贈藥山僧》一篇，韓退之《遠遊聯句》記其一聯。振孫所謂有一詩者，蓋蜀本。適所謂不載詩者，蓋即此本。毛晉跋謂『邇來抄本，始附《戲贈》一篇』，蓋未詳考振孫語也。然《傳燈錄》一詩，得於鄭州石刻。劉攽《中山詩話》云：『唐李習之不能詩，鄭州掘石刻，有鄭州刺史李翱詩云云，此別一李翱，非習之。《唐書》習之傳不記爲鄭州，王深甫編習之集，乃收此詩，爲不可曉。』《苕溪漁隱叢話》所論亦同。惟王楙《野客叢書》獨據僧錄敘翱仕履，斷其實嘗知鄭州，諸人未考。考開元寺僧嘗請翱爲鐘銘，翱答以書曰：『翱學聖人之心焉，則不敢遜乎知聖人之道者也。吾之銘是鐘也，吾將明聖人之道焉，則於釋氏無益。吾將順釋氏之教而述焉，則給乎下之人甚矣，何貴乎吾之先覺也！』觀其書語，豈肯向藥山問道者？此石刻亦如韓愈《大顛三書》，因其素不信佛，而緇徒務欲言其皈依，用彰彼教耳。楙乃以翱嘗爲鄭州信之，是知其一，不知其二也。至《金山志》載翱五言律詩一篇，全剿五代孫魴作，則尤近人所託，不足與辨。葉夢得《石林詩話》曰：『人之才力有限。李翱、皇甫湜皆韓退之高弟，而二人獨不傳其詩。不應散亡無一篇者，計或非其所長，故不作耳。』二人以非所長而不作，賢於世之不能而強爲之者也，斯言允矣。」此文提到李翱的詩有《戲贈》、《贈藥山詩》、《遠遊聯句》中一聯、《金山寺》四首，但是對於《戲贈》一首之作者爲誰，陳振孫與王楙認爲是李翱作，但是陳氏認爲此詩「拙甚」，其他人則認爲非李翱作。《贈藥山僧》，四庫館臣認爲此詩作者鄭州李翱非李習之。余嘉錫先生云：「劉攽《中山詩話》明云鄭州掘一石刻，刺史李翱詩曰：『縣君愛摶渠，繞水恣行遊』云云。此即所謂《戲贈》一篇也。詩爲五律，與《傳燈錄》所載之《贈藥山僧》（七絕）迥然不同，《總目》誤。」的爲確論。對李翱的詩作，余先生認爲：「又李翱確曾官鄭州刺史，《舊唐書・李翱傳》記載分明。諸書所引翱詩有二，一爲《戲贈》，乃其官鄭州時戲作以贈縣令者；一爲《贈藥山》，係其官州刺史時問道於澧州藥山惟嚴禪師，而贈之詩也。二者時地不同，《漁隱叢話》辨之甚明。《總目》混淆不清，以至橫生議論，誤甚。」因此，余先生以諸書所引《戲贈》與《贈藥山僧》兩首爲李翱所作提供了證據。至於《金山寺》，《全唐詩補編》之《全唐詩外編》「修訂說明」認

為此詩前四句確為孫魴詩之前四句，但是後四句應為誰作乃不詳，可見《總目》云《金山寺》「全剿五代孫魴作」也是不確的。

集中收錄李翱詩歌的是《全唐詩》卷三百六十九，共錄詩七首，如下：

《贈藥山高僧惟儼二首》（時刺朗州。一本無「二首」二字，第二首題云「再贈」）

練得身形似鶴形，千株松下兩函經。我來問道無餘說，雲在青霄水在瓶。

選得幽居愜野情，終年無送亦無迎。有時直上孤峰頂，月下披雲嘯一聲。

《贈毛仙翁》

紫霄仙客下三山，因救生靈到世間。龜鶴計年承甲子，冰霜為質駐童顏。

韜藏休咎傳真籙，變化榮枯試小還。從此便教塵骨貴，九霄雲路願追攀。

《拜禹歌》（並序）

貞元十五年六月二十九日，隴西李翱敬拜於禹之堂下。自賓階升北面立，弗敢歎，弗敢祝，弗敢祈，退降，復敬，再行，哭而歸。且歌曰：

惟天地之無窮兮，哀人生之常勤。往者吾弗及兮，來者吾弗聞。已而！已而！

《廣慶寺》

傳者不足信，見景勝如聞。一水遠赴海，兩山高入雲。

魚龍晴自戲，猨狖晚成群。醉酒斜陽下，離心草自薰。

《奉酬劉言史宴光風亭》

閏餘春早景沉沉，禊飲風亭恣賞心。紅袖青娥留永夕，漢陰寧肯羨山陰。

《戲贈詩》

縣君好磚渠，繞水恣行遊。鄙性樂疏野，鑿地便成溝。

兩岸值芳草，中央漾清流。所尚既不同，磚鑿可自修。

從他後人見，境趣誰為幽。

按：前文余嘉錫先生已辨《戲贈詩》與《贈藥山高僧惟嚴二首》乃李翱於不同時地所作。至於有人懷疑李翱與藥山惟嚴交往，或認為純屬附會，但沒有充足的理由，他們的結論就是為了證明李翱寫《復性書》並非受佛教影響〔註1〕。但李翱在元和十五年至長慶元年（820～821）為朗州刺史是史實，藥山離朗州不遠，李翱在閒暇時拜訪藥山惟嚴，這不是不可能的。況且，《復性書》受佛家影響是不爭的事實，李翱在作《復性書》之後仍然關注佛家思

〔註1〕陳弱水《〈復性書〉思想淵源再探》第466～467頁。

想及與僧人交往，這並不突兀，儘管李翱的中心思想是儒家，但是不能爲了說明他是純粹的儒家而故意迴避他對佛家思想的吸收及其與僧人的交往。所以他與藥山惟嚴的交往應該是可信的，此詩也爲他所作。當然，此詩並非佳作，倒像是佛家偈語。《戲贈詩》所寫，直白如話，表達縣君修好磚渠繞水行遊的快樂，但是沒有多少詩意，難怪陳振孫認爲它「拙甚」。《拜禹歌》乃四部本、四庫本《李文公集》、《全唐文》之《李翱集》所收錄，只是題目爲《拜禹言》，但內容完全一樣，可知爲李翱作品。《贈毛仙翁》乃當時的流行詩題，諸多詩人均有詩作，李翱寫此詩大概也是應景而已，詩本身也沒有什麼精彩之處，只是用詩的形式表達了對毛仙翁的讚頌，這也是這類詩題流行的主題。《廣慶寺》在宋祝穆的《方輿勝覽》中有記錄。《奉酬劉言史宴光風亭》並未見於其他書目，不見有爲他人所作的記載，李翱曾稱李夷簡爲十一叔，李夷簡於元和六年（811）任山南東道節度使，考劉言史曾爲李夷簡幕下，劉言史有《上巳日陪襄陽李尚書宴光風亭》詩，李翱大概於元和六年至九年在李遜幕府中任職，有機會到光風亭，受到劉言史招待，此詩定爲李翱作應該不爲大錯。《全唐詩補編》之《全唐詩續拾》卷二十七補李翱《洗墨池》一首：「剩有臨池興，人稱協律郎。至今蝌蚪迹，猶帶墨痕香。」因此李翱詩歌一共有八首，此外附上《遠遊聯句》中「取之詎灼灼，此去信悠悠」一聯。綜觀各詩，除《奉酬劉言史宴光風亭》稍有詩意，《拜禹言》較有感慨，但明顯模仿了《論語》，其他大都平鋪直敍，語言也並不精警，倒是符合《提要》所說李翱確實不善於詩的結論的。但是《提要》採納葉夢得的觀點認爲李翱不作詩，這也是不確的。

三、李翱作品總述

因爲李翱現存詩歌數量少，並且質量也不高，所以對李翱的作品，只探討他的文。李翱的文章，從內容上來分，主要有抒發感情，議論時政，講道說理，人物記敍，即興小文等幾類。四部本《李文公集》將李翱文章分爲賦、文、書、表疏、奏議狀、行狀實錄、碑傳、碑述、墓誌、祭文、雜著這幾類，總體上是從文體來分。其中只有文和雜著分別是對一類文章的概括，不像賦、書等從題目上就可以看出屬於哪類文體的那種分類方式。其中文包括《復性書》（上中下三首）、《平賦書》、《進士策問》（二首）、《從道論》、《去佛齋》、《解惑》、《命解》、《帝王所尚問》、《正位》、《學可進》、《知鳳》、《國馬說》、

《截冠雄雞志》、《題燕丹傳後》、《拜禹言》、《送馮定序》、《雜說》（二首），一共二十一首；雜著包括《行己箴》、《陸傪檻銘》、《泗州開元寺鐘銘》、《舒州新堂銘》、《江州南湖堤銘》、《趙州石橋銘》、《解江靈》、《數奇篇》、《來南錄》、《題桄榔亭》、《題硤山寺》、《題靈鷲寺》、《五木經》、《韋氏月錄序》、《何首烏方錄》十五首。因此，四部本中的文大致是指一種思想或者生活隨筆，一般都有一個中心主題或者議題，而雜著指出遊之題銘或者醫方、遊戲之記錄、序錄等。四部本的文體分類，大體上是明晰的，也是比較合理的。如其將行狀實錄並行列出，實在是這一類都是記人之作。書、表疏、奏議狀等基本上是以類相從，譬如書之內容儘管不同，但是在這一文體包羅中，大致內容都是談道論藝或者論政等，可以與表疏、奏議類並列，同為議論類。因此本文基本上認同四部本的文體分類，其中賦乃抒寫情志，書、表疏、奏議狀屬於論政論道的議論之作，行狀實錄、碑傳、碑述、墓誌、祭文屬於記人之作。賦三首，議論類二十九首，記人三十五首。從數量分佈看，李翱現存文集偏重於議論和記人。

　　李翱文章，大體平易從容。蘇允明《上歐陽內翰書》云：「惟李翱之文，其味黯然而長，其光油然而幽，俯仰揖讓，有執事之態。」其中用「黯然而長」，「油然而幽」來形容李翱文章之味，確實是精當之語，非深入體會不可得。《提要》評曰：「立言具有根柢，大抵溫厚和平，俯仰中度，不似李觀、劉蛻有矜心作意之態」，也甚是恰切。但是李翱文章因為較多說理議論，就是記人之文，也只是俱錄事迹，不擅長描寫、摹畫，所以也有人稱其「尚質而少工」〔註2〕，「所乏者韻味」〔註3〕，這也是能中其文章之弊的。中唐古文運動，因韓柳的倡導及其優秀的創作實踐而得以發揚，但是因為韓愈文壇盟主的地位，他的「奇怪」之詞的負面影響也潛滋暗長，皇甫湜得愈之「奇崛」，樊宗師文章之艱深怪僻可見一斑。李翱在這種風氣中並未走偏，其語言大體平順，這恰恰是他文章的成功之處，也是他對後世古文，特別是北宋古文運動影響甚大之處。〔註4〕

〔註2〕　〔宋〕鄭獬《鄖溪集》卷十四《劉舍人書》：「在韓退之門下用文章雄立於一世者，獨李翱、皇甫湜、張籍耳，然翱之文尚質而少工，……使之質而工，奇而肆則退之作也。」

〔註3〕　〔宋〕劉弇《龍雲集》卷十五《上曾子固先生書》：「李翱之文，如鼎出汾陰，鼓遷岐陽，鬱有古氣而所乏者韻味。」

〔註4〕　這裡的觀點參考了卞孝萱等著《李翱評傳》，《韓愈評傳附錄》第519～520頁。

第二節　李翱文章分類研究

　　前面介紹了李翱文章的總體風貌，這一節以分析李翱文章的具體篇章爲主，著重探討李翱文章的寫作特點、體格風貌、成敗得失等。同時也是重新審視前人對李翱文章的評價，使我們對李翱之文有個清晰而全面的認識。下文將從賦、論述、記人、文與雜著四類進行討論。〔註5〕

一、賦體類

　　賦在各類文體中，是很能展示文學才華的一類，李翱文章雖大體平易，在這種文體中也可以看出他作文的努力。其賦共三首〔註6〕：《感知己賦》、《幽懷賦》、《釋懷賦》，均是抒發感情之作。《感知己賦》是對梁肅知遇之恩的感激，但是對梁肅的知遇，只在序文中提到。賦基本上是寫世道舛惡，自己之不遇，提到知己之處僅僅只有「獨厄窮而不達兮，悼知音之永逝。紛予生之多故兮，愧特於世之誰知」，及其文末一句「知我者忽然逝兮，豈吾道之已而」的慨歎。這種詳略安排，是有意突出他當時不遇的困境，正是這種環境的惡劣，襯出梁肅的知遇對李翱是多麼大的一種鼓勵和安慰。所以此篇文字上仍然平實，感情表達也比較單一，但是其詳略安排表達李翱的感激之情及對梁肅逝去的深沉懷念。

　　《幽懷賦》是一篇感時之作，主要是對兵變以來社會上之歎老嗟卑、不知修道振作的感思，表現了李翱開闊的胸懷及其修道自任的高遠之志。此文甚得歐陽修的讚賞：「讀《幽懷賦》，然後置書而歎，歎已復讀，不自休。恨

〔註5〕將李翱文章分爲這幾類，主要參考了四部本的分類，也是爲了討論的方便，因爲這種分類的標準並不純粹，主要以文章內容爲主，但也參考了文體及寫作手法。比如賦是一種文體，但在這裡它是李翱文章中抒情一類的代表，但是這類抒情又與「文」一類中的借物抒情寫志不一樣，所以就用賦來代稱。「文」指一類文章的綜合，在這裡是一個狹義的概念，代表李翱文章中注重文學性、文藝性的一類抒情言志或者論理的作品，其中有描寫、有議論，但是又與上面所分的「記人」、「議論」中的描寫、議論不一樣，有點像偏重議論的小品文，詞鋒精警，所以用「文」帶領這類作品，與「賦」、「議論」、「記人」並列。

〔註6〕馬積高先生《賦史》認爲《解江靈》也是賦，所以他認爲李翱之賦共四篇。《解江靈》採用問答式，四字句爲主，用馬先生廣義的「文賦」概括，是可以囊括到賦一類。但是這樣一來，李翱集中有些文章的文體分類將要重新擬定標準，重新審訂，況且，將《解江靈》列入雜著類也未爲不可，所以仍按四部本之分類。

翱不生於今，不得與之交，又恨予不得生翱時，與翱上下其論也。凡昔翱一時人有道而能文者莫若韓愈，愈嘗有賦矣，不過羨二鳥之光榮，歎一飽之無時爾。此其心使光榮而飽則不復云矣。若翱獨不然，其賦曰：『眾囂囂而雜處兮，咸歎老而嗟卑。視餘心之不然兮，慮行道之猶非』，又怪神堯以一旅取天下，後世子孫不能以天下取河北，以爲憂。嗚呼！使當時君子皆易其歎老嗟卑之心爲翱所憂之心，則唐之天下豈有亂與亡哉？」〔註7〕歐陽修乃讚賞此文之立意，認爲尤高於韓愈之《感二鳥賦》，並且由此而推崇李翱，將韓李並稱。實際此賦之文辭「過於質直平淡，故不足以感人」。〔註8〕所以胡應麟《少室山房集》卷一百五《題李習之集》認爲歐陽公將韓李並稱不當：「唐惟柳差可配韓，而歐公去取若是，蓋一時論道之語，非定評也。」這也是有見地的。

　　儘管上兩篇賦並不出彩，確如馬積高先生之評「體式多規模屈賦，然少風華」。〔註9〕但是《釋懷賦》卻有一唱三歎之曲折，語句也相應多變，有屈賦之神采。茲將全文並錄並作分析：

懷夫人之鬱鬱兮，歷悔吝而不離。吾心直以無差兮，惟上天之〔註10〕能知。邪何德而必好兮，忠何尤而被疑？彼陳辭之多人兮，胡不去眾而訊之？進蓋言而不信兮，退遠去而不獲。弗驗實而考省兮，固予道之所厄。昔師商之規聖兮，德既均而行革。惟肝腸之有殊兮，守不同其何責。願披懷而竭聞兮，道既塞而已行。路非險而不通兮，人忌我而異情。王章直而獄死兮，李固忠而陷刑。自古世之所悲兮，矧末俗之哀誠。哀貞心之潔白兮，疾苗莠之紛生。令農夫以手鋤兮，反翦去乎嘉莖。豈不指穢而語之兮，佯瞪懵而不肯聽。歎釋去而不忍兮，終留滯亦何成。當晨旦而步立兮，仰白日而自明。處一世而若流兮，何久永而傷情？樂此言而内抑兮，壯大觀於莊生。拔馨香之苣蘭兮，樹蒿蔚以羅列。斥通道而使蕪兮，戀棘徑之中絕。置春秋而詢心兮，羌與此其奚別。昔擔〔註11〕詞而約交兮，期共死而皆居。嗟所守之既異兮，乃汗漫而遺初。心皓白而不容兮，非市直而

<hr>

〔註7〕歐陽修《文忠集》卷七十三《讀李翱文》，其中「凡昔」一作「況乃」，「一飽」一作「而飽」，「此其」一作「推是」。

〔註8〕馬積高《賦史》，第309頁。

〔註9〕馬積高《賦史》，第309頁。

〔註10〕《全唐文》作「其」。

〔註11〕《全唐文》作「誓」，可從。

望利。忠不顧而立忘兮，交不同而行棄。悲夫！不徇己而必仇兮，諒非水火其何畏。獨吾行之不然兮，直愧心而懼義。嘉山松之蒼蒼兮，歲苦寒而亦悴。吾固樂其貞剛兮，夫何尤乎小異。欲靜默而絕聲兮，豈不悼厥初之所志？抑此懷而不可兮，終永夜以噓唏。

此篇乃讀《後漢書‧黨錮傳》而發，抒發直道之多尤不容的感慨，在形式、內容上模仿《離騷》的痕迹很明顯。中晚唐政治與東漢政治有相同之處，即宦官專權，打擊正直之士。在文宗時代，又有以牛僧孺、李德裕為首的「牛、李黨爭」，李翱此作大概就是因此而發〔註12〕。全篇以「我」為主人公，以我的「直心」與當世的「伐異」境況參照並行，抒發「我」在此境中的無限感慨。開篇表明心迹「心直以無差」、「歷悔吝而不離」，展示了一個正直之士的無限忠誠和剛強意志。但是緊接著用一個問句「邪何德而必好兮，忠何尤而被疑」，蘊含了對現實的不滿和無奈。此下四句是對這種現實的展開論述，同時也是提出解決辦法，就是對邪惡諂佞，應該多方調查獲取真相，若盡忠言而不信，那麼忠誠之士則要退避離開。可是「退遠去而不獲」，更使忠直之士無可自處，現實仍然是「弗驗實而考省」，最終只是「予道之所厄」。文章在這裡，以道厄為一結，「我」之憂懷沉潛其中。但是，文章在此一轉，「昔師商之規聖兮，德既均而行革」，似乎是看到了改變現實的希望，並且順此而下，提出「守不同其何責」，即有不同的觀點、操守或者原則，但是也沒有必要相互譴責、攻訐，因此「我」願意為此「批懷而竭聞」。這種九死不悔的忠心誠可嘉贊，但是「道既塞而己行」，「路非險而不通」，歷史上王章、李固忠而陷刑、直而獄死是觸目驚人的前車之鑒，所以「我」燃起的一線希望再次熄滅，不由得感歎「自古世之所悲兮，矧末俗之哀誠」。前面的心結乃對「道厄」之歎，此時對世事不公表現了無限的無奈。然而不僅是無奈，「哀貞心之潔白兮，疾苗莠之紛生」，「令農夫以手鋤兮，反翦去乎嘉莖」，「豈不指穢而語之兮，佯瞪懵而不肯聽」，結合當時宦官專權，專門打擊忠正來看，實在是痛自肺腑之言。既然忠直已無可用，不如視若無睹、聽而不聞，可是「歎釋去而不忍」，就像屈原信而見疑，忠而被謗卻終不忍捨楚國而去一樣，那種世情家國的關懷總是牽扯著「我」的心。所以「我」只有進一步展示自己的忠心，進一步為自己的不能釋懷而開脫，「仰白日而自明」、「何久永而傷情」？這種妥協式的安慰實際上包含著比前面對道厄、世事可悲更加深沉的失望。但是就是這

〔註12〕參考了馬積高《賦史》中的觀點，見 310 頁。

種自我寬慰仍不能阻止自己之所見：「拔馨香之蒩蘭兮，樹蒿蔚以羅列。斥通道而使蕪兮，戀棘徑之中絕。置春秋而詢（疑為「徇」）心兮，羌與此其奚別」，這種所見恰好又表明自己並不是真正的要棄絕現實，不動感情，而是對現實關懷之深才看得如此清楚。所以行文至此，「我」作為一個對現實有著深重憂慮的忠直之士的形象躍然紙上。既然憂慮之重，所以對世事拋棄不下，只有嚮往昔尋找改變現實的依據。「昔誓詞而約交兮，期共死而皆居」，但這種忠摯的關係只是一種想望，儘管「我」依然保持皓白之心，但不能被包容，所以此後「我」一反以前的妥協退避，對現實進行了直白的揭露，「忠不顧而立忘兮，交不同而行棄」，「不徇己而必仇兮，諒非水火其何畏」。這裡的「我」再也不去選擇自我逃避和安慰，完全回到一腔忠憤的狀態，這種狀態只能讓清醒者更加痛苦。「嘉山松之蒼蒼兮，歲苦寒而亦悴」，人才備受摧折，讓「我」無法安懷。所以最終寫出「欲靜默而絕聲兮，豈不悼厥初之所志？抑此懷而不可兮，終永夜以噓唏。」本來是要「釋懷」，但是現實讓人無法釋懷，本來想逃避，靜默自處，但是性格使然，不能靜默，那麼只有讓自己不去想，可是壓抑自己的思想也不行，故只是終夜歎息，最終無法釋懷！

全文至此結束，但感情之波折仍然蕩漾未息。綜合全文，其感情由最初的「求去」（退遠去而不獲），發展到「抑情」（何久永而傷情），到最後的直白揭露，情感是越來越激越，一個忠直之士的形象，一種憂心深重的情感，在字裏行間透露出來。這種情感的發展，同時是符合李翱自身的個性的：不能坐視不管，不能不仗義執言，所以「我」並未接受逃避的選擇。釋懷而不可得，故終夜而唏噓。語已盡而情未歇。此賦在語言上，採用騷體形式，增加了感情表達的宛轉，並且一句一義，信息含量很高。文中列舉史實，穿插比喻，使行文頗有變化。「哀貞心之潔白兮，疾苗莠之紛生。令農夫以手鋤兮，反剗去乎嘉莖。豈不指穢而語之兮，伴瞪懵而不肯聽」，此一比喻十分形象，也非常貼切，把當時對直士的剪抑和當勢者的神態描畫得非常生動。「拔馨香之蒩蘭兮，樹蒿蔚以羅列」，這種語句雖然似曾相識，但是用在文中指當時剗除忠直之士，扶植小人，也是很貼切的。馬先生稱其「陳義亦頗高，而文辭能曲折盡意」，正是此意。

因此李翱之賦也有其自身的特點，即不追求辭藻的鋪排，而出之以平實，但立意頗高，又並非矯情陳詞。所以在真切表達他的感情的時候，也頗能衝破一貫的平實，顯出文章深層次上的曲折委婉之態。這種特點與皇甫湜文章進行

比較，則更加明顯。皇甫湜文集中標明「賦」之作六篇：《東還賦》、《傷獨孤賦》、《醉賦》、《鶴處雞群賦》、《履薄冰賦》、《山雞舞鏡賦》。《鶴處雞群賦》與《山雞舞鏡賦》是借物賦志，《醉賦》、《履薄冰賦》是對人生處事的警戒，《傷獨孤賦》爲悼念友人之作，《東還賦》如題所示，講述倦遊思歸之意。六篇賦內容各個不同，但是對文辭的講究是一致的，今舉《東還賦》一篇爲例：

> 歸去來兮，將息我以勸遊。日月出入如忽然〔註13〕兮，何東西南北之悠悠。淹踔楚以轢宋，幾途梁而軌周，旋巴鄧兮結鞅，事崤函兮相軔。褫余魄於波瀾，委余迹於陵丘〔註14〕。來默默兮無定，往區區兮曷求？朝吾既去夫帝鄉，越嵩華而並河，經淮水兮淩大江，抵揚州之寄家。旦年歲以不居，謂須臾息足以〔註15〕逢窩〔註16〕，曾不得暖床之席。扁舟渺兮前程，途時浩瀚兮月逶迤。陟火嶺之戢戢，既脫身於水險。聊憩弄兮雲波，彼夷越之都府，於滄瀛之曲阿，將窮耳目兮又泝東南。眇千里兮煙霞，閩禺會衝，諸海親日，飛蟲伏蕫，鑠肉消〔註17〕骨，溽蒸湫閉，浸滛歐鬱。城薄冷〔註18〕兮雲生，山遇炎兮火出。戾止逾月，館城之東。垣堄肩及，庭蕪膝容。屋下羅星，戶內冷風。淖泥淤斂，虺毒陰攻。池〔註19〕淹於澤，水貴於玉。療渴者胝肩，趨庭者踵足。眠發夕兮反覆，坐終日兮拳局。念假宿之若狂，嗟爾居人兮誰實於毒。駕言出遊，期於少蘇。烏夷犬戎，咽水囂衢。狀貌群分，頭角萬殊，渠股反舌，蟲聲鬼軀，面綠眼青。瞠眈遠纤，見人驚異，直愕不起，忽如呵鬮，側言眞喜。腥臊濁澤，吹鄘襲里，躬顚僕視〔註20〕，屼然雙止，入室何處，出門何從？冠帶不售〔註21〕，言詞不通。苴果辛歲，輕葛禦冬，朝避天火，夕逃海風。如何君子，棲遲斯邦？喟舒息兮無所，甹鬱咽兮誰與。安讀書之下帷兮，樂儒行之環堵。苟吾道之無爽，又何陋於斯

〔註13〕《全唐文》作「忽忽然」。
〔註14〕《全唐文》作「靈丘」。
〔註15〕《全唐文》作「於」，從文意看更恰當。
〔註16〕《全唐文》作「蓬蝸」，也更通暢一些。
〔註17〕大概是「銷」之誤。
〔註18〕《全唐文》作「泠」。
〔註19〕《全唐文》作「地」。
〔註20〕《全唐文》作「眩」，從文意看更順暢。
〔註21〕《全唐文》作「襲」。

土。顧言行之有常，雖蠻夷兮可處。燕市屠狗，趙人博徒，絕聖棄智，忘貧化麤，望見相識，聞聲來趨，時與追隨，聊寬須臾。雲盎盎兮雨紛紛，夜明月而不見人。情眷戀於江介，夢綢繆於渭濱。公孫遊兮蓮勺，尼父聘兮蔡陳，壹斯〔註22〕民盍歸來兮，無自苦恨。

此篇大致以自己的行程和感受爲線索，極力描摹了沿途所見所感，形式上接近駢文。肆意於文辭，追求語詞變化和句式變換。喜歡選用奇怪或者不常用的詞語，描畫非常形象。如「褫余魄於波瀾」的「褫」，若是李翱，可能就會用更常見的「奪」字。「蠨鬱咽兮誰與」之「鬱咽」，比一般的「嗚咽」包含的感情更豐富。「鑠肉消骨」也很少這麼連著用，儘管這樣並不突兀。其對環境的描畫，如「屋下羅星，戶內冷風。淖泥淤斂，虺毒陰攻」，其選用的「冷」、「毒」、「陰」等詞偏重陰鬱，讀之陰風慘慘，不寒而慄。「狀貌群分，頭角萬殊，渠股反舌，蟲聲鬼軀，面綠眼青」，「渠股」也是有意創新的辭彙，不過用在此處與整個畫面的基調融和，用一「大股」反倒平常無味。其摹畫的形象就是一個地獄般的世界，鬼怪出沒。此文就像韓愈作《陸渾山火詩》一樣，給讀者造成險惡叢生、鬼怪突沒的印象。這種奇奇怪怪的語詞和不一般的形象，確實會給人強烈的視覺和心理衝擊，與李翱文辭的樸素平常形成了鮮明的對比。

二、論述類

論述說理是李翱文集中數量最多的一類，並且形成了李翱的論述特點。第二章對《復性書》的分析表明李翱對說理的擅長，即他善於開掘，把道理闡述深透，而不是平面的鋪陳。這種特點與李翱本人對思想研究的深度有關，也與他的行文方式有關，即他偏好用層進式的句式，並且擅長用對比。這不僅在《復性書》中表現明顯，在其他文章中也一樣。下面分類說明之。

（一）疏表

李翱關心時事、政治，他的政治思想體現在他的一系列奏疏中。儘管是上呈帝王之公文，但基本上屬於議論的範圍，所以也列在此類進行論述。元和十三年，李翱入京爲國子博士、史館修撰，十四年四月即作《論事疏表》、《疏用忠正》、《疏屏姦佞》、《疏改稅法》、《疏絕進獻》、《疏厚邊兵》、《疏引

〔註22〕此文闕，《全唐文》爲「一困身於王者，一困窮兮聖人。思九州之博大，胡自陷於斯民？」

見待制官》（闕）等一系列文章議論朝政。所列的六篇可以自成一組，《論事疏表》為總綱，其他五篇可以看成是對總綱所提問題的分別闡述。

《論事疏表》大致可以分為兩層，開篇至於「太平可反掌而致矣」，主要稱述憲宗之功德，以下則條陳治政之本，興太平之由六事，其目的在於勸諫憲宗行此六事。此文重點在第二層。但是李翱幾乎花了一半的篇幅稱頌聖德，主要講述三事：赦免淄青夏侯澄等人，乃憲宗寬惠之德；放夏稅緩關中民困；不受韓弘所獻女樂。隨即總結：「若下詔出令，一一皆類於此，武德、貞觀不難及，太平可反掌而致矣」，此言甚是懇切，但實際上隱含憲宗並非所行之事皆善，所下詔令皆稱人意。所以才有下文提出的六條建議。其六條建議著重「文德」，原因在於「定禍亂者，武功也；能復制度興太平者，文德也。非武功不能以定禍亂，非文德不能以致太平，今陛下既以武功平禍亂，定海內，能為其難者矣。」既然憲宗能為其難，所以修易為之文德乃憲宗可行之事。六條具體內容為：「若革去弊事，復高祖、太宗之舊制，用忠正而不疑，屏邪佞而不近，改稅法，不督錢而納布帛，絕進獻以寬百姓租稅之重，厚邊兵以息蕃戎侵掠之患，數引見待制之官，問以時事，以通壅蔽之路。故用忠正而不疑，則功德成；屏邪佞而不近，則視聽聰明；改稅法，不督錢而納布帛，則百姓足；絕進獻以寬百姓租稅之重，則下不困；厚邊兵以息蕃戎侵掠之患，則天下安；數引見待制官，問以時事，以通壅蔽之路，則下情達。凡此六者，政之根本，太平之所以興。」這段兩個層次，一是六條是什麼，二是實行了六條會有什麼效果。這兩層之間為順進關係。這六條是李翱在儒家思想的指導下提出的，若是君王真能如此行事，太平之興確如李翱所言是「反掌可致」之事。況且其中的「用忠正」、「屏邪佞」大概是有所指的。中唐以來，宦官專權，儘管憲宗力矯弊政，極力掙脫中官之控，但他最終不明不白的死去實際上就有中官的手腳，所以李翱提出用忠屏邪雖然有膚廓之嫌，還是有積極意義的。「改稅法」、「絕進獻」、「厚邊兵」則貼近現實，是對國計民生及當時現實進行思考後提出的建議。建議的最終目的是讓君上能做到，所以緊跟著從正反兩方面闡述：行此六條則興太平，不勞而功；一日不行則高祖、太宗之治不可復，高祖、太宗之治不可復則太平未可致。在正反論述時，始終強調憲宗的「上聖之資」，有臣下對君上上書不敢冒犯的意思，所以通篇雖然是勸諫，但語氣非常和緩，比起李翱對朋友們的直言不諱，判若天淵。文中「謹條疏興復太平大略六事，別白於後」特為引領其後六篇之文。但此句之後仍

然繼續論說行此六事之美好前景。可見其殷殷勸導之意。劉勰曰:「自漢以來,
奏事或稱上疏。……夫奏之爲筆,固以明允篤誠爲本,辨析疏通爲首。」(《文
心雕龍‧奏啓》)用「明允篤誠」、「辨析疏通」形容李翱此文,不算爲過,蓋
李翱之文爲「得體」。

此下六篇(亡佚一篇)乃對《論事疏表》所提六條的具體展開。就所存
五篇看,可以分爲兩類,《疏用忠正》、《疏屏姦佞》爲一類,有關憲宗用人之
策;《疏改稅法》、《疏絕進獻》、《疏厚邊兵》爲一類,討論現實政策,關心民
生。除《疏厚邊兵》外,其他四篇有一個相同的格式,就是在論述末尾總以
「臣故曰」作一總結,可以推斷《疏厚邊兵》大概是未完之作,也可能是完
成後脫落了後半部分,因爲此文十分簡短,就是從文意上也似未完。此五篇
基本格式一樣,但是也有細微差別。先看《疏用忠正》與《疏屏姦佞》兩篇:

> 臣聞國之所以興者,主能信任大臣,臣能以忠正輔主。故忠正者,
> 百行之宗也。大臣忠正則小臣莫敢不爲正矣;小臣莫敢不爲正,則
> 天下後進之士皆樂忠正之道矣;後進之士皆樂行忠正之道,是王化
> 之本,太平之事也。今之語者必曰:「知人邪正,是堯舜之所難也,
> 焉得知忠正之人而用之耶?」臣以爲察忠正之人,蓋有術焉。能盡
> 言憂國而不希恩容者,此忠正之徒也。夫忠正之人亦各自有黨類,
> 邪臣嫉而讒之,必矣,且以爲相朋黨矣。夫舜、禹、稷、契之相稱
> 讚也,不爲朋;顏、閔之相往來也,不爲黨。皆在於講道德仁義而
> 已。邪人嫉而讒之,且以爲朋黨,用以惑時主之聽,從古以來,皆
> 有之矣。故蕭望之、周堪、劉向謀退許史,竟爲邪臣所勝,漢元帝
> 不能辨而終任用邪臣,漢室之衰始於元帝,此不可不察也。故聽其
> 言,能數逆於耳者,忠正之臣也。雖任之,雜以邪佞之臣,則太平
> 必不能成矣。文宣王曰:「十室之邑,必有忠信如丘者焉。」故忠信
> 之人不難有也,在陛下辨而用之,各以類進之而已。臣故曰:用忠
> 正而不疑,則功德成。(《疏用忠正》)

> 臣聞孔子遠佞人,言不可以共爲國也。凡自古姦佞之人可辨也:皆
> 不知大體,不懷遠慮,務於利己,貪富貴,固榮寵而已矣。必好甘
> 言諂辭,以希人主之欲,主之所貴,因而賢之;主之所怒,因而罪
> 之;主好利,則獻蓄聚斂剝之計;主好聲色,則開妖豔鄭衛之路;
> 主好神仙,則通燒煉變化之術。望主之色,希主之意,順主之言而

奉承之，人主悦其不違於己，因而親之，以至於事失怨生而不聞也。若事失怨生而不聞，其危也深矣。自古姦邪之人，未有不如此者也。然則雖堯、舜爲君，稷、契爲臣，而雜之以姦邪之人，則太平必不可興，而危事潛生矣。所謂姦邪之臣者，榮夷公、費無極、太宰嚭、王子蘭、王鳳、張禹、許敬宗、楊再思、李義府、李林甫、盧杞、裴延齡之比是也。姦佞之臣信用，大則亡國，小則壞法度而亂生矣。今之語者，必曰「知人邪正，是堯舜之所難也，焉得知其邪佞而去之邪？」臣以爲察姦佞之人亦有術焉。主之所欲，皆順不違，又從而承奉先後之者，此姦佞之臣也。不去之，雖用稷、契爲相，不能以致太平矣。故人主之任姦佞則耳目壅蔽，耳目壅蔽則過不聞，而忠正不進矣。臣故曰：屏姦佞而不近，則視聽聰明。(《疏屏姦佞》)

《疏用忠正》篇首先提出觀點：「忠正者，百行之宗也」，隨後對此展開論述：「大臣忠正則小臣莫敢不爲正矣；小臣莫敢不爲正，則天下後進之士皆樂忠正之道矣；後進之士皆樂行忠正之道，是王化之本，太平之事也」，此一句分爲三層，逐層推進，得出「用忠正興太平」的結論。接著論述察忠正之術，採用正反對比法：「能盡言憂國而不希恩容者，此忠正之徒」，準確概括了忠正之士的特點，接著著重強調要辟邪臣對忠正的讒言，指出這是識忠正中需要功力的地方，並得出忠正「講道德仁義」的共同點；「邪人嫉而讒之」、「且以爲朋黨」、「惑時主之聽」，這是從歷史裏概括出的特點，具有典型性，並用歷史事實證明不用忠正之後果。此後總結前文，得出結論，忠正不難有，在陛下辨而用之。全文採用總分總結構，但最後的結論是在中間論述的基礎上得出，所以比最初的觀點進了一層，尤其是「辨而用之」具有特別的指導意義。「臣故曰」則是對全篇之總結，也是對《論事疏表》中提出的觀點的呼應。《疏屏姦佞》從反面立論，明白簡練地指出佞人不可與共爲國。此後花大量筆墨對姦佞之人的特點進行描畫，採用排比句式，窮盡其相，然後分析人主親近的危害：「事失怨生」，「危事潛生」。隨之列舉歷史上姦佞之人名，使讀者對此類人有更清晰的認識，同時再次明白信用他們的危害。其後總結察姦佞之術，並論及不去之則不能致太平。最後仍然歸結到人主之執行，「任姦佞則耳目壅蔽，耳目壅蔽則過不聞，而忠正不進」，用忠與屏邪是緊密聯繫的。所以此篇與上篇在結構上大體一致，但是中間論述部分，不同於上篇之正反對比，而是極力描摹姦佞之情態，述及危害，或者列舉歷史上姦佞之人明其

危害，或者總結其特點論其危害。之所以反覆陳述，乃在於姦佞之人確實千姿百色，容易迷惑聖聽，所以窮盡其情態，使今上對此姦佞之人的各種表現了然於心，由此屏之則不會錯漏。這樣此疏就不只是紙上談兵，而能指導實際。

《疏改稅法》、《疏絕進獻》、《疏厚邊兵》主要談論現實生活中的政策問題，關乎民生，特別具有針對性。因此，此三篇之寫法不同於上兩篇採用總分總的結構，而是開門見山進入對問題的分析。《疏改稅法》以建中元年（780）初定兩稅法時錢物比值與當今錢物比值進行比較，認為當今稅額如故而粟帛日賤、錢益加重，所以實際稅收比建中之初增加了三倍。然後分析稅收增加之原因，「乃錢重而督之於百姓」，其危害在於：「錢者，官司所鑄，粟帛者，農之所出。今乃使農人賤賣粟帛，易錢入官，是豈非顛倒而取其無者耶？由是豪家大商，皆多積錢以逐輕重。故農人日困，末業日增。一年水旱，百姓菜色，家無滿歲之食，況有三年之蓄乎？百姓無三年之積，而望太平之興，亦未可也。」將百姓之生計與國家太平聯繫起來，乃儒家仁政思想的體現，如果能落到實處，將不是迂闊之見，對百姓困苦之狀的描述、分析就表現了李翱對人民的真誠關心。最後李翱提出了解決問題的辦法，不出現錢，皆納布帛。這種措施針對當時的社會現實實在是很書生氣。憲宗時代，國家政權威望逐漸恢復，關鍵在於對藩鎮征討獲勝取得較大成果，可是任何一次征討，都是以國家財政為基礎的，但是自安史之亂以來，國家國庫的薄弱或者說空虛是一個不爭的事實，德宗朝楊炎等人對財政的治理雖然有所成效，但也沒有根本解決問題。憲宗朝裴垍仍然進行治理，但方鎮不時搗亂，財政問題乃困擾國家的一個重大難題，提出增加稅收也是迫不得已的辦法。但是李翱的解決辦法儘管實效性不大，其關心民生疾苦，改革稅收的熱心，期盼國家致太平的願望是值得尊敬的。正因為如此，其對百姓困苦之描述簡練而蘊含真情。其他表現李翱以關懷百姓困苦為著眼點的是《疏絕進獻》篇首「臣以為自建中以來，稅法不更，百姓之困，已備於前篇矣」。此篇接著對節度觀察使之進獻時所說「軍府羨餘，不取於百姓」的謊言進行反駁：「且供軍及留州錢，各有定額，若非兵士闕數不填，及減刻所給，則錢帛非天之所雨也，非如泉之可涌而生也，不取於百姓，將安取之哉？」這確實是一針見血，一句反問讓對方啞口無言。接著對進獻的各種巧取豪奪的情況進行陳述，然後提出解決辦法。其解決辦法建立在對當時情形的分析上：一，往年厚留度支錢乃中

原有寇賊，當今中原無虞而蓄兵如故，以耗百姓，大可不必，所以可以只留鎮守之兵士，並查核實數，按實數配給。二、中原無虞，蕃夷可虞，可使厚邊兵。可見李翱並不是要一概削減兵數，而是按需調配。三、國家之錢帛要有一個合理運用的法律規定。然後指出：「今受進獻則節度使、團練使皆多方刻下爲蓄聚，其自爲私者三分，其所進獻者一分也。」切中時弊，與開篇呼應，順理成章地推出結論：「是豈非兩稅之外又加稅焉，百姓之所不樂其業，而父子夫婦或有不能相養矣」，「臣故曰：絕進獻以寬百姓稅租之重，則下不困。」《疏厚邊兵》與這兩篇論述大致相同，即分析問題，提出解決方案，得出結論。

由此，此五篇疏均針對具體問題，著重提出解決方案，確實以「辨析疏通」爲要。由提出問題到分析、解決，這種結構方式本身就是思維向縱深發展的表現。在各篇中，因具體問題不同，論述的側重點不同，論述方式也有細微差別，可見李翱上疏之用心。其語言平易溫和，分析問題大多能切中肯綮，儘管不可避免有公文的模式化的嫌疑，但是對此類文體特點的把握，李翱還是得其分寸的。

（二）書

李翱的書包括與朋友們往來的書箚，也包括與上級的書信。與朋友的書信大致談文論道，很少涉及李翱自己的生活、情感。與上級的書信則是推薦人才，或者論述政治。關於李翱談論文章的如《答皇甫湜書》、《答朱載言書》等放在後文專章討論，這裡只討論非論文的作品。與上級的書信則按內容各取一例進行討論。

李翱對道孜孜追求，並且以儒家傳人自任，對任何有損持道修身的行爲或者思想，他總是嚴厲拒斥，由此在文章中表現出來。《答侯高第二書》大概是侯高勸其優容於時，李翱對此答覆，全篇極辨析之工，極見李翱論文之特點，也可見李翱之性情。其文如下：

> 足下復書來，會與一二友生飲酒，甚樂，故不果以時報。三讀足下書，感歎不休，非足下之愛我甚，且欲吾身存而吾道光明也，則何能開難出之辭如此之無憂〔註23〕乎？前書所以不受足下之說，而復闢之者，將以明吾道也。吾之道非一家之道，是古聖人所由之道者

〔註23〕《全唐文》爲「憂」。

也。吾之道塞，則君子之道消矣；吾之道明，則堯、舜、文、武、孔子之道未絕於世也。前書若與足下混然同辭，是宮商之一其聲音也，道何由而明哉？吾故拒足下之辭，知足下必將憤予而復其辭也。足下再三教我適時以行道，所謂時也者，乃仁義之時乎？將浮沉之時乎？時苟仁且義，則吾之道何所屈焉爾？如順浮沉之時，則必乘波隨流、望風高下焉。苟如此，雖足下之見我且不識矣，況天下之人乎？不修吾道而取容焉，其志亦不遐矣。故君子非仁與義，則無所爲也。如有一朝之患，古君子則不患也。吾之道學孔子者也。孔子尚畏於匡，圍於蒲，伐樹於桓魋，逐於魯，絕糧於陳、蔡之間。夫孔子豈不知屈伸之道耶？故賢不肖，在我者也。貴與富，貧與賤，道之行否，則有命焉。君子正己而須之爾，雖聖人不能取其容焉。故孔子謂子路、子貢曰：《詩》云：『匪兕匪虎，率彼曠野。』吾道非耶？何爲至於此？」子路對曰：「意者吾未仁且智耶？而人之不我信與行也。」子曰：「有是乎？使仁者而必信，安有伯夷、叔齊？使智者而必行，安有王子比干？」子貢對曰：「夫子之道至大，故天下莫能容，盍少貶夫子之道。」子曰：「良農能稼而不能爲穡，良工能巧而不能爲順，君子能修其道，綱而紀之，統而理之，而不能爲容爾；不修道而求爲容，賜也，而志不遠矣。」謂顏淵如謂由、賜。顏淵對曰：「夫子之道至大，故天下莫能容，雖然，夫子推而行之，不容何病？夫道之不修也，是吾醜也；夫道既已大修而世不用，是有國者之醜也。夫子何病不容？然後見君子。」孔子蓋歎之也。以孔子門人三千，其聖德如彼之至也，而知孔子者，獨顏回爾，其他皆學焉而不能到者也。然則僕之道，天下人安能信而行耶？足下之言曰：西伯、孔子，何等人也，皆以柔氣污辭，同用《明夷》也，以避禍患。斯人豈浮世邪人乎？西伯，聖人也，羑里之拘，僅得免焉；孔子，聖人之大者也，其屈阨如前所陳，惡在其能取容於世乎？故曰：危行言遜，所以遠害也，其道則不爾。其能遠之與否，而必容焉，則吾不敢知也。非吾獨爾，孔子亦不知也。僕之道窮，則樂仁義而安之者也；如用焉，則推而行之於天下也。何獨天下哉？將後世之人有得於吾之功者爾。天之生我也，亦必有意矣，將欲愚生民之視聽乎？則吾將病而死，尚何能伸其道也？如欲生民有所聞

乎，則吾何敢辭也。然則吾道之行與否，皆運也，吾不能自知也，
天下人安能害於我哉？足下又曰：吾子夷、齊之道也。如僕向者所
陳，亦足以免矣，故不復有所說。若韓、孟與吾子之於我心，故知
我者也。苟異心同辭，皆如足下所說，是僕於天下眾多之人而未有
一知己也，安能動於吾之心乎？吾非不信子之云云者也，信子則於
吾道不光矣，欲默默則道無所傳云爾。子之道，子宜自行之者也，
勿以誨我。

從文意看，侯高勸李翱「適時行道」之「道」與李翱之「道」不是一回事。
侯高的「道」是「適時求存」之道，是一種生活態度，著重在取容於時。所
以李翱開篇提出回信的目的及自己的觀點，「明吾道」，「吾之道非一家之道，
是古聖人所由之道也」。隨後概括對方的觀點「教我適時以行道」。李翱沒有
一概否定適時行道。首先對「時」進行分辯：有「仁義之時」、「浮沉之時」；
隨即推論，若「時」乃「仁與義」，則己道無所屈，也就不存在與時容不容的
問題，若「時」乃浮沉之時，自己則無法接受與時浮沉、隨波逐流而失道的
行為。為了證明自己的觀點，擡出孔子的事迹來證明，得出「故賢不肖，在
我者也。貴與富，貧與賤，道之行否，則有命焉。君子正己而須之爾，雖聖
人不能取其容焉」的論斷，證明了自己不取容於時正合乎聖人之則。隨後引
證《史記・孔子世家》中孔子與弟子子路、子貢、顏淵的談話，實際上是為
了解決道與時容的問題。孔子提出「吾道非耶」的問題。子路回答說不是我
不智且仁，而是人之不我信與行也。孔子辨之，認為如果仁者必信，智者必
行，那麼伯夷、叔齊，比干這樣的仁人智者則不會顯現出來。子貢回答，是
夫子之道至大，故天下莫能容，如此則稍貶夫子之道。孔子再次辨之，認為
君子能修其道，綱而紀之，統而理之而已，而不能為容，那與修道沒有直接
關係。所以子路與子貢共同的錯誤在於求容於天下而不知修己道，反而先驗
地認為自己有「道」。顏淵的回答「夫道之不修也，是吾醜也；夫道既已大修
而世不用，是有國者之醜也。夫子何病不容？然後見君子」強調修道乃君子
根本，在不容於世中的堅修己道正是君子行為，這種論述正合孔子之意，所
以孔子贊之。顏淵的論斷同時是李翱的觀點。引文中夫子對子路、子貢的逐
層反駁是李翱用來反駁當時「求容於時」的觀點的，所以李翱在此引用孔門
對話來表述己意是十分恰切的。同時李翱得出結論，聖人之道如彼且孔門三
千而知聖德者乃顏淵一人而已，則己道之不知，又有何怪。此乃間接表明侯

高不知己，是對侯高「教我適時以行道」的一個回應。論文接著指出對方觀點：西伯、孔子皆以柔氣污辭，同用《明夷》，以避禍患。李翱對西伯、孔子的情況進行具體分析，認為西伯僅得免禍，孔子屈厄陳蔡，都不是以屈道來取容於時，其所以如此，乃「危行言遜，所以遠害也，其道則不爾」，至於他們是否能避禍患，能否容於時，無論是我還是聖人均不知。這樣駁斥了侯高認為聖人危行言遜僅為避禍患的說法，同時進一步證明不可屈道求容於時。行文至此已辯明修道而不求容於時乃聖人行為，並不是我的一己陋見。所以下面明確表明自己的做法：「僕之道窮，則樂仁義而安之者也；如用焉，則推而行之於天下也。」這與顏回所言夫子之道相差無多，蓋李翱確實遵行聖人而行者，同時也以孔門之傳人自任，所以專在修道，至於容於時否則不是自己所關注也不是自己所能把握的。所以此文通篇引用聖人言行，實際上是藉此傳道的意思，對侯高的辯駁，正有此意，「吾非不信子之云云者也，信子則於吾道不光矣，欲默默則道無所傳云爾。」行文至此，更加義正嚴辭，似乎胸中正有浩然之氣，可以傲然挺立，所以說「子之道，子宜自行之者也，勿以誨我」，與開篇的委婉禮貌截然不同，似乎與侯高判然屬於兩個陣營。這是李翱最具個性的地方，即循道不循人，有時甚至不顧朋友的面子。所以此文以駁斥侯高的「適時以行道」為中心，最終目的在於傳聖人之道，堅定修道，這與開篇「明吾道」及文中大量引用聖人之言行統一起來，並且通過駁斥的方法明聖人之道，更有闡清疑惑和誤見的功效。

與上級的書信有《勸裴相不自出征書》、《勸河南尹復故事書》、《與淮南節度使書》、《論事與宰相書》、《謝楊郎中書》、《答韓侍郎書》、《薦士於中書舍人書》、《薦所知於徐州張僕射書》等。這些與上級的書信，無論是討論政策、典章制度或者論述為官準則，或者薦士等等，很少表現出下級的謙卑之態。李翱在論述中站在一個制高點上，這個制高點就是他自己所行之「道」，以此為準則來品評時政，理論人事，符合「道」者則揚，背離「道」者則無論是不是上司，都在批評之列。這也是李翱論文中最具個性的地方。下面以《論事於宰相書》、《答韓侍郎書》為例：

> 凡居上位之人，皆勇於進而懦於退。但見己道之行，不見己道之塞，日度一日，以至於黜退奄至，而終不能先自為謀者，前後皆是也。閣下居位三年矣，其所合於人情者不少，其所乖於物議者亦已多矣。姦邪登用而不知，知而不能去。柳沁為刺史，疏而不止，韓潮州直

諫貶，責諍而不得。道路之人咸曰：焉用彼相矣？閣下尚自恕，以
爲猶可以輔政太平，雖枉尺猶能直尋，較吾所得者，不啻補其所失，
何足遽自爲去就也。切〔註24〕怪閣下能容忍，亦已甚矣。昨日來高
枕不寐，靜爲閣下思之，豈有宰相上三疏而止一邪人而終不信？閣
下天資畏慎，不能顯辨其事，忍恥署勑，內愧私歎，又將自恕曰：
吾道尚行，吾言尚信，我果爲賢相矣，我若引退則誰能輔太平耶？
是又不可之甚也。當貞觀之初，房、杜爲相，以爲非房、杜則不可
也；開元之初，姚、宋爲相，以爲非姚、宋則不可也；房、杜、姚、
宋之不爲相，亦已久矣，中書未嘗無宰相。然則果何必於房、杜、
姚、宋？況道不行，雖皋陶、伊尹，將何爲也？房、杜、姚、宋，
誠賢也，若道不行，言不信，其心所謂賢者終不敢不進，其心所謂
邪者終不敢不辨。而許敬宗、李義府同列用事，言信道行，又自度
智力必不足以排之矣，則將自引而止乎？將坐而待黜退乎？尚自恕
苟安於位乎？以閣下之明度之，當可知矣。凡慮己事則不明，斷他
人事則明，己私而他人公勇易斷也。承閣下厚知，受獎擢者不少，
能受閣下德而獻盡言者未必多。人幸蒙以國士見目，十五年餘矣，
但欲自竭其分耳。聽與怪，在閣下裁之而已。（《論事與宰相書》）

此文作於元和十四年李翱任國子博士時，全文之意在於勸宰相自動離職。因
爲宰相不稱職，不能擔當重任。如此直言，恐怕只有李翱這樣的屬下才說得
出來。文中之宰相指裴度〔註25〕。元和十三年李翱曾作《勸裴相不自出征書》，
大意是勸裴度功成身退，不要再爭功出征。儘管裴度爲李翱從表兄，但是官
階等級是存在的，李翱似乎很少顧及這種等級尊嚴與相應的避諱，但在直率
之中盡是關懷之情。開篇就指出現象，同時也是立論依據：「凡居上位之人，
皆勇於進而懦於退。」第二句分析原因。第三句就直指宰相之所爲，居位以
來，合於人情者不少，但「乖於物議者亦已多矣」。隨後列舉事實，柳泌乃山
人方士，命其爲刺史採仙藥，此事蠱惑聖聽，不可，但是宰相「疏而不止」；
韓愈諫迎佛骨，卻貶斥潮州，宰相對此事卻「責諍而不得」，這都是宰相之失。
所以「道路之人咸曰：『焉用彼相矣？』」意思是宰相根本就不合格。雖是借

〔註24〕《全唐文》爲「竊」，爲是。
〔註25〕文中曰「居位三年」，據《新唐書・宰相表》，元和十四年宰相有裴度、皇甫
　　　　鎛等人，只有裴度符合「居位三年」的條件。

用眾人之言，避開直指的尖銳，但是如此說來事實卻更加嚴重。後文「閣下尚自恕」至「是又不可之甚也」分析宰相爲何不去位的原因，乃在於自恕容己，天資畏愼，自視賢相。這一段均是揣摩心理之詞，貴在入情入理。其中「昨日來高枕不寐，靜爲閣下思之」句乃深爲體諒宰相之心，使指責飽含情意，也使論斷不至於尖刻偏頗。對於宰相的自恕，文章進一步分析此自恕自任不可行。舉貞觀開元賢相爲例，得出結論：「然則果何必於房、杜、姚、宋？」意思是宰相你也不要認爲只有你一人可以擔當重任，還可以讓更優秀的人來接任。最後總結「凡慮己事則不明，斷他人事則明，己私而他人公勇易斷也」，這不僅是對宰相一人而言，也是對世情人心的洞徹，以此作結，作爲勸解宰相自知自明的依據，是很恰當的。因此全文的勸解從對世事現象的概括開始，指出宰相之失，分析其自恕之由，駁斥其自恕的依據，最後勸其自明去位，如層層剝筍，辨到最後，對方無可逃遁，不得不接受建議。

《答韓侍郎書》討論的中心問題是何爲眞正的求賢。話題的出發點在於韓愈說「於賢者汲汲，惟公與不材耳」，李翱自認無愧，但並不認爲韓愈也如此。

文章可分爲三個層次：從「愚之於人」至「眞大賢之言也」，自誇進賢汲汲，自詡能鑒賞稱頌人物。「如鄙人無位於朝」至「與鄙人似同而其實不同也」論述求賢者心態。最後一層，以與京尹從叔對話辯明何爲眞正的知人。三個層次從不同角度著眼，總體上是正面立論，在辯論過程中採用對比法，辨析甚爲透徹。第一層：「如愚之於人，但患識昏、智不足以察人爲累耳。苟以爲賢，則不要前人相知相識，逢便見機，巧有慧辨，故身雖否塞，而所進達者不爲少矣。其鑒賞稱頌人物，初未甚信，其後卒享盛名爲賢士者，故陸歙州、韋簡州皆是也。」從正面立說，好賢如渴，所以進達者不少。然而不否認「好善太疾，智識未精，彼勝於彼，則因而進之，或取文辭，或以言論，或以才行，或以風標，或以政術，往往亦有不稱於前多矣，不可以言其名，然亦未嘗以爲悔也。其中亦有痛與置力，後因禮節不足，或因盡言以詰之，前人既非賢良，遂反相毀損者，亦有其人矣。且龐士元云，拔十失五，猶得其半，眞大賢之言也。」儘管有好善太疾導致識人之誤，但並不因噎廢食，引龐士元之語，說明眞正賢者之作爲。好善太疾會導致失誤恰恰是非好賢者用來反駁的口實，李翱將其失誤排比列出，可見對世間各種「人才」情態的洞察，非深於此者不能道，最終歸結進賢總比不進賢好，如此辨析，使對方沒有太

大的反駁餘地。第二層，首先排比兩種心態：「如鄙人無位於朝，阨摧於時，恓恓惶惶，奔走恥辱，求食不暇，自一千年來，賢士屈厄，未見有如此者，尚汲汲孜孜引薦賢俊，如朝饑求殄，如久曠思通，如見妖麗而不得親然。若使之有位於朝，或如兄儕得志於時，則天下當無屈人矣。如或萬一有之，若陸歙州、韋簡州之比，猶奔走在泥土，則當引罪在己，若狂若顛；朝雖饑，不敢求殄，曠雖久，不敢思通；見妖麗閑眼〔註26〕而不觀，視遷榮如鞭笞宮割之在躬，夫又何榮樂而得安然也？」李翱認為汲汲進賢則應該見賢則若朝饑求殄，見賢者奔走在泥土則引罪在己，讓天下無一屈人，真正的求賢心態就是如此，這確實是一種理想的用人狀態，對用人者要求相當高。正因為如此，所以他說「如兄者，頗亦好賢，必須甚有文辭，兼能附己順我之欲，則汲汲孜孜無所憂惜引拔之矣。如或力不足，則分食以食之，無不至矣。若有一賢人或不能然，則將乞丐不暇，安肯孜孜汲汲為之先後？此秦漢間尚俠行義之一豪雋耳，與鄙人似同而其實不同也。」指出韓愈並非真正好賢，而是取附己順我之人，不附己順我則不會汲汲引薦，其實這不僅是針對韓愈一人，同時指出了社會上自稱求賢者的心態。對比李翱自負的求賢之公心，此種求賢的為己之意極為明顯，這是李翱不滿意韓愈的地方，是此文創作之由，儘管此篇有開玩笑性質，但韓愈有此弊是肯定的。這一層用對比方法使求賢之正心、之公心的特點突顯出來。前兩層是針對求賢者而言，第三層論及何為真正的發現賢才。京尹從叔提及一大官知重陸洿，實際上陸洿當時已為眾人所知，所以李翱並不認為這位大官是識賢才。真正的識賢才是「士所貴人知者，謂名未達則道之，家之貧則恤之，身之賤則進之」，況且此官身居高位並未引薦任用陸洿，雖口頭知重，實際並非真的知重。進一步指出「大凡身當位，得志於時，慎閉口，不可以言知人。若知人而不能進，志未得而氣恬體安，不引罪在己，若顛若狂，與夫不知人者，何以異也？」這樣將引薦人才落到實處，也是全文的一個總結。最後用「離婁與瞽偕行，而同墜溝中」事件類比求賢者之所以不及賢者，實際是「心不在焉」之故。全文論述至此結束，強調了求賢者要「用心」，回應前面的「汲汲求賢」之意，又將第一、二層所述求賢的種種表現以「用心」作一收束，論述十分周詳。通篇文章議論時大義凜然，說理深透，但是有書生氣，顯得比較單薄。

　　觀李翱之「書」，無論對上級還是朋友，李翱都能抓住一個理層層剖析，

─────────────

〔註26〕據文意「閑」當為「閉」。

而在辨析時又不失熱心，所以說理之中透著感情。這種感情不是私人化的情感，表達得也並不是那麼委婉曲折，但是因為李翱心繫家國政道，這種情感顯得大氣、公正，與李翱為人之直率誠摯結合，自有其可觀可敬處。劉勰《文心雕龍・書記》曰：「詳諸書體，本在盡言，所以散鬱陶，託風采，故宜條暢以任氣，優柔以懌懷。文明從容，亦心聲之獻酬也。」李翱之書不在於盡力逞詞，在於說理的內在邏輯，在於對世事政治的真誠關注至於不得不發而為言，由此而顯出風采，所以也可以稱為「心聲之獻酬」。

李翱之論述文章，一般是一篇論一事，不枝不蔓，說理圓通，彌縫罅隙，使對方無隙可乘，可謂論如析薪，確能破理。但是李翱之論述體類，因為總是抓住論道論政的話題，綜合觀之則有雷同之嫌，實變化不足之故。就具體篇章而言，幾乎每篇都有「正義」行之於中，李翱將討論對象設想為完全遵守儒家道德規範，完全心繫國家，沒有任何私欲的人，過於理想，顯得書生氣。

三、記人類

前文討論分類時將李翱文集中行狀實錄、碑傳、碑述、墓誌、祭文歸屬於記人類，這是從內容上進行歸屬，沒有顧及這幾類文體的特點。原因在於行狀實錄、碑傳、碑述，主體都是人，就是墓誌著重稱頌功德的文體，李翱也極少過譽之詞，基本上是秉筆實錄。祭文要表現哀傷之情，但李翱似乎不擅長抒情，他的祭文一般記敘逝者經歷或者重要事迹，有表達感情的詞語但是難見其感情的投入。將墓誌、祭文也歸屬到記人一類。李翱的記人之文，最大的特點就是實錄，幾乎很少描寫，很少評論，很少帶上主觀感情。正如其言：「但指事說實，直載其詞，則善惡功迹，皆據事足以自見矣。」〔註27〕

李翱行文的特點可以與他人的比較得之。同是寫韓愈，李翱作《韓公行狀》、《祭吏部韓侍郎文》，皇甫湜作《韓文公神道碑》、《韓文公墓誌銘》。這裡主要以《韓公行狀》與《韓文公神道碑》比較，參校《祭吏部韓侍郎文》與《韓文公墓誌銘》。《韓公行狀》與《韓文公神道碑》都是記敘韓愈一生事迹，但是李翱《行狀》語言平實、準確，堪稱史筆，記敘事件有詳有略，韓愈形象「足以自見」；皇甫湜《神道碑》用語稍奇，敘述事實不如翱文明確，恰如朱子言：「湜為退之作《墓誌》，卻說得無緊要，不如李翱《行狀》較著

實。蓋李翱爲人較樸實，皇甫湜較落魄。」〔註28〕開篇均記敍韓愈家世：

> 曾祖泰皇，任曹州司馬。祖濬素皇，任桂州長史。父仲卿皇，任秘
> 書郎贈尚書左僕射。公諱愈，字退之，昌黎某人。(《韓公行狀》)

> 韓氏出晉穆侯。晉滅，武穆之韓而邑，穆侯孫寓於韓，遂以爲氏。
> 後世稱王。漢之興，故韓襄王孫信有功，復封韓王，條葉遂著。後
> 居南陽，又隸延州之武陽。拓跋後魏之帝，其臣有韓茂者以武功顯，
> 爲尚書令，實爲安定桓王。次子鈞襲爵，官至金部尚書，亦能以功
> 名終。尚書曾孫叡素爲唐桂州長史，善化行於江嶺之間，於先生爲
> 王父。生贈尚書左僕射，諱仲卿，僕射生先生，先生諱愈，字退之。
> (《韓文公神道碑》)

比較則不難看出李翱行文簡潔明瞭，皇甫湜作文強調了愼終追遠的意思，有
光大韓愈家世的用心，但如此一來，占去全文篇幅，使行文不夠利索，儘管
這是文體的需要。皇甫湜似乎有意將韓愈塑造成一個與眾不同的人，所以在
用語上十分講究。如對韓愈中進士前一段生活的描寫：

> 生三歲，父歿，養於兄會舍。及長，讀書能記他生之所習。(《韓公
> 行狀》)

> 乳抱而孤，熊熊然角，嫂鄭氏異而恩鞠之。七歲屬文，意語天出。
> 長悅古學，業孔子、孟軻而侈其文，秀人偉生多從之遊，俗遂化服。
> 炳炳烈烈，爲唐之章。(《韓文公神道碑》)

李翱描述十分簡單，「生三歲，父歿，養於兄會舍」，時間、事件、人物、地
點交代清楚了。皇甫湜則曰「乳抱而孤，熊熊然角，嫂鄭氏異而恩鞠之」給
人的感覺就是韓愈生來就不平常，嫂鄭氏「異」之，其作文乃「意語天出」，
如有神助，這也是常人不可求的事。不能不說皇甫湜語彙的豐富及其善於描
寫的才力，但是對於具體事件來說，他的交代就有語焉不詳的地方。如從董
晉幕府平汴州亂事：

> 晉辟公以行，遂入汴州，得試秘書省校書郎，爲觀察推官。晉卒，
> 公從晉喪以出。四日而汴州亂，凡從事之居者，皆殺死。武寧軍節
> 度使張建封奏爲節度推官，得試太常寺協律郎，選授四門博士，遷
> 監察御史。(《韓公行狀》)

〔註28〕《朱子語類》卷一百三十七。此處雖然只是評價皇甫湜《墓誌》與李翱《行
　　　　狀》，用來說《神道碑》與《行狀》也合適。

從軍宰相董晉平汴州之亂，又佐徐州青淄通漕江淮。入官於四門先
生，實師之，擢爲御史。（《韓文公神道碑》）

《行狀》將韓愈平汴州時的身份及汴州亂的過程交代得詳細，與《唐書》相
較，可以補史實之疏略。《神道碑》則十分簡略，只寫下一個事件，至於韓愈
在其中的作用則不得而知。選授四門博士，《行狀》也較《神道碑》能落到實
處。再如爲柳潤辯誣而貶官：

入爲職方員外郎，華州刺史奏華陰縣令柳潤有罪，遂將貶之。公上
疏，請發御史辨曲直，方可處以罪，則下不受屈。既柳潤有犯，公
由是復爲國子博士。（《韓公行狀》）

華州刺史奏華陰令柳潤贓，詔貶潤官。先生守尚書職方郎中，奏疏
言華近在國城門外，刺史奏縣令罪，不參驗，坐郡。御史考實，奏
事如州。宰相不爲堅白本意，先生竟責出省。（《韓文公神道碑》）

《行狀》交代韓愈爲柳潤辯駁的出發點：請御史認眞考覈此事，這樣才使下
屬不受冤屈。《神道碑》則曰「華近在國城門外，刺史奏縣令罪，不參驗，坐
郡。御史考實，奏事如州」，語句稍拗，指出御史應該考覈事實，理由是華縣
離都城不遠。這個理由顯然不如李翱的抓住要害。至於韓愈因此貶官降級，《行
狀》揭出事實：柳潤確實有犯，所以從職方員外郎復爲國子博士。但是韓愈
的出發點是公正的，儘管李翱並未指出此貶有不公正之嫌，但從事實著眼，
讀者自可判斷是非曲直。《神道碑》則曰：「宰相不爲堅白本意，先生竟責出
省」，認爲韓愈因此遭貶是很委屈的事，但是皇甫湜對韓愈出發點的分析不夠
清晰準確，看不出韓愈遭貶其實是有冤屈的。因此李翱言詞表面並未替韓愈
說話，但事實明擺著，讀者自明；皇甫湜只寫出韓愈上奏疏事，結果御史驗
明韓愈所辯護之人確實有罪，那麼韓愈遭貶則不爲冤屈。

《行狀》敍述韓愈一生經歷，對於韓愈知制誥前的事迹都是略寫，其後
著重記敍韓愈平蔡州事件中的作爲，諫迎佛骨，說王庭湊三事。在韓愈一生
中，最能體現他的風采、他的作爲的事情，不能不說這三事，李翱在如實記
錄的同時確實能抓住重點。皇甫湜文章也寫了這三件事，但是詳略安排，語
言運用上很不一樣。

平蔡州事件中，李翱、皇甫湜都努力突出韓愈的能力，但是兩人用力處
不同。李翱補出當時背景：「自安祿山起范陽，陷兩京、河南北七鎮，節度使
身死則立其子，作軍士表以請，朝廷因而與之。及貞元季年，雖順地節將死，

多即軍中取行軍副使將校，以授之節，習以成故矣。朝廷之賢，恬於所安，以苟不用兵爲貴，議多與裴丞相異，惟公以爲盜殺宰相而遂息兵，其爲懦甚大，兵不可以息。以天下力取三州，尚何不可？」在這種背景下談韓愈有識見的行爲比只說韓愈是如何有見識就有力多了。皇甫湜則一門心思強調韓愈的功績，他對整個事件的描述：「十二年七月，詔御史中丞，司彰義軍討元濟。出關趨汴，說都統弘，弘悅用命，遂至郾城。審賊勢虛實，請節度使裴度曰：『某領精兵千人取元濟。』度不聽察。居數日，李愬自文城早行，無人，擒賊以獻，遂平蔡。方三軍之士爲先生恨，復謂度曰：『今藉聲勢，王承宗可以辭取，不煩兵矣。』得柏耆，先生授詞，使耆執筆書之，持以入鎮。承宗恐懼，割德、棣以降，遣子入侍。」此文突出韓愈對時勢的把握能力，似乎連裴度也不及，不僅不及，還聽不進建議。這與討蔡州前裴度奏請韓愈爲行軍司馬的行爲是不符合的，皇甫湜爲了突出韓愈而微議裴度這也是不太符合事實的。不如李翱於平實中得來讓人信服：「公知蔡州精卒悉聚界上以拒官軍，守城者率老弱，且不過千人，亟白丞相，請以兵三千人間道以入，必擒吳元濟。丞相未及行，而李愬自唐州文城疊提其卒，以夜入蔡州，果得元濟。蔡州既平，布衣柏耆以計謁公，公與語，奇之，遂白丞相曰：『淮西滅，王承宗膽破，可不勞用眾，宜使辯士奉相公書，明禍福以招之，彼必服。』丞相然之。公令柏耆。口占爲丞相書，明禍福，使柏耆袖之以至鎮州。承宗果大恐，上表請割德、棣二州以獻。」相比皇甫湜的敍述，此文在敍述事實上十分明確，事件發生的前因後果、時間、地點都很明晰，韓愈白裴度之語就是他對時勢的分析，李翱詳寫之，讀者自可明瞭韓愈的才能。皇甫湜描寫裴度「不聽察」，李翱描寫爲「丞相未及行」，兩相對比，結合當時背景，李翱的描寫就要準確、切實一些。

《行狀》著力刻畫了韓愈在宣諭王庭湊時的表現，而《神道碑》對韓愈所行之事似乎是平均用力，所以此節可以渲染的地方竟然放過了。當然這裡有文體限制的緣故，但皇甫湜的概括描寫確實不夠傳神：

> 鎮州亂，殺其帥田弘正，征之不克，遂以王廷湊爲節度使。詔公往宣撫，既行，眾皆危之。元稹奏曰：「韓愈可惜。」穆宗亦悔，有詔，令至境觀事勢，無必於入。公曰：「安有受君命而滯留自顧？」遂疾驅入。廷湊嚴兵，拔刃、弦弓矢以逆。及館，甲士羅於庭。公與廷湊、監軍使三人就位。既坐，廷湊言曰：「所以紛紛者，乃此士卒所

爲，本非廷湊心。」公大聲曰：「天子以爲尚書有將帥材，故賜之以節，實不知公共健兒語。」未嘗及大錯，甲士前奮言曰：「先太史爲國打朱滔，滔遂敗走，血衣皆在，此軍何負朝廷，乃以爲賊乎？」公告曰：「兒郎等且勿語，聽愈言。愈將爲兒郎，已不記先太史之功與忠矣；若猶記得，乃大好。且爲逆與順利害，不能遠引古事，但以天寶來禍福爲兒郎等明之。安祿山、史思明、李希烈、梁崇義、朱滔、朱泚、吳元濟、李師道，復有若子若孫在乎？亦有居官者乎？」眾皆曰：「無。」又曰：「令公以魏博六州歸朝廷，爲節度使，後至中書令，父子皆授旌節，子與孫雖在**幼童**〔註29〕者，亦爲好官，窮富極貴，寵榮耀天下。劉悟、李佑皆居大鎮，王承元年始十七，亦仗節，此皆三軍耳所聞也。」眾乃曰：「田弘正刻此軍，故軍不安。」公曰：「然汝三軍亦害田令公身，又殘其家矣。復何道？」眾乃歡曰：「侍郎語是。」庭湊恐眾心動，遽麾眾散出，因泣謂公曰：「侍郎來，欲令廷湊何所爲？」公曰：「神策六軍之將如牛元翼比者不少，但朝廷顧大體，不可以棄之耳。而尚書久圍之，何也？」庭湊曰：「即出之。」公曰：「若真耳，則無事矣。」因與之宴而歸。而牛元翼果出。（《韓公行狀》）

方鎮反，太原兵以輕利誘迴紇。召先生禍福，譬引虎齧臍血，直今所患，非兵不足。遽疏陳得失。王廷湊屠衣冠，圍牛元翼，人情望之若大蚖虺。先生奉詔入賊，淵然無事。行者既至，召眾賊帥，前抗聲數責，致天子命，詞辨而銳，悉其機情，賊眾懼伏。賊帥曰：「唯公指令。」乃約之，出元翼。（《韓文公神道碑》）

《行狀》對此事件進行了充分渲染。初，鎮州兵亂，朝廷無力，王廷湊爲節度使。但是朝廷不甘心坐視不顧，同時也是平此叛亂的必要，派韓愈宣撫。當時方鎮勢力強大，幽禁朝廷使節或者刺殺之，不是沒有可能，所以眾人聽說均爲韓愈可惜。但是韓愈胸懷正氣，凜然向前。背景鋪墊完畢，接著描畫軍中情形，王廷湊確實使甲士持兵以待，先前之擔憂不無理由。這樣使韓愈面對三軍大聲陳詞，曉說利害的行爲如深入虎穴一般，但韓愈一身正義，凜屬不可犯。後來兵士心服歡悅，王廷湊也泣下，向韓愈討教解決辦法。這個效果也非一般人可以取得。而《神道碑》對宣撫過程以概括語帶過，韓愈的

〔註29〕《全唐文》爲「童幼」。

形象便無法挺立。李翱完全用人物自己的行為說話，反而取得活化人物的效果。當然在詳細描寫中也稍嫌冗墜，就是因為太實。

　　李翱對事件的準確描述來自他對事件的深刻洞察。前文引用對韓愈為柳澗辯誣的事就隱含了這一點。這裡再舉一例證之，如對韓愈、李紳同時罷官事件：

> 李紳為御史中丞，械囚送府，使以尹杖杖之。公曰：「安有此？」使歸其囚。是時紳方幸，宰相欲去之，故以臺與府不協為請，出紳為江西觀察使，以公為兵部侍郎。（《韓公行狀》）

> 會京兆尹以不治聞，遂以遷拜，敕曰：「朕屈韓愈公為尹，宜令無參御史，不得為故常。」兼御史大夫，用優之，禁軍老奸宿惡不攝盡縛送獄，京理恪然。御史中丞有寵，旦夕且相，先生不詣，固為恥矣。械囚送府，令取尹杖決之。先生脫囚械縱去，御史悉奏。宰相乘之，兩改其官。（《韓文公神道碑》）

《行狀》抓住「宰相欲去之」做文章，道出李逢吉玩弄權術，借韓愈、李紳相鬥而坐收漁利的深意，所以行文只寫出兩人均被貶的事實。《神道碑》的重點在於寫御史中丞與韓愈均得聖寵，互不相容而相爭之事，雖然點出「宰相乘之」，但沒有突出事件本質：兩人遭貶就是宰相操縱，不是宰相趁此揀了個便宜。所以《行狀》之敍述實在是洞了本質才下筆，不愧有史官之才。

　　《行狀》對韓愈的描寫著重其政治事功，對其文章的成就只是順便提到，這可能與李翱本身對文章的看法有關，他認為「凡古賢聖得位於時，道行天下，皆不著書，以其事業存於制度，足以自見故也。」所以仍然將文章看成不得於位，道不行於時的產品，因此評價人物也以事功為主。對韓文的評價，指出其為揚雄之後，古文之法。韓愈自己是以揚雄之後者自居的，李翱認為揚雄是六經之後能自成一家之文者（見《與朱載言書》），所以以揚雄稱韓愈，是極為稱賞之詞。皇甫湜不同，他對文章十分看重，所以篇中著墨處很多，特別在《韓文公墓誌銘》中，對韓愈之文有拔俗之評：「先生之作，無圓無方，至是歸工。抉經之心，執聖之權。尚友作者，跋邪抵異。以扶孔氏，存皇之極。知與罪，非我計。茹古涵今，無有端涯，渾渾灝灝，不可窺校。及其酣放，豪曲快字，凌紙怪發，鯨鏗春麗，驚耀天下。然而栗密窈眇，章妥句適，精能之至，入神出天。」且不說其評語本身用語之奇，就是對韓文特點的描述，能提煉出「酣放」、「凌紙怪發」、「章妥句適，精能之至」等語，這是韓

愈也會含笑認同的。皇甫湜自己重視文章之「奇」，對韓文之奇也同樣關注並有意學之，所以深有會心，這是不難理解的。同時皇甫湜也注意「章妥句適」的特點，這與皇甫湜文章並非只重出奇是有聯繫的，只是皇甫湜在平實方面沒有李翱做得好而已，從《神道碑》之文也可以看出。李翱說的平實，皇甫湜則注重描寫韓愈文章特點，所以寫得文采飛揚。但是只講求文字的出奇而不顧內容，好文章也不那麼容易產生，皇甫湜《神道碑》也是一個教訓。現在回頭讀朱子對其墓誌之評價，認為其說得無關緊要，可謂深中其弊。

李翱文章講求平實，但贊同創意出新，不只是倣古人，所以平實之中也有有意為文之處。《行狀》中穿插的一些小插曲，很有神采。講述韓愈為京兆尹時眾人表現，「六軍將士皆不敢犯，私相告曰：『是尚欲燒佛骨者，安可忤？』故盜賊止。遇旱，米價不敢上。」一句「私相告」，韓愈的震懾力不言自明，眾人私語的場景，富有戲劇化，很有情韻。這種地方在文章最後一段也表現出來：「及病，遂請告以罷，每與交友言既，終以處妻子之語。且曰：『某伯兄德行高，曉方藥，食必視《本草》，年止於四十二。某疏愚，食不擇禁忌，位為侍郎，年出伯兄十五歲矣。如又不足，於何而足？且獲終於牖下，幸不至失大節，以下見先人，可謂榮矣。』」文字非常簡樸，但是將韓愈面對死亡時的平靜、坦然表現得非常出色。「終以處妻子之語」放在驚濤駭浪的事件之後輕筆帶出，使出生入死的大丈夫柔情頓生，可謂「無情未必真豪傑，憐子如何不丈夫」，人物形象更加豐滿。這一段作為全篇的總結，情韻悠悠，可以說是李翱的神來之筆。

因此《韓公行狀》雖然用史家筆法，似乎只是在重現歷史，有時可能顯得比較囉嗦，但是因為所寫人物本身有神采，李翱也能抓住重點、突出本質，所以雖然實錄其事，通篇也十分活絡。而皇甫湜《韓文公神道碑》總是想刻畫一個不一般的韓愈，在遣詞造句方面下功夫，但是終因對人物、對事件本身認識不夠，所以還不如李翱平實之文來得恰切。其次，李翱對韓愈的認識、評價似乎不著一詞，但是因為李翱與韓愈二十九年的交往，有感情的融通，所以李翱在落筆之處，也會有樸素中的絢爛，可謂「繪事後素」。

同樣是行狀，因為所寫人物不同，在寫法上也有區別。例如《徐公行狀》，大體上按時間順序敘述人物一生事迹，其中抓住徐申一生五次任刺史的經歷構成全文主線，詳寫了任韶州刺史、廣州刺史時的事迹，其他三次則略寫。任韶州刺史時著重寫其為百姓做事：一、募百姓耕公田，與募者粟，土肥歲

豐，積粟三萬斛，利官利民；二、築室於州故城，百工以藝來，以粟為酬，百工各以其能相易，城郭室屋建立如初。百姓感激，請觀察使為其作碑立生祠，徐申「自陳所為不足述；假令如百姓言，乃刺史職宜如此，何足多者？不願以小事市名。」而在廣州刺史任上，主要寫其政治才能：處理前節度使留下的問題，軍中安定；矯正蠻夷風俗，地方太平；蕃國歲來互市，不額外加貢賦，商賈以饒。所以徐申一生雖無大事件，但是做好這些平常事，也有可以傳頌之處。與《韓公行狀》不同的是，此文最後對其一生有一個總結：「凡三佐藩屏之臣，五為刺史，一為經略使，一為節度觀察使，階累升為金紫光祿大夫，爵超進為開國公，官亟遷為禮部尚書，其事業皆足以傳示後嗣，為子孫法。」那個時代一個人的成就大概是通過這些官階來顯現的，而之所以不為韓愈作一個總結，就是因為韓愈經歷的大事幾乎人盡皆知，所以不特別提出來，只是在具體事件描述中花筆墨；而徐申所作之事相對來說沒有那麼多驚心動魄的地方，所以有此總結便於體現徐申的價值。

一般來說，李翱所寫之人中有一部分人是他不太熟悉也沒有特別顯著的功績的，替這樣的人物寫傳或者撰墓誌銘，李翱一般寫得平實，多用概括性的語言，很少有人物自己的生動表演，比如《傅公神道碑》等。然而李翱十分熟悉的人物，行文則時有生氣，人物自己會跳出來說話、表演，如《楊公墓誌銘》、《故東川節度使盧公傳》、《故河南府司錄參軍盧君墓誌銘》等。楊公乃楊於陵，對李翱有知遇之恩，此墓誌銘將楊公一生經歷如實錄下，使人覺得風波動蕩，政治險惡，但正是在這種險途中楊公把握住為國為民之宗旨，所以最終能安享晚年以得壽終。其中所寫官場險惡，往往有非知情人不能寫處：「元和十四年，淄青平，兼御史大夫，以本官充東平宣慰處置使。是時初誅李師道，得兗州、鄆州等十二州，列為三道。劉悟既除滑州，猶未出鄆，及公至，悟出迎，公促之，悟即日遂發。頒行賞賜，皆得其實。上甚悅，謂宰臣曰：『楊某不易得。』及浙西觀察使李修死，上問宰臣崔群、皇甫鎛曰：『何不進浙西人名？』皇甫鎛知公方有恩，懼作相，遂言公所至皆有治績（「治績」，四部叢書刊本作「理跡」。），以臣所見，莫如楊某，凡數百言。上惟以一字應之曰：『惜。』人聞之者且以必為相矣。是時裴門下既出，太原崔中書為鎛所譖，鎛又改尊號，中上旨，故鎛計竟行，而公不相矣。」對其中事變曲折的透析不僅是李翱的識力，同時也是知悉楊公之故。《故東川節度使盧公傳》是為盧坦作傳。盧坦也是李翱的忘年好友，全文也是寫人物一生，突出

寫他的奏議，由此表現盧坦的才能和性格。對於其識見，開篇記有一事：「其
（盧坦）更〔註30〕河南，知捕賊。杜黃裳爲河南尹，謂坦曰：『某家子與惡人
遊，破舊產，公爲捕賊，盍使察之。』坦對曰：『凡居官終始廉白、祗入俸錢
者，雖歷大官，亦無厚畜以傳，其能多積財者，必剝下以致。如其子孫善守
之，是天富不道人之家也。不若恣其不道以歸於人。坦以爲宜，故不使察。』
黃裳驚視，因使升就堂坐，自此日加重。」盧坦之觀點逆於平常，但是能中
事理，所以杜黃裳驚視稱奇。再如，識鑒人物：「（李）復卒，盈珍主兵事。
制以姚南仲代盈珍。方會客，言曰：『姚大夫，書生，豈將材也？』坦私謂人
曰：『姚大夫外雖柔，中甚剛，又能斷，監軍若侵，必不受，禍自此萌矣。若
從公喪而西，必遇姚大夫，吾懼爲所留以及禍。』遂潛去。姚果以牒來請，
終以不逢得解。及盈珍與姚隙，從事多黜死者。」將盧坦的言語放在眾人的
置疑中，盧坦的洞察力就非常突出了。李翱寫活人物的地方基本上都是通過
人物自己的言行來展示。

　　李翱對自己的文章，最滿意的是《高愍女碑》、《楊烈婦傳》〔註31〕，下
文試論之：

　　　愍女姓高，妹妹，名也。生七歲，當建中二年，父彥昭以濮陽歸天
　　子。前此，逆賊質妹妹與其母兄，而使彥昭守濮陽。及彥昭以城歸，
　　妹妹與其母兄皆死。其母，李氏也，將死，憐妹妹之幼無辜，請獨
　　免其死，而以爲婢於官，皆許之。妹妹不欲，曰：「生而受辱，不如
　　死。母兄且皆不免，何獨生爲？」其母與兄將被刑，咸拜於四方，
　　妹妹獨曰：「我家爲忠，宗黨誅夷，四方神祇尚何知？」問其父所在
　　之方，西嚮哭，再拜，遂就死。明年，太常謚之曰「愍」。當此之時，
　　天下之爲父母者，莫不欲愍女之爲其子也；天下之爲夫者聞之，莫
　　不欲愍女之爲其室家也；天下之爲女與妻者聞之，莫不欲愍女之行
　　在其身也。昔者曹娥思盱，自沈於江；獄吏呼囚，章女悲號；思唁
　　其兄，作詩《載馳》；緹縈上書，迺除肉刑。彼四女者，或孝或智，
　　或義或仁。噫！此愍女厥生七年，天生其知，四女不倫。向遂推而
　　布之於天下，其誰不從而化焉。雖有逆子，必改行；雖有悍妻，必

〔註30〕《全唐文》爲「吏」，於文意更順暢。
〔註31〕李翱《答皇甫湜書》：「僕文采雖不足以希左丘明、司馬子長，足下視僕敘高
　　　　愍女、楊烈婦，豈盡出班孟堅、蔡伯喈之下耶？

易心。賞一女而天下勸，亦王化之大端也。異哉！愍女之行而不家
聞戶知也。貞元十三年，翱在汴州，彥昭時爲潁州刺史，昌黎韓愈
始爲余言之，余既悲而嘉之，於是作《高愍女碑》。（《高愍女碑》）
建中四年，李希烈陷汴州，既又將盜陳州，分其兵數千人抵項城縣，
蓋將掠其玉帛，俘累其男女，以會於陳州。縣令李侃不知所爲。其
妻楊氏曰：「君，縣令〔註32〕，寇至當守，力不足，死焉，職也；君
如逃，則誰守？」侃曰：「兵與財皆無，將若何？」楊氏曰：「如不
守，縣爲賊所得矣。倉廩，皆其積也；府庫，皆其財也；百姓，皆
其戰士也。國家何有？奪賊之財而食其食，重賞以令，死士其必濟。」
於是召胥吏、百姓於庭，楊氏言曰：「縣令，誠主也；雖然，歲滿則
罷去，非若吏人百姓然；吏人百姓，邑人也，墳墓存焉，宜相與致
死以守其邑，忍失其身而爲賊之人耶？」眾皆泣許之。乃狗曰：「以
瓦石中賊者，與之千錢；以刀矢兵刃之物中賊者，與之萬錢。」得
數百人，侃率之以乘城。楊氏親爲之爨以食之，無長少，必周而均。
使侃與賊言曰：「項城父老，義不爲賊矣，皆悉力守死。得吾城不足
以威，不如亟去，徒失利，無益也。」賊皆笑，有蜚箭集於侃之手，
侃傷而歸。楊氏責之曰：「君不在，則人誰肯固矣？與其死於城上，
不猶愈於家乎？」侃遂忍之，復登陴。項城，小邑也，無長戟〔註33〕
勁弩、高城深溝之固。賊氣吞焉，率其徒將超城而下。有以弱弓射
賊者，中其帥，墜馬死。其帥，希烈之婿也。賊失勢，遂相與散走。
項城之人無傷焉。刺史上侃之功，遷絳州太平縣令。楊氏至茲猶存。
婦人女子之德，奉父母舅姑盡恭順，和於姊姒，於卑幼有慈愛，而
能不失其貞者，則賢矣。至於辨行陣，明攻守勇烈之道，此公卿大
臣之所難。厥自兵興，朝廷〔註34〕寵旌守禦之臣，憑堅城深池之險，
儲蓄山積，貨財自若，冠胄服甲，負弓矢而馳者，不知幾人。其勇
不能戰，其智不能守，其忠不能死，棄其城而走者，有矣。彼何人
哉？楊氏者，婦人也。孔子曰：「仁者必有勇。」楊氏當之矣。贊曰：
凡人之情，皆謂後來者不及於古之人，賢者自古亦稀，獨後代耶？

〔註32〕《全唐文》「縣令」後有「也」字，於文意更順暢。
〔註33〕《全唐文》爲「戟」。
〔註34〕《全唐文》於「朝廷」後增加「注意」二字。

及其有之，與古人不殊也。若高愍女、楊烈婦者，雖古烈女，其何
加焉？予懼其行事湮滅而不傳，故皆敍之，將告於史官。(《楊烈婦
傳》)

兩文大概均作於貞元十三年在汴州從韓愈學文時，高愍女與楊烈婦的故事都
是聽韓愈所說，所以從創作角度講，可以算是練筆習作類文章，但李翱認為
這兩篇文章文采不下班孟堅、蔡伯喈，大概是自認為可以載於史冊的。但就
文章看，《高愍女碑》實在不能算作佳作。全文幾乎用一半以上的篇幅來議論，
愍女的形象主要通過她臨行前的語言展現。一個七歲小孩，面對死亡毫不畏
懼，而是心中存有大義，確實稱奇。後文以曹娥四位奇女子襯之，猶覺不足
其比，這種對比法也是可取的。但是文章之議論，道德教化意味太濃。原因
在於人物形象本身很單薄，文中的刻畫處只有她的兩句對話，失之簡單。愍
女感人處就在於其年齡小而深明大義，若是一個成年人，也無甚太奇之處，
只是這種精神可敬而已。議論之意乃將其大義行為的功用誇大，以為天下倡
之，學之則可以大變風俗，這似乎背離了李翱所說讓人物行為自現的意思。相
比而言，《楊烈婦傳》則成功一些。文章結構仍然是先描寫再議論，但是此章
之議論能恰到好處。文章著墨處是楊烈婦自身所為。先鋪墊背景，賊兵欲攻
城，縣令不知所為。此種情形下，楊氏勸其夫李侃要堅守出戰，楊氏的膽識
就顯示出來。勸說縣令並非從大義著手，而是明確縣令的職守；其次破除縣
令之惑「無兵與財，何以守」，楊氏分析形式，認為財與兵皆可自得。縣令主
意已定，楊氏又勸縣中之民，解決作戰中「兵與財」的問題。對百姓的勸說，
則不是從職守著眼，而是從生命根本處出發，不戰則死，戰則有一線生機，
縣城非縣令之城，乃百姓居住之城。其次明確賞罰，激勵勇者出戰。百姓、
縣令下定決心出戰，楊氏也不空閒，接下來寫其作戰時的活動，儼然一後勤
總管。對於兩軍交戰的激烈沒有過多渲染，只是述說一細節，縣令李侃手背
中箭，傷而回，此刻楊氏再次激勵之，使李侃重新堅守崗位。這樣一來，一
個巾幗英雄的形象就立起來了。同時李侃的懦弱又不失職守的形象也可以想
像得見。正是李侃的懦弱襯托了楊氏的膽略和識見。後文發議論：「婦人女子
之德，奉父母舅姑盡恭順，和於姊姒，於卑幼有慈愛，而能不失其貞者，則
賢矣。至於辨行陣，明攻守勇烈之道，此公卿大臣之所難。」這個評價與前
文的描述十分貼切，不像《高愍女碑》中的議論來得空廓。其後贊曰：「凡人
之情，皆謂後來者不及於古之人，賢者自古亦稀，獨後代耶？及其有之，與

古人不殊也。若高愍女、楊烈婦者，雖古烈女，其何加焉？」楊氏所爲堪當此譽。所以《楊烈婦傳》之描寫能出人物精神，議論也頗爲恰切，算得上李翱所說的有文采者。李翱對這兩篇特別看重，除了文采，大概與他注重儒家教化有關〔註35〕。對楊烈婦、高愍女這類女性關注並形諸文字且著力褒揚，這在史書中也是少有的，當時作者大多關注男性的豐功偉績，李翱此次著筆，也是他的眼光和創見。

　　李翱從韓愈學文，他對韓愈之文的欣賞不難見之。大約貞元十七年，李翱作《皇祖實錄》，並請韓愈爲其祖作墓誌銘，茲將兩文對比討論，以見兩文之特點：

> 公諱楚金，咨議詔第二子，明經出身，初授衛州參軍，又授貝州司法參軍。夫人清河崔氏。父球，兗、鄆、懷三州刺史。公伯兄惟愼，大原府壽陽縣丞，性曠達，樂酒，不理家產，每日齎錢一千出遊，求飲酒者，必盡所費，然後歸。其飲酒徒善草隸書，張旭其人也。公事壽陽，如父在，每事必請於壽陽。壽陽曰：「汝年亦長矣，若都不能自治立然，每事必擾我，何爲？」公曰：「不請非不能爲此也，不滿乎人心。」其請如初。及在貝州，刺史嚴正晦禁官吏於其界市易所無，公至官之日，養生之具皆自衛州車以來，又以二千萬錢入。曰：「吾食貝州水而已。」及正晦黜官，百姓舊不樂其政，將俟其出也，群聚號呼，斃之以瓦石，揚言無所畏忌。錄事參軍不敢禁，懼，謂公曰：「若之何？」公曰：「錄事必不能當，請假歸，攝錄事參軍，斯可矣。」乃如之。公告正晦曰：「若以威強不便於百姓，百姓俟使君行，加害於使君。使君更期出，某爲使君任其患。」於是集州縣小吏，得百餘人，皆持兵，無兵者持樸，埋長木於道中，令曰：「使君出，百姓敢有出觀者，杖殺大木下。」及正晦出，百姓莫敢動。或曰：「刺史出，可作矣，如李司法何？」貝州震恐。後刺史至，委政於公，奸吏皆務以情告，不敢隱。貝州於是大理。壽陽之夫人鄭氏，賢知於族，嘗謂壽陽曰：「某觀叔賢於君。某之質不敢與叔母爭高下。君之家和，子孫必有興者。」壽陽之第一子爲户部侍郎。初，户部氏兄弟五人，妹一人，其喪母也，皆幼，公每日必抱置膝上，

〔註35〕兩篇文章均由人物行爲引發議論，主要論點是發揚兩人的大義精神，感化時人。

或泣而傷。諸姪之安於叔母也，如未失母時。有子三人，曰某，祇承父業，不敢弗及。夫人清河崔氏，能以柔順接於親族，其來歸也，皆自以爲己親焉。翱生不及祖，不得備聞其景行。其貝州事業，親受之於先子，其餘皆聞之於戶部叔父。伏以皇祖之爲子弟時，若不能自任也；及蒞官行事，其剛勇不同也如此。其行事皆可以傳於後世，爲子孫法。蓋聞先有祖善而不知，不明也；知而不傳，不仁也。翱欲傳，懼文章不足以稱頌道德，光耀來世，是以頓首願假辭於執事者，亦惟不棄其愚而爲之傳焉。（李翱《皇祖實錄》）

貞元十七年九月丁卯，隴西李翱，合葬其皇祖考貝州司法參軍楚金、皇祖妣清河崔氏夫人於汴州開封縣某里。昌黎韓愈紀其世，著其德行，以識其葬。其世曰：由涼武昭王六世至司空，司空之後二世爲刺史、清淵侯。由侯至於貝州凡五世。其德行曰：事其兄如事其父，其行不敢有出焉。其夫人事其姒如事其姑，其於家不敢有專焉。其在貝州，其刺史不悅於民，將去官，民相率歡嘩，手瓦石，脅其出擊之。刺史匿不敢出。州縣吏由別駕已下不敢禁。司法君奮曰：「是何敢爾！」屬小吏百餘人，持兵仗以出，立木而署之曰：「刺史出，民有敢觀者，殺之木下。」民聞皆驚，相告散去。後刺史至，加攉任，貝州由是大理。其葬曰：翱既遷貝州君之喪於貝州，殯於開封；遂遷夫人之喪於楚州，八月辛亥至於開封，壙於丁巳，填於九月辛酉，窆於丁卯。人謂：「李氏世家也，侯之後五世仕不遂，蘊必發。其起而大乎！」四十年，而其兄之子衡，始至戶部侍郎。君之子四人，官又卑。翱，其孫也，有道而甚文，固於是乎在。（韓愈《故貝州司法參軍李君墓誌銘》）

李翱之文作於爲其祖遷葬之時，韓愈墓誌根據李翱所寫而作，但是韓文十分簡潔，也很有條理，主要介紹其家世、德行及其遷葬地點、時間等，其中著重介紹貝州一事。李翱之文則事無鉅細全都寫出來，如韓愈寫作的資料庫。李翱祖父本非顯宦，也無多少可寫之事，李翱只好將其生活中稍稍值得一說的事情也如實記下，好飲酒，性曠達，遵行孝悌之道，扶助親友，爲官清廉，最值得一提的是任貝州司法參軍時護衛刺史出城。但是護衛刺史這件事本身並不是特別偉大，刺史嚴正晦苛刻百姓，趁其罷黜，百姓瓦石相擊，正是情理之中，李楚金維護這樣的刺史，其實有點是非不分。也許因爲是祖父，所

以李翱將此事看成忠於職守並且堪當智勇的行為。對這一事的描寫，李翱用了兩百多字，韓愈僅用一百一十字，為李翱的一半。對讀者來說，李翱的記敘確實能將前因後果展示清楚，但對於刻畫人物來說，顯得囉嗦絮叨，韓愈語言具有概括力，並且能傳達人物神采。僅立木一事，李翱寫到：「於是集州縣小吏，得百餘人，皆持兵，無兵者持樸，埋長木於道中，令曰：『使君出，百姓敢有出觀者，杖殺大木下。』」韓愈則曰：「屬小吏百餘人，持兵仗以出，立木而署之曰：『刺史出，民有敢觀者，殺之木下。』」韓文總體上簡勁利落。李翱「埋長木於道中，令曰」，較「立木而署之曰」，確實能將細節表達清楚，但是沒有「立木而署」乾淨利落，所寫人物給人疲沓的印象，與李翱所要寫的果敢有為的形象不符合。「杖殺大木下」較「殺之木下」，寫出了刑具特點，但是這種地方對於塑造人物沒有幫助，反而顯得過細。所以李翱在如實記錄時會讓行文顯得冗墜乏神。再者，此文對其祖父一生中的事迹一一記錄，基本上按時間順序羅列，這固然有為韓愈提供資料的緣由，其文集中其他記人的文章也大致是這樣，幾乎沒有結構上的變化，這也是李翱作文缺乏韓愈開闔動蕩之美的原因。

同樣是對女兒的祭奠，兩人之文也大不相同。

> 維長慶元年歲次辛丑、十二月癸亥朔、十九日辛巳，父舒州刺史翱以酒果之奠，敬別於第七女足娘子之靈。吾以前月二十八日蒙恩改舒州刺史，以明日將領汝母等水路赴州，故以酒果來與汝別。嗚呼！我為汝父，汝則我女。王命有期，不得安處。延陵喪子，葬不歸吳，考之於禮，其合矣夫？汝之形骨，託終此土；汝之精神，冥漠不覩。上及於天，下及於泉，鬼神有知，汝骨安全。永永終古，無有後艱。我來訣別，涕淚漣漣。嗚呼！尚饗。（李翱《湖州別女足娘墓文》）

> 女挐，韓愈退之第四女也，慧而早死。愈之為少秋官，言佛夷鬼，其法亂治，梁武事之，卒有侯景之敗，可一掃刮絕去，不宜使爛漫。天子謂其言不祥，斥之潮州，漢（或無「漢」字）南海揭陽之地。愈既行，有司以罪人家不可留京師，迫遣之。女挐年十二，病在席，既驚痛與其父訣，又輿致走道，撼頓失食飲節，死於商南層峰驛。即瘞道南山下。五年，愈為京兆，始令子弟與其姆易棺衾，歸女挐之骨於河南之河陽韓氏墓，葬之。女挐死當元和十四年二月二日，其發而歸，在長慶三年十月之四日，其葬在十一月之十一日。銘曰：

汝宗葬於是，汝安歸之，惟永寧。（韓愈《女挐壙銘》）

李翱文章大意是：我將赴舒州，此乃君命，不得違抗，所以與你相別，只是希望你的屍骨安好，靈魂安息。其中引延陵喪子的典故，是爲了說明沒有將女兒埋葬在祖塋於禮也合；其次延陵喪子，十分坦然，認爲人生於土而歸於土，不用過於悲傷，李翱引此，大概也有寬慰之意。所以其文中雖然有「我來訣別，涕淚漣漣」之語，但是文章的感情是很理性的，也是很單純的，「汝之形骨，託終此土；汝之精神，冥漠不覩」，就是表達再也不得相見的哀傷，由此希望女兒在此地能夠安息。相較而言，韓愈的《女挐壙銘》則蘊涵有更多的內容。首先是悲傷，女兒「慧而早死」。這是韓愈行文言簡義豐之處，其中隱含著女兒之死有不尋常的原因，所以下面講到諫迎佛骨貶潮州事。正是因爲遷貶惡地，連及家人，有司「迫遣之」，女兒只得帶病上路，心哀驚痛，道路險阻，由此死於路途。女兒本來可以不死，但是卻死了，就因爲死得無辜，所以更加傷痛。前人論及此文，多說「摹寫其情，悲惋可涕」〔註36〕，「如泣如訴」〔註37〕，「寥寥淡淡，哀不可言」〔註38〕。「寥寥淡淡，哀不可言」最爲恰切，乃在於女挐十二而殤，本無它行可以追述，韓愈藉此寫出一段心中餘慨，「明以己之冤，爲其女之冤」〔註39〕。此言不虛，韓愈心中之悲痛、愧責和深慨在《祭女挐女文》中表現得更加明顯：「昔汝疾極，值吾南逐。蒼黃分散，使汝驚憂。我視汝顏，心知死隔。汝視我面，悲不能啼。我既南行，家亦隨譴。扶汝上輿，走朝至暮。天雪冰寒，傷汝羸肌。撼頓險阻，不得少息。不能食飲，又使渴饑。死於窮山，實非其命。不免水火，父母之罪。使汝至此，豈不緣我？草葬路隅，棺非其棺。既瘞遂行，誰守誰瞻？魂單骨寒，無所託依。人誰不死，於汝即冤。」就是在這種深深愧責之中，隱藏韓愈對自身遭際的感慨。也許可以說李翱對自己的女兒是有深情的，只是一個小女孩夭折，本身沒有多少可寫之處，只能表達父母失子之痛，李翱之文傳達了這種情感。但是就李翱表達感情方面來說，他將倫常之情做一種「合道」、「合禮」的提升，造成感情的泛化而失去感情的感染力。韓愈卻借祭女之筆傳達另一種委婉之情，可以說是提筆皆成文章，這不僅是爲文上的技巧，同時也與韓愈性格有關。韓愈一生跌宕起伏，爲人直見性情，爲文提倡「不平則鳴」、

〔註36〕茅坤《唐宋八大家文鈔》卷十五，此篇題注。

〔註37〕儲欣《唐宋十大家文集錄‧昌黎先生文集錄》卷七「碑志云」。

〔註38〕陳天定《古今小品》評語卷七。

〔註39〕參考林雲銘《韓文起》卷八。

「氣盛言宜」，所以他的好文章充溢著飽滿的感情。李翱性情平和，爲人直率較眞，信奉儒家之道，貫注於自己的行爲處事中，所以他的文章中很少有自己感情的流露，這與他講求史家筆法有關，但是最重要原因在於他在感情上的「中庸」表現。前文所列的諸篇文章，李翱就很少表達自己的情感，主要在於秉筆直書，寫韓愈、楊於陵、盧坦這些好友都是如此，其他人就更不用說了。

　　總的來說，李翱在記人這一類中主要採用紀實筆法，其好處是可以將人物所歷之事盡數展現出來，讀者自有判斷，如果人物本身的經歷很有神采，這種紀實也可以很有神采；但是正因爲等同實錄，所以有時會顯得瑣細冗墜，於刻畫人物反而是束縛，並且總是按時間順序來結構全文，單篇看來很有條理，但總體上顯得有些雷同。其次，李翱的客觀態度使他很少深入到人物內心深處，所以缺乏傳神的細節描寫，人物形象就顯得不夠豐滿，不夠動人。但是對於李翱熟悉的人物，李翱憑著他察人辨事的洞察力，基本上能抓住人物的重點事迹、主要性格進行刻畫，有時也會有奪目之處。

四、文與雜著

　　這裡的「文」是狹義之「文」，指李翱文集中的一類，前文指出這種文大致是指一種思想或者生活隨筆，一般都有一個中心主題或者議題，而雜著包括出遊之題銘或者醫方、遊戲之記錄、序錄等。此節主要談論「文」，兼及雜著。之所以將這兩類合併討論，在於這兩類是他所有文章中最具個人色彩，最有情趣的一類，是他有意而爲文。李翱曾以《高愍女碑》、《楊烈婦傳》文采不下班固、蔡邕，實際上「文」及雜著才他在文采上下功夫的地方。

　　「文」包括《復性書》、《平賦書》、《進士策問》、《從道論》、《去佛齋》、《知鳳》、《國馬說》、《截冠雄雞志》、《送馮定序》等二十一首。《復性書》前文已討論過，《平賦書》、《進士策問》是有關國家政治、經濟的，抒寫李翱個人情志較少，同於論述類，《從道論》、《去佛齋》主要闡述李翱的儒家思想，可以與《復性書》相互參照、補充，所以這些篇章不再討論。

　　《國馬說》、《截冠雄雞志》等是李翱借物寫志的文章，帶有寓言性質。《國馬說》寫了兩種馬：駿馬、國馬，通過對兩種馬的描寫，寓寫兩種人。其中對馬的形象的摹寫儼然是對人的透視：「有乘國馬者，與乘駿馬者並道而行，駿馬囓國馬之鬃，血流於地，國馬行步自若也，精神自若也，不爲之顧，如不知也。既駿馬歸，芻不食，水不飲，立而栗者二日。駿馬之人以告。國馬之人曰：『彼

蓋其所羞也。吾以馬往而喻之，斯可矣。』乃如之。於是國馬見駿馬而鼻之，遂與之同櫪而芻，不終時而駿馬之病自已。」駿馬的囂張，國馬的坦然，這是第一個畫面；駿馬進而反思，竟然「芻不食，水不飲，立而栗者二日」，而國馬再次表現出自己的大度，「鼻之」，與之「同櫪而芻」，駿馬不終時病自已。兩個場面頗為生動，抓住了馬的特徵，馬的形象躍現在眼前，具有可信性，但駿馬國馬都如此具有靈性，其實就是人的折射，雖是寫馬，實在寫人，明顯是有感而發。後文發而為議論：抓住人與馬的區別，得出駿馬、國馬雖是馬形，就其心而言則是人，「故犯而不校，國馬也；過而能改，駿馬也。」然後聯繫現實，得出有人「恣其氣以乘人，人容之而不知」，較馬的靈性，相差遠矣，所以最後的結論「以彼人乘國馬，人皆以為人乘馬，吾未始不謂之馬乘人」，十分別透、快意，蓋全文憑「心」而不是形象來判斷是人是馬。全文至此戛然而止，給了讀者思考的空間。雖是短篇，內容並不複雜，思想也不是太深刻，但是行文輕巧，議論集中，對馬的描述與議論結合緊密，可以稱得上敘議融合。從讀者感受來說，記憶最深刻的是國馬和駿馬的美好形象。

《截冠雄雞志》大約作於貞元末，李翱當時可能任京兆府參軍。此文同《國馬說》都是寫一種動物來反映世情，但是此篇對截冠雄雞的描寫更加生動詳盡，議論雖有道學色彩，但帶有個人深沉感慨：

> 翱至零口北，有畜雞二十二者，七其雄，十五其雌，且飲且啄，而又狎乎人，翱甚樂之，遂掬粟投於地而呼之。有一雄雞，人截其冠，貌若營群，望我而先來，見粟而長鳴，如命其眾雞。眾雞聞而曹奔於粟，既來而皆惡截冠雄雞，而擊之，曳〔註40〕，而逐出之，已而，競還，啄其粟。日之暮，又二十一其群栖於楹之梁，截冠雄雞又來，如慕侶，將登於梁且栖焉，而仰望焉，而旋望焉，而小鳴焉，而大鳴焉，而延頸喔咿，其聲甚悲焉，而遂去焉。至於庭中，直上有木，三十餘尺，鼓翅哀鳴，飛而栖其樹巔。翱異之，曰：「雞禽於家者也，備五德者也，其一曰：見食命侶，義也，截冠雄雞是也。彼眾雞得非幸其所呼而來耶？又奚為既來而共惡所呼者而迫之耶？豈不食其利、背其惠耶？豈不〔註41〕喪其見食命侶之一德耶？且何眾栖而不使偶其群耶？」或告曰：「截冠雄雞，客雞也。」予東里鄙夫曰：「陳

〔註40〕《全唐文》「曳」之前有「而」，之後有「之」，從文章句式看，甚合。
〔註41〕《全唐文》「不」之後有「畏」。

氏之雞也〔註42〕，死其雌，而陳氏寓之於我群焉。勇且善鬥，家之六雄雞勿敢獨校焉，是以曹惡之而不與同其食及栖焉。夫雖善鬥且勇，亦不勝其眾，而常孤遊焉。然見食未嘗先啄而不〔註43〕長鳴命侶焉。彼眾雞雖賴其召，既至，反逐之，昔日亦由是焉。截冠雄雞雖不見答，然而其迹未曾變移焉。」翱既聞之，惘然，感而遂傷曰：「禽鳥，微物也，其中亦有獨稟精氣，義而介者焉。客雞，義勇超乎群，群皆妬而尚不與儔焉，況在人乎哉？況在朋友乎哉？況在親戚乎哉？況在鄉黨乎哉？況在朝廷乎哉？由是觀天地間鬼神、禽獸、萬物，變動情狀，其可以逃乎吾心？」既傷之，遂志之，將用警予，且可以作鑒於世之人。

全文將一個孤獨的勇士展現在我們面前，同時也描畫了一群好妬的群小。「截冠」本來是此雄雞的一個生理標誌，同時也給人心理上的壓抑，同是雄雞，為何單單它是截冠的？遭受壓制迫害，這是最容易讓讀者聯想到的。為何要受到壓制，很可能是與眾不同。文章沒有過多渲染它被壓制的情形，反而突出它對「群體」溫暖和信賴的期待。「貌若營群」，這種情態可以琢磨但是難以描畫，李翱卻將其坐實：「望我而先來，見粟而長鳴，如命其眾雞」。「先來」，表明它對食物、對環境的敏感，這種敏感是一種生存能力強的特徵，但是它找到食物不是立即吞咽，卻「見粟長鳴」，一個「長」將其引吭呼喚的姿態表現得十分鮮明。但是眾雞「聞而曹奔於粟，既來而皆惡截冠雄雞，而擊之，而曳之，而逐出之」。「曹奔」刻畫了眾雞見粟狂奔的形態，「既來而皆惡」，「既」、「而」兩個連詞形容出群雞得粟不認人的嘴臉，緊接著「擊」、「曳」、「逐」幾個動詞寫出了群雞對截冠雄雞攻擊的激烈場面。「已而，競還，啄其粟」，逐出截冠雄雞，這些群雞竟然安之若素，逍遙享受雄雞發現的食物，一個「競」字格外傳神，寫出眾雞們對粟的饑渴，同時又毫無心肝的模樣。吃食一幕結束。再寫晚上棲息的情景。儘管遭受遺棄和孤立，截冠雄雞仍然渴求眾雞的接納：「日之暮，又二十一其群栖於榙之梁，截冠雄雞又來，如慕侶，將登於梁且栖焉，而仰望焉，而旋望焉，而小鳴焉，而大鳴焉，而延頸喔咿，其聲甚悲焉，而遂去焉。」「如慕侶」比「貌若營群」，更能反映截冠雄雞在傍晚棲息時對群體的依戀。它「仰望」、「旋望」，充滿了對眾雞巢穴深深的期

〔註42〕《全唐文》「也」作「焉」。
〔註43〕《全唐文》「不」作「必」，均可，「必」字似乎更加體現了截冠雄雞對友朋的呼喚。

待，隨後「小鳴」、「大鳴」，更至「延頸喔咿」，不斷變換的呼喚，寫出截冠雄雞被接納的可能越來越渺茫，同時也顯出它越來越深的絕望。在此對眾雞之表現不著一筆，但是正是不著筆顯示了眾雞的冷漠和殘酷，這種不寫之寫，有「此地無聲勝有聲」的效果。一句「遂去焉」，截冠雄雞黯然離去的姿態不難想見。截冠雄雞並不是沒有去處，也不是不能飛高，絕望之餘，「至於庭中，直上有木，三十餘尺，鼓翅哀鳴，飛而栖其樹巔」，如此絕技，讓李翱驚歎，但是更加悲哀。寫到此處，不能不有所感慨。所以下面的議論來得恰到好處。李翱的追問是為截冠雄雞抱不平，進而用「義」來概括其尋粟而呼眾雞的行為，一點也不生硬。行文沒有停留在此處，而是通過他人之口補出截冠雄雞的背景：客雞，喪其雌，勇而善鬥，其他六雄雞無法與其較量，但是群體的孤立、冷漠卻可以將其放逐。這與前文描寫相照應，同時強調了截冠雄雞的能力，觸發人更多的聯想。「截冠雄雞雖不見答，然而其迹未曾變移焉。」由此感慨生物的靈性，同時也感慨群雞的善妒，顯得十分自然，但是卻不點明觀點，只是一個勁的追問，「況在人乎哉？況在朋友乎哉？況在親戚乎哉？況在鄉黨乎哉？況在朝廷乎？」一種對人世的深慨，浸乎全篇。全文至此結束會給人無窮回味，最後兩句倒有些多餘了。儘管如此，此篇在描寫上是李翱作品中的上乘之作，其議論總體上與描寫結合得很自然，最後一點贅疣可謂瑕不掩瑜。

如果說《國馬說》、《截冠雄雞志》是借物寓志，算不上寓言，《雜說》下篇則是真正的寓言：

> 龍與蛇皆食於鳳。龍智而神，其德無方，鳳知其可與皆為靈也，禮而親之。蛇毒而險，所忌必傷，且惡其得於鳳也，不惟齧龍，雖遇麟龜，固將噬而亡之。鳳知蛇不得其欲則將協豺犬而來吠噑也，賦之食加於龍。以龍之神浮於食也，將使飽焉，終畏蛇而不能。麟與龜瞠而謳曰：「鳳兮鳳兮，何德之衰，往者不可諫，來者猶可追，已而已而！」既而麟傷於毒，伏於窟；龜屏氣潛於殼；蛇偵龍之寐也，以毒攻其喉，而龍走。鳳喪其助，於是下翼而不敢靈也。

其中的龍與蛇是兩種人物代表，簡單說，龍是有德君子，而蛇是邪惡善妒之小人。鳳是一個最高代表，可以是君王，也可以是最高長官，龍和蛇均是他的屬下。麟與龜則是民眾中的代表。鳳本來識鑒人才，但是迫於蛇的歹毒，不敢對龍正常禮遇，甚至連基本生活物質都難保證。蛇不僅嫉妒龍，連民眾

代表也不放過，欲置之死地而後快。麟與龜無可奈何，感歎鳳之德的衰落。最後因爲蛇的勢力過於兇猛，鳳失去所有的助手，自己的靈異也無法發揮。此文作於何時不可考，聯繫中唐君王受控於宦官的現實，最終憲宗也不明不白死去，此文很可能就是有感而發，由此可見李翱是有深慨的。但是李翱在此擺脫了好發議論的特點，也許是文體限制，但是他所寫狀況讓人不寒而慄，透著對局面無法挽回的無可奈何。但是其用語十分客觀，似乎只是講述一個動物界的故事，這樣將自己的觀點、情感隱藏，特別符合寓言的特點，同時給讀者更多的自由空間。行文方面，此文用語簡潔，能抓住各物特點，雖然沒有盡力描摹，但是鳳的畏懼足以襯出蛇的陰狠，況且它連麟龜也不放過，「將協豺犬而來吠噑」，足見其勢力強大，最終結局是一切籠罩在蛇的淫威下，蛇控制了整個局面。這才是可怕的地方。所以全文雖然短小，其借物寫出不敢直說的痛楚深慨則是顯而易見的。

這種借物寓志，在韓愈文章中不多見，只有《貓相乳》一篇〔註44〕，此篇明顯有奉承之意，儘管有人爲韓愈辨白，但此篇爲應酬之作是不可否認的，所以比較起來，李翱的文章乃有爲而發，帶有眞感情，頗爲動人。就寓言來說，這是柳宗元的擅場，李翱文集中僅此一篇，在表意上也是比較單一的，不如柳宗元寓言深刻、精警。不過從李翱這幾篇文章來看，他也想在文章上創意出新，大概因爲他對儒家思想的眷戀，並且身體力行，所以主要關心家國大事，修身學道，其性格也大體平和直耿，以至於最終沒能在這方面很好地發展，文集中文藝性文章比較少。

《解江靈》也是李翱有意而作的一篇，借用江靈，實際上是兩商人的對話，反映人情澆薄，李翱申之以平和淡泊，解開糾結。這種人生態度，豁達開脫，是韓愈和柳宗元都沒有的，皇甫湜激矯的個性，也不可能有。開篇一段寫景，饒有意境：「元和六年八月，余自京還東，暮宿在江，濤水既平，月高極明，萬物潛休，遠無微聲。」寥寥幾筆畫出一幅靜謐、闊朗的江邊月夜圖。正是萬物潛休，遠無微聲，人容易產生思考。以下江靈的對話，實際上是李翱經曆人世風波，看過紅塵多幕表演後假設的一段對答。問者不理解和對方相處十多年，相交甚歡，對方爲何要離開。對方回答全是四字韻語，幾乎四句一轉，將對方似相好，實際上不可交的種種表現歷數出來：「汝之責人，

〔註44〕韓愈《毛穎傳》雖然也是借物寫志，但其寫法明顯有傳奇的筆意，所以不將其與李翱的這類文章比較。

慘若五刑。小不順汝，亦何足聽？」「異汝者斥，諂汝者榮，苟不汝隨，絕如
詛盟。」但「我」並沒有因爲受責而背棄你，而是「薦汝利汝」，盡力而助。
但是「你」卻不一樣，「巧避我長，善探我惡。短我如墜，譽我如縛。人或美
我，汝閃其目。人或毀我，汝盈其欲。」最終讓「你」自己獲得最大的好處。
這番言語與問者（「你」）所說「託我如親，相得之歡，百賈誰如」形成鮮明
對比，也襯出對方的親熱是一派虛詞。所以「我」去意已定，因爲你財富積
屋，婢妾綽約，也無須我再來幫襯。這番告辭別語之中透著許多委屈和不滿，
所以李翱斥之：「人生若流，其可久長？須臾臭死，瞥若電光。用心平虛，天
靈所臧。得失是非，其細如芒。奚爲交爭，此實不祥。」勸解受委屈的江靈：
人生苦短，何必苦苦去追尋一個公平合理，計較得失是非呢，不如平和虛靜，
交爭自息。這裡實在有些道家的意思了，和李翱儒家的思想似乎不太符合，
但是聯繫李翱勸裴度功成身退，對自己是「知足自居」的表現，他在生活態
度上接受道家的思想也不是不可能的。〔註45〕這種解脫通達，可以看成是對
現實的逃避，但也可以理解爲對污濁世間的抗議，或者是無可奈何之中無可
奈何的憤激、自嘲。江靈感此，「於是言者歎息吐氣，掩鬱無語」，似乎是接
受了李翱的勸解。「啓戶視之，不見其處」，既是照應開篇，同時也可以理解
爲，剛才一番委曲對答，乃景幻虛設而已，如此一來則餘韻悠悠。此篇之意
仍在世情，但假設江靈對語，憑空增加幾許靈異，給文章著實之處增加虛靈
之氣，這就是有意結構之妙。李翱之文，總體來說就是太實，這樣的虛筆太
少，所以醇厚有餘，情韻不足。《解江靈》倒可以稍去此憾。

　　有些地方可以看出李翱爲文之用心。就具體篇章來說，李翱與韓愈有選
材、立意方面一致的地方，如果不是李翱學習韓愈，就是韓愈受了李翱影響。
如《知鳳說》與《獲麟解》，《送馮定序》與《送董邵南序》。以下分別討論：

> 有小鳥止於人之家，其色青。鳩鵲、烏之屬，咸來哺之。未久，野
> 之鳥羽而萃者，皆以物至，如將哺之，其蟲積焉。群鳥之鳴，聲雜
> 相亂；是鳥也，一其鳴而萬物之聲皆息。人皆以爲妖也。吾詎知其
> 非鳳之類邪？古之說鳳者有狀，或曰如鶴，或曰如山雞，皆與此不
> 相似，吾安得知其鳳之類邪？

> 鳳，禽鳥之絕類者也，猶聖人之在人也。吾聞知賢聖人者，觀其道。

〔註45〕《復性書》的寫作表明了李翱對佛家、道家思想的吸收，由此影響他對人生
　　的看法及在自己的生活中做出相應的反應，這是很可能的。

由黃帝、堯、舜、禹、湯、文王至於孔子、顏回，不聞記其形容有
相同者，是未可知也。如其同也，孔子與顏回並立於時，魯國人曷
不曰孔之回而顏之丘乎？是可知也。陽虎之狀類孔子，聖人是以畏
於匡，不書七十子之服於陽虎也。有人焉，其容貌雖如驩兜、惡來，
顏回、子路、七十二子苟從而師之者，斯爲聖人矣。故曰：**知賢聖
人者，觀其道。**

似鳳而不見其靈者，山雞也，則可似其形而鳳之云邪？天下之鳥雖
鳳焉，鷹、鸇、鵰、鴻其肯鳳之邪？是鳥也，其形如斯，群鳥皆敬
而畏之，非鳳類而何？鳥至於宋州之野，當貞元十四年。（李翱《知
鳳〔註46〕》）

麟之爲靈昭昭也。詠於《詩》，書於《春秋》，雜出於傳記百家之書，
雖婦人小子皆知其爲祥也。

然麟之爲物，不畜於家，不恒有於天下，其爲形也不類，非若馬牛
犬豕豺狼麋鹿然。然則，雖有麟，不可知其爲麟也。角者，吾知其
爲牛；鬣者，吾知其爲馬；犬、豕、豺狼、麋鹿，吾知其爲犬、豕、
豺狼、麋鹿。惟麟也不可知。不可知，則其謂之不祥也亦宜。

雖然，麟之出，必有聖人在乎位，麟爲聖人出也。聖人者必知麟。
麟之果不爲不祥也。又曰，麟之所以爲麟者，以德不以形。若麟之
出，不待聖人，則謂之不祥也亦宜。（韓愈《獲麟解》）

韓愈《獲麟解》一般認爲作於貞元十七年〔註47〕，而《知鳳說》則作於貞元
十四年〔註48〕。《知鳳說》的中心議題是探討鳳的標準，實際是討論何者爲
賢聖人。全文可以分爲三個層次，第一層著重寫宋州之鳥的異狀及人們的反
應、「我」的困惑，落腳於探討鳳與非鳳的依據。第二個層次著重闡述應該
以有道與否來判定是否爲賢聖人，這是李翱要闡述的重點，鳳只不過是李翱
用來啓發此意的道具。第三個層次，落到如何知鳳上，即有靈且眾鳥畏懼，

〔註46〕《全唐文》爲「知鳳說」，從之。
〔註47〕見屈守元、常思春《韓愈全集校注》之《獲麟解》題解。
〔註48〕《舊唐書・五行志》：「（貞元）十四年秋，有鳥色青，類鳩鵲，息於宋郊。……
人不知其名。郡人李翱見之曰：『此鸑也，鳳之次。』」《元和郡縣圖志》卷七
「河南道三」，「宋州」即睢陽，治在今河南商丘縣南。所以此文可能就是當
年所作。當然也有可能事隔多年，突然由某事的觸發回憶此事而作，但是目
前沒有確切的證據證明此篇作於他年，暫定在貞元十四年。

所以判斷宋州之鳥爲鳳矣。總體說，借知鳳來談聖賢的標準，是繞了一個圈子，於文章要解決的問題沒有多大幫助，所以對鳳的描述似嫌累贅，因爲鳳的出現並沒有增加文章的內涵或者形成意境。《獲麟解》則緊扣對麟的「知」與「不知」做文章，即抓住人們對麟的反應結構全文，其次，討論麟的出現與祥與不祥的關係。麟就是文章的主體。所以這是與《知鳳說》最大的區別。如果兩篇文章寫作時間確如上所說，那麼《獲麟解》很可能就是從《知鳳說》「人皆以爲妖也。吾詎知其非鳳之類邪？古之說鳳者有狀，或曰如鶴，或曰如山雞，皆與此不相似，吾安得知其鳳之類邪？」受到啓發而結構全文。因爲此段重點在一個「知」字，這正是《獲麟解》全文的一個中心。那麼《知鳳說》有沒有可能不是作於貞元十四年而是作於《獲麟解》之後呢？李翱對《獲麟解》十分欣賞：「非茲世之文，古之文也……其詞與其意適，則孟軻既沒，亦不見有過於斯者。……嘗書其一章曰《獲麟解》，其他可以類知也。」此句源於《與陸傪書》，而此書不早於貞元十六年，不遲於貞元十八年四月。那麼韓愈《獲麟解》作於貞元十七年的說法是可信的。李翱會不會因爲特別欣賞《獲麟解》而作《知鳳說》呢？如果是這樣，那麼《知鳳說》則是從《獲麟解》「麟之所以爲麟者，以德不以形」爲出發點結構全篇，只是將「德」換成「道」。目前沒有確切證據表明李翱《知鳳說》是受韓愈《獲麟解》的啓發而作，但從兩文立意相似，就是文句也有一致的地方，我們可以肯定，兩篇文章是有深刻聯繫的。《獲麟解》以「知」與「不知」爲轉軸，又以「祥」與「不祥」作結〔註49〕，寫麟之知與否，實在寫自己之知與否。通篇沒有脫開麟而論述，但比況之意理會可知，也許正因爲此，後人確定此篇寫作時間爲貞元十七年韓愈參調無成之歲。「麟」在韓愈文中不只是一個說道的道具，麟的遭遇蘊涵韓愈自己的遭遇，所以此篇以「麟」爲題，通篇在說「麟」，說麟又是在說己，這比李翱僅僅以鳳作爲道具則圓轉渾融，可見韓愈爲文之大手筆！

　　再如《送馮定序》與《送董邵南序》。《送董邵南序》一般認爲作於貞元

〔註49〕前人對此文爲文之曲折評述甚多。謝枋得《文章軌範》卷五抓住「知」與「不知」論述，認爲全文七轉。金聖歎《天下才子必讀書》卷十：「一篇只是一正一反，再一正，再一反，每段又自作曲折。」過珙《古文評注》卷七抓住「祥與不祥」評論，認爲文凡六轉。林紓《古文辭類纂選本》卷一云：「通篇用一『祥』字，是麟之眞際。用一『知』字，是知麟之眞際。」扣住「知」，「祥」進行分析，說出此文轉折曲折處，十分全面體貼。所以前人的共同點就是認爲此文寫得有波折，轉折跌宕，變化生姿。

十八、十九年〔註50〕。《送馮定序》在何智慧年譜中定於貞元十四年，當時李翱進士及第，而馮定落榜將遊成都。從文意看，此文作於貞元十四年李翱進士及第後是沒錯的，但是如果是貞元十四年所作，與韓愈《送董邵南序》將相隔至少三年，可是兩文在內容上有非常相近的地方，明顯有相互影響的痕迹，韓愈相隔三年再提起同一主題爲文，間隔似乎太長了。考馮定於貞元十八年進士及第，那麼他遊成都在貞元十四年至貞元十八年春之前，李翱之文最遲作於貞元十七年。不管如何，李翱之文作於韓愈文之前，如同《知鳳說》作於《獲麟解》之前。只能說韓愈受到李翱文章啓發而作，這又與我們通常認爲李翱從韓愈爲文的觀點似有不同，似乎李翱從韓愈爲文，應該師從韓愈之立意造詞，但是這兩篇讓我們看到反而是韓愈從中受啓發而有所創獲。那麼能不能說韓愈沒有參考李翱文章，或者說只是作出來後才發現偶合？還是來看具體作品：

> 馮生自負其氣而中立，上無授，下無交，名聲未大耀於京師。生信無罪，是乃時之人見之者，或不能知之，知之者則不敢言，是以再舉進士，皆不如其心。

> 謂生無戚戚，蓋以他人爲解。予聯以雜文罷黜，不知者亦紛紛交笑之，其自負益明。退學書，感憤而爲文，遂遭知音，成其名。當黜辱時，吾不言其拙也，豈無命耶？及既得之〔註51〕，吾又不自言其智也，豈有命邪？故謂生無戚戚。

> 生家貧甚，不能居，告我遊成都。成都有岷峨山，合氣於江源，往往出奇怪之士，古有司馬相如、揚雄、嚴君平。其人死，至茲千年不聞。生遊成都，試爲我謝岷峨，何其久無人耶？其風侈麗奢豪，羈人易留，生其思速出於劍門之艱難，勿我憂也。（李翱《送馮定序》）

> 燕趙古稱多感慨悲歌之士。董生舉進士，連不得志於有司，懷抱利器，鬱鬱適茲土，吾知其必有合也。董生勉乎哉！

> 夫以子之不遇時，苟慕義強仁者，皆愛惜焉，況燕、趙之士，出乎其性者哉！然吾嘗聞風俗與化移易，吾惡知其今不異於古所云邪！聊以吾子之行卜之也。董生勉乎哉！

〔註50〕屈守元、常思春《韓愈全集校注》之《送董邵南序》題解，引方成珪之說，方認爲作於貞元十八、十九年間。

〔註51〕《全唐文》「之」後有「時」。

吾因素有所感矣。爲我弔望諸君之墓，而觀於其市，復有昔時屠狗
者乎？爲我謝曰：「明天子在上，可以出而仕矣！」（韓愈《送董邵
南序》）

《送董邵南序》與《送馮定序》第三段何其相似！「燕趙古稱多感慨悲歌之
士」較「成都……往往出奇怪之士」，只是將「奇怪」換成「感慨悲歌」，「往
往」與「多」在此屬同義詞。「生遊成都，試爲我謝岷峨，何其久無人耶」與
「爲我弔望諸君之墓，而觀於其市，復有昔時屠狗者乎」，文句結構一致。「謝」
在文中當有「責備」的意思，「謝岷峨」與「弔望諸君墓」，只是憑藉物不一
樣；其次「弔墓觀市」相對「謝岷峨」，用意更深一層：望諸君，樂毅也，屠
狗者，高漸離，確屬古之感慨悲歌之士，憑弔乃激起董生對古之燕趙之士的
仰慕而不與當今之士同流合污，並要董生勸諭他們使其歸順朝廷。韓文通篇
以「風俗與化移易」句爲上下過脈，而以「古今」二字呼應〔註52〕，是對李
翺文中「古有司馬相如、揚雄、嚴君平。其人死，至茲千年不聞」之古今不
同之意及其「其風俗侈麗豪奢，羈人易留」相承而變化得來。如此看來，韓
愈確實借用李翺之意，但是韓愈通篇自成其文，不見後人論其有剽竊之嫌。
實在是韓愈能從李翺文中發現閃光點而自鑄新詞。《送馮定序》可以分成三
段，第一段，馮定自負其氣然不遇於時。第二段，我以自己的經歷勸慰馮定，
不要戚戚。第三段才點題，馮定決定遊成都，我「送」之。因此從文章結構
看，此文入題太慢，背景材料佔用過多篇幅，於主題顯得累贅。而韓愈則用
「董生舉進士，連不得志於有司，懷抱利器，鬱鬱適茲土」一句將前因後果
交代清楚，開篇「燕趙古稱多感慨悲歌之士」把全文所要論列的重點陳述明
白，「古」字引出後文要論的「今」，又與「吾知其必有合」（與古合）聯繫，
使文章行文緊湊，環環相扣。《送馮定序》第二段勸生無戚戚意思是讓馮定不
要自怨自菲，也不要認命，是勸慰馮定，人生還有可搏之時，你不要灰心喪
氣。第三段送馮定遊成都，古之成都出奇怪之士而今已無，而今風俗侈麗豪
奢，這大概就是「今已無」的原因，所以此段實有古今對比之意，讓韓愈妙
手拈出。如果說古之成都可以使馮定之才華得到展示，那麼現今之成都只能
讓人消磨意志，所以「羈人易留」。如此一來，爲何要去呢！韓愈敍說董生與
古之風俗可以相合，今則未必合之後，爲文一轉：「爲我謝曰：『明天子在上，
可以出而仕矣！』」將送董生之意作足，點出今之燕趙即使是狼虎地，但仍然

〔註52〕參見林雲銘《古文析義》初編卷四，過琪《古文評注》卷七。

有必要去者，在於此去可以諷勸歸順也。李翱之文落在「其風侈麗奢豪，羈人易留，生其思速出於劍門之艱難，勿我憂也」，倒有點像勸其不去，可是題目為「送」，便用「羈人易留」擋過一關，最終如何處置，卻未置可否。所以李翱之文於題含糊，首先是為文重點交代不清晰，再次，表達的重點中有矛盾處沒有解決。韓愈之文則能渾然一氣，在「合」與「不合」處，在古今變化處做文章，千回百轉，騰挪生姿。

從《知鳳說》與《獲麟解》，《送馮定序》與《送董邵南序》比較，我們可以看出韓愈作文確實有大手筆，點石成金。從為文出發點來說，韓愈兩篇文章都有受李翱之作啟發的可能，但後出者勝，這並不奇怪。我們仍然可以說，李翱乃從韓愈學文，從他這兩篇文章的稚拙可以看出。此外，李翱作此文對他自己來說確實是挑戰，現存文集中「序」文僅此一篇，此篇有閃光點，只是他沒有抓住。《知鳳說》也一樣，雖然不夠渾融，但是可以看出李翱為文的思路和用心。由此我們可以說在一個群體之中，影響是相互的，小作家對大作家也會有啟發，但大作家之所以成其大正是因為其包容並取而又自出新意，自鑄偉詞，所以群體中最終還是大作家的影響最大。從這個層面說李翱仍然從韓愈學文。

綜觀此類之「文」，相對前面的書奏、記人之類，李翱確實有意突破自己過於實在、過於程式化的行文方式，出之以有意為文。這些文章並不是篇篇佳作，其中有可能是習作，但是出自其對生活的洞察和關切，則時有創獲，能讓人耳目一新。可惜這樣的文章太少。

李翱文章特點大體如上所述，這裡補充說明將「文與雜著」與賦、論述、記人並列的理由。賦是一種文體，李翱之賦大體用來抒情，所以用「賦」來代替「抒情」這一類。不用「抒情」作一類文章的概括，是為了突出李翱用賦抒情的特點。況且如果用抒情類概指一類文章，後面的論述、記人中也有某些篇章可以歸為此類，特別是「文與雜著」類中抒寫情志的地方很多，但是「文與雜著」中的抒寫情志是明顯不同於「賦」的抒情，所以如此處理。至於「文與雜著」中所包含的內容除了抒寫情志，也有議論的，不將它們分別歸屬於以上三類，在於這一類是李翱有意為文的地方，為了突出他的「文」意，所以單獨列出來。這樣也許顯得比較混雜，有將內容與文體混合的嫌疑，但是為了論述方便，也只能這樣粗略言之。總體來說，李翱擅長論述，他能將一個問題分析得十分深透，這與他能洞察事物本質有關，所以他常選用層

進這種有利於深入探討的結構方式。但是這類文章中太多公文，所以有程式化的傾向，少變化之態。記人類的文章，李翱遵行史家筆法，幾乎不遺留事迹，這樣的好處是人物本身有光彩則文章也有出神之筆，但是如實記錄，甚至事無鉅細，缺乏點睛之筆，稍嫌繁冗。其次，史家總是遵循時間順序，李翱之文也如此，這樣也使其行文缺少變化。再次，用客觀的態度觀察、描寫對象，對人物心理缺乏琢磨，文中很少精彩的細節描寫，所以往往敍述過多而神采不足。抒情之賦，也打上李翱特有的烙印，即只求內容的著實，雖有委婉曲折之意，但表達上少靈動之態。就是李翱創意最多的「文」，也常常因爲他太著實而少情韻。總之，李翱之文醇厚平實有餘，靈動變化不足。

第四章　李翱的文學主張

　　李翱文章的特點與他的爲文主張是有聯繫的。在李翱心目中，儒家「太上立德，其次立功，其次立言」的思想佔有重要地位。《答皇甫湜書》：「凡古賢聖得位於時，道行天下，皆不著書，以其事業存於制度，足以自見故也。其著書者，蓋道德充積，陀摧於時，身卑處下，澤不能潤物，恥灰燼而泯〔註１〕，又無聖人爲之發明，故假空言是非一代，以傳無窮而自光耀於後。」李翱認爲如果一個人能得位於時，作用於社會，是不用著書作文的。之所以爲文著書，是因爲不遇於時，而恥身後泯滅無聞，所以借文字以傳之不朽。這裡雖然有「窮愁爲文」之意，但是爲文不是他人生的第一位目標。〔註２〕前文討論《復性書》時指出李翱是信奉儒家思想並身體力行的一個人。我們討論他的文學主張也放在這樣的背景下進行。

一、爲文明道

　　李翱並沒有明確提出「爲文明道」，但是他的文學主張包含著爲文明道，並且認爲爲文之關鍵就是明道。《與弟正辭書》談到何爲文章：「汝勿信人號

〔註１〕《全唐文》爲「灰泯而燼滅」。
〔註２〕皇甫湜《答李生第一書》曰：「聖人得勢所施爲也，非詩賦之任也。功既成，澤既流，詠歌紀述，光揚之作作焉。聖人不得勢，方以文詞行於後。」這與李翱將聖功事業放在第一位，其次乃文章的觀點是一致的。自古以來文人，很多人都有這樣的觀點，李翱這種思想不能算他的特點。但是李翱把修道成聖的追求貫注到他的生活實踐中，成爲他的生活態度和準則，這是皇甫湜或者其他文人很難做到的。因爲李翱信奉古人之道（主要是儒家之道）並能力行，如此來要求他自己的文章傳達聖人之道，這是很自然的。所以從這個角度看，這是他的特點。

文章為一藝。夫所謂一藝者,乃時世所好之文,或有盛名於近代者是也。其能到古人者,則仁義之辭也,惡得以一藝而名之哉?」文章不是一藝,而是「能到古人之道」的「仁義之辭」,根本不能用一藝明之。蓋李翱所說之「道」,此處就是指儒家的「仁義」,即孔孟思想重心。既然文章是仁義之辭,那麼「仁義與文章,生乎內者也,吾知其有也,吾能求而充之者也」,所以李翱認為只要修道充實內心,文章也不難而至,這種思維與「有德者必有言」(《論語·憲問》)有一致之處。此文還談到仁義與文的具體關係:「夫性於仁義者,未見其無文也;有文而能到者,吾未見其不力於仁義也。由仁義而後文者,性也;由文而後仁義者,習也。猶誠、明之必相依爾。」即天生仁義者,自然成文,而後天修為者有文而能到古人之道,一定力行仁義。這兩種的區別在於天生仁義而成文乃是「性」之所致,而由文至仁義者是「習」之養成,「性」乃生而有之,「習」乃後天養成。「仁義」與「文」猶「誠」與「明」相輔相成。這三句話歸結到一點:文不能離開仁義;其所說「文」與「仁義」的關係就來自《中庸》所論 「自誠明謂之性,自明誠為之教」,「文」猶如「明」,「仁義」猶如「誠」。

《答朱載言書》開篇有云:「行己莫如恭,自責莫如厚,接眾莫如宏,用心莫如直,進道莫如勇,受益莫如擇友,好學莫如改過,此聞之於師者也。相人之術有三:迫之以利而審其邪正,設之以事而察其厚薄,問之以謀而觀其智與不才,賢不肖分矣,此聞之於友者也。」在論文作品中談論做人原則、相人之術,有離題之嫌;李翱總是將自己的修道觀念貫穿各處,在此論做人原則在他看來也是應有之義,因為李翱眼中的「文」是不能離開「人」而存在的。文章之末又談到:「吾所以不協於時而學古文者,悅古人之行也,悅古人之行者,愛古人之道也,故學其言不可以不行其行,行其行不可以不重其道,重其道不可以不循其禮。」此句表達了李翱為文的取向,此取向可以如此表示:學古人←悅古人之行←愛古人之道→學其言→行其行→重其道→循其禮【「←」表示「是因為」,「→」表示「所以」】。因此李翱的中心就是「愛古人之道」,學古人之道,行古人之道,為文只是學道之附著或者只是學道的第一步,這與韓愈的說法相當一致。李翱學文理由如此,其重視學道修行,在開篇提出他的為人處事原則就不難理解了。並且在李翱自己看來,如此談論修道,於論文並不衝突,文,乃因道而生而已。

這種以「道」為生活重心,是李翱堅持不移的原則。《與侯高第二書》

對侯高勸其「求容於時」進行強力辯駁，認為「不修吾道而取容焉，其志亦不遇矣。故君子非仁與義，則無所為也。」又曰：「僕之道窮，則樂仁義而安之者也；如用焉，則推而行之於天下也。」「然則吾道之行與否，皆運也，吾不能自知也，天下人安能害於我哉？」仍然以「仁義」為修道中心，他並不關心道是否容於時，而在於修道是否成仁義。《從道論》曰：「君子從乎道也，不從乎眾也。道之公，余將是之，豈知天下黨然而非之？道之私，余將非之，豈知天下謷然而是之？」則以「道」之是非為是非，不為眾人觀點左右。《與淮南節度使書》論述當時情狀：「近代已來，俗尚文字，為學者以鈔集為科第之資，曷嘗知不遷怒、不貳過為興學之根乎？入仕者以容和為貴富之路，曷嘗以仁義博施之為本乎？由是經之旨棄而不求，聖人之心外而不講，幹辦者為良吏，適時者為通賢，仁義教育之風於是乎掃地而盡矣。」論當時世風，認為仁義教育之風掃地，原因在於：為官者，不求仁義之根本，棄經之旨，廢「聖人之心」；為文者，不知個人修為根本，只知鈔集為資。歸結到一點，即為文為官都只求現實利益，都喪失了儒家道德根本──仁義。仁義已經喪失，好文章則不可得。所以，仁義不僅是李翱儒家思想的一個中心觀念，也是他的文論觀點的一個核心概念，仁義決定著文的成敗甚至有無。

二、創意造言

儘管李翱提倡文章乃仁義之辭，但是文章確實不等同「仁義」、「道」，所以憑藉創作敏感，他提出「創意造言」。《答朱載言書》：「列天地，立君臣，親父子，別夫婦，明長幼，浹朋友，六經之旨也；浩乎若江海，高乎若丘山，赫乎若日火，包乎若天地，掇章稱詠，津潤怪麗，六經之詞也。創意造言，皆不相師。」六經之旨，李翱認為就是儒家的倫常道德，這算不上創新。此處關鍵在於對六經之詞的描述，「浩乎」、「高乎」，「赫乎」合乎通常對於六經的看法，即持重雅正，劉勰雖然說到學六經可以達到「文麗而不淫」，但沒有直接說明六經文詞怪麗之語，李翱用「津潤怪麗」來評論六經，表明他對「怪麗」之詞的欣賞。

創意造言，體現了李翱為文的創新意識，即無論是立意，還是文詞，都不能因循守舊。韓愈曾言「師其意不師其詞」（《答劉正夫書》），李翱提出「創意」，兩者似相矛盾。楊明先生認為：「所謂『師其意』，指學習古聖賢之道而

言。李翱說『創意』亦不相師，是指具體內容而言。二者並無矛盾。」〔註3〕抓住各自立說背景辨析不同，從之。其次，李翱曰：「故其讀《春秋》也，如未嘗有《詩》也；其讀《詩》也，如未嘗有《易》也；其讀《易》也，如未嘗有《書》也；其讀屈原、莊周也，如未嘗有六經也。」從閱讀接受角度論說六經之不同：即立意不同，造言也不同。但是它們立意的不同不妨礙他們有共同的六經之旨。文詞上，陸機說「怵他人之我先」，韓愈曾說「惟陳言之務去」，與李翱「造言」一致，但是他們所說的怵先、去陳言、造言，不是對前人用過的詞語一概拋棄或者完全生造（實際上這也不可能），而是強調文詞要有新意。李翱列舉前人描寫「笑」之態，「假令述笑哂之狀，曰莞爾，則《論語》言之矣；曰啞啞，則《易》言之矣；曰粲然，則《穀梁子》言之矣；曰攸爾，則班固言之矣；曰囅然，則左思言之矣；吾復言之，與前文何以異也？」表明李翱在文詞上極力突破前人的願望，此外李翱對韓愈文章的推崇，這些都體現了李翱對文詞創新的欣賞和關注。《答皇甫湜書》曰：「史官才薄，言詞鄙淺，不足以發揚高祖、太宗列聖明德，使後之觀者，文采不及周漢之書。……讀之疏數，在詞之高下，理必然也。」把文詞作為使文傳之不朽的重要因素。儘管這是論述歷史著作，同時適合論文，李翱自負言曰：「僕文采雖不足以希左丘明、司馬子長，足下視僕敘高愍女、楊烈婦，豈盡出班孟堅、蔡伯喈之下耶？」為了加強自己觀點，於《答朱載言書》又言：「仲尼曰『言之無文，行之不遠』，子貢曰『文猶質也，質猶文也，虎豹之鞟，猶犬羊之鞟。』此之謂也。」文詞於道，又不僅僅是載道之具。

如何做到創意造言？《答朱載言書》對此分別進行討論。先論創意：「如山有恒、華、嵩、衡焉，其同者高也，其草木之榮不必均也；如瀆有淮、濟、河、江焉，其同者出源到海也，其曲直、淺深、色黃白不必均也；如百品之雜焉，其同者飽於腹也，其味鹹、酸、苦、辛不必均也。此因學而知者也，此創意之大歸也。」此處之意正同楊明先生所說，「創意」乃具體內容的創新，可以根據各自篇章特點任其變化。這種「創意」來自「學」，大概包括學識、修養等等，但是李翱沒有具體闡述，只是根據文意推測而已。聯繫李翱自己的文章，凡是有創意的，無不來自他自己對生活的深刻觀察和體悟，將此稱之為學，聊備一說。

〔註3〕王運熙、楊明先生《中國文學批評通史》第三卷（隋唐五代卷），第561頁，上海古籍出版社，1996年版。

造言是李翱論述最詳細的，體現李翱對語言文詞的重視。首先指出當時對於「造言」方面的幾種誤解：「天下之語文章有六說焉：其尚異者則曰，文章辭句，奇險而已；其好理者則曰，文章敘意，苟通而已；其溺於時者則曰，文章必當對；其病於時者則曰，文章不當對；其愛難者則曰，文章宜深不當易；其愛易者則曰，文章宜通不當難。」李翱認爲他們都是情有所偏滯，未識文章之主。他認爲文章之主就是「文」、「理」、「義」三者兼重。以此爲標準，揚雄《劇秦美新》、王褒《僮約》義不深，言不信，但是詞句怪麗，此處「怪麗」毫無批評義，而是兩文可取之處；劉氏《人物志》、王氏《中說》、俗傳《太公家教》是有其理而詞章不能工。對於六經，李翱認爲符合此標準，認爲它們忘了所謂的難易，詞極於工。除了六經，李翱還推崇先秦西漢諸家之文詞，曰：「六經之後，百家之言興，老聃、列禦寇、莊周、鶡冠、田穰苴、孫武、屈原、宋玉、孟軻、吳起、商鞅、墨翟、鬼谷子、荀況、韓非、李斯、賈誼、枚乘、司馬遷、相如、劉向、揚雄，皆足以自成一家之文，學者之所師歸也。」儘管李翱對於先秦諸子之內容頗有微詞〔註4〕，但是對它們的文辭仍然主張吸取；東漢之文，李翱曾批評過〔註5〕，但也沒有一棍子打到，認爲班固《漢書》「敘述高簡」(《答皇甫湜書》)〔註6〕，這都是比較通達的觀點，也反映李翱「轉益多師」的正確態度。之所以如此重視文詞，乃在於文詞是使文章傳之不朽的重要因素：「義雖深，理雖當，詞不工者，不成文，宜不能傳也。文、理、義三者兼併，乃能獨立於一時，而不泯滅於後代，能必傳也。」這是把在《答皇甫湜書》中沒有展開的話說了出來。但是李翱在突出文詞創新時，始終沒有撇開「義」、「理」，認爲「文」、「理」、「義」三者是爲文之主。至於三者之間的關係，李翱認爲：「義深則意遠，意遠則理辨，理辨則氣直，氣直則辭盛，辭盛則文工。」「氣直」、「辭盛」、「文工」與韓愈「氣盛言宜」有貌似之處，只是李翱沒有進一步闡述。比如「義」、「理」兩者的內涵、區別，其次爲什麼由「意遠」導出「理辨」，而不是由「氣直」導出「理辨」？ 這三者的關係是一個單向的發展：

〔註4〕 李翱《再請停率修寺觀錢狀》：「自仲尼既歿，異學塞途，孟子辭而闢之，然後廓如也。」

〔註5〕 《祭吏部韓侍郎文》：「建武以還，文卑質喪，氣萎體敗，剽剝不讓，儷花鬪葉，顛倒相上。」

〔註6〕 此處評論參考了楊明先生《中國文學批評通史》第三卷（隋唐文學卷）第560頁相關內容。

義→理→文，中間由「意」、「氣」、「辭」作爲過度關節，其重點仍然落在「義」，「義深」大概指文章立意高遠，思想內容的深厚，所以李翱再次回到對於內容的強調，其中「意」、「氣」是對文章情韻、意韻、氣勢等等最具文學性的探討，但是李翱一筆帶過了。也許正因爲對內容的強調，李翱的文章整體上質實有餘，情韻不足。

三、餘論

　　總的來說，李翱出於爲文的自覺，提出「創意造言」，講求文章立意、文詞的創新，特別對文詞的創新給予了很大的關注，並且欣賞怪麗之詞〔註7〕，這體現他作爲文學家的自覺意識。在這種思想指導下，他寫出了《截冠雄雞志》、《國馬說》、《解江靈》等既有深刻立意，又頗具情采的文章。但是在他提倡文詞創新的同時，始終沒有放棄對「義」的追求，最終回到「文以明道」的思路上，限制了他在文詞創新、文章藝術性方面的發展。其實韓愈、柳宗元等人都強調「文以明道」，但是因爲他們對文學特性的深刻體悟並在創作實踐中盡力表現，或者說他們投入文學創作時情之所致，任意揮灑，憑藉他們的才情，成就好文章。李翱因爲個性、才力所限，加上對文學的獨立審美性質認識不足，最終未能衝破「文以明道」；儘管有創新之說，也有這方面的實踐，但是總體上創新不足。

　　這裡有兩點還要補充說明。一是李翱本人的個性平和方正，儘管他也有情感的波動起伏，但是他對文章要表現情感不重視。他的文章過多的說到修身養性，用儒家之道來剋制、平息自己的不平。如《與弟正辭書》對正辭京兆府取解不遇，安慰之：「凡人之窮達所遇，亦各有時爾，何獨至於賢丈夫而反無其時哉？此非吾徒之所憂也。其所憂者何？畏吾之道未能到於古之人爾。」當時能攪動人心的，對於士子而言最重要的就是科考，但是李翱勸其不要關心遇與不遇，努力把正辭的一腔心思拉到修道上來。這樣的勸慰有膚闊之嫌，但是李翱自己是這樣實行的。《與淮南節度使書》說到爲官：「不敢苟求舊例，必探察源本，以恤養爲心，以戢豪吏爲務，以法令自檢，以知足自居，利於物者無不爲，利於私者無不誚。」此乃遵循儒家的仁政，以公心治民，而自己「以知足自居」。李翱一生大多時間都身居下位，有幸在元和年間入京奉職，但是不久就離京外任，這其中也許並不是李翱能力差，但是李

〔註7〕見王運熙、楊明先生《中國文學批評通史》第三卷，第562～563頁相關內容。

翱幾乎沒有在文章中發過牢騷。〔註8〕儘管李翱也有面刺李逢吉之舉，似乎有悖儒家的溫文爾雅，但他的出發點是對於醜惡的一種批評，也是對正義的伸張，否則倒有鄉愿之嫌。李翱對自己情感用儒家之道約束規範，或者說他的生活態度遵循儒家的中庸平和，這無疑在他的文章中有所反映。《與弟正辭書》，他自己評價：「窮愁不能無所述，適有書寄弟正辭，及其終，亦自覺不甚下尋常之所為者，亦書以贈焉。」他認為此篇不下平常所為，是「窮愁不能無所述」之作，但是他並不強調文章抒發情感，泄導鬱悶。此文通篇在勸正辭修道為文，並無窮愁之態。這與韓愈「不平則鳴」，柳宗元作品「但用自釋」決不相似。為人處事講求儒家之道，中正平和，確實是君子之為，但是文章如果沒有情感的轉折，總是君子之態，道家面孔，則乏善可陳。

其次，李翱提倡創意造言，包含「意」、「言」不可偏廢的意思，在此大前提下又提出「義」、「理」、「文」乃文章之主，同樣是三者並提。雖然他關注文詞創新，但最終認為只是為文之一要。他的觀點十分穩妥，也十分通達。但是要使文章「言」、「意」兼美，這是一般人很難達到的，就是韓柳大手筆，也不是篇篇完美可贊。李翱認為只有六經是符合此標準的，諸子文詞有可取之處，但是意旨駁雜；後人之文，《劇秦美新》義不在於理，言不在於教勸，只有詞句怪麗可觀，而《人物志》等達於理而詞不工。不說李翱評價是否完全得當，但是此論反映了「文」、「意」雙修之難。李翱的穩妥之論適合作總體指導，但是對於具體創作而言，則少操作性。皇甫湜則不同，他與李生書三通，均強調了為文貴奇。也許這樣論述所有的文章有失偏頗，但是其強調創作中應該注意的一點，以此指導自己的創作，形成自己的風格，這是有積極意義的。儘管皇甫湜之文章不是每篇都奇，譬如他的說理文章：《對賢良方正直言極諫策》、《論進奉書》、《孟子荀子言性論》等以及《答李生》三書，都是平實的；但是對於需要逞詞的地方，皇甫湜確實能給人語言上新奇的衝擊，如《東還賦》對沿途環境的描畫、《唐故著作佐郎顧況集序》對顧況文章特點的總結，《諭業》對唐代散文作者的批評，其語言的豐富，描寫的生動，這是李翱無法比的，不是不為，是不能。所以皇甫湜的文學理論相對其文章，更能體現出指導意義。

但我們並不否認李翱的文論也指導了他的創作，只是從創意造言這個角

〔註8〕李翱中進士前寫過《謝楊郎中書》、《感知己賦》，其中稍露窮愁不遇之態，但主要仍然是希望得到提拔任用。

度，李翱的文章達到這個標準的太少。是標準太高，同時也是才力有限、個性所致。他提出文詞創新，其文章也有所表現，但是這並沒有成爲他文章的特色。其爲文大體平實，主要還是受其「爲文明道」的影響太大，造成對內容的過分關注所致。其實「道」本身並不是好文章的殺手，只是對「道」的理解不能過於狹隘，認爲「明道」僅僅只是傳達聖人之則，仁義之理。「道」乃至大，天下之物，皆可入文。如此理解，文章的內容將豐富多彩，也靈活動蕩得多。

參考文獻

1. 毛亨，鄭玄，孔穎達，《毛詩正義》〔M〕北京：北京大學出版社，1999：1_1461。

2. 王弼，孔穎達，《周易正義》〔M〕北京：北京大學出版社，1999：1_383。

3. 周振甫，《周易譯注》〔M〕北京：中華書局，1991：1_303。

4. 黃壽祺，張善文，《周易譯注》〔M〕上海：上海古籍出版社，2001：1_677。

5. 何晏，邢昺，《論語注疏》〔M〕北京：北京大學出版社，1999：1_270。

6. 楊伯峻，《論語譯注》〔M〕北京：中華書局，1980：1_316。

7. 劉寶楠，《論語正義》〔M〕上海：上海書店出版社，1986：1_435。

8. 韓愈，李翱，《叢書集成初編·論語筆解》〔M〕北京：中華書局，1991：568_579。

9. 程樹德，《論語集釋》〔M〕上海：上海書店影印，1943：1_764。

10. 郭璞，邢昺，《爾雅注疏》〔M〕北京：北京大學出版社，1999：1_344。

11. 段玉裁，《說文解字注》〔M〕上海：上海古籍出版社，1988：1_765。

12. 楊伯峻，《孟子譯注》〔M〕北京：中華書局，1960：1_483。

13. 焦循，《孟子正義》〔M〕上海：上海書店出版社，1986：1_611。

14. 孔伋，《叢書集成初編·中庸古本》〔M〕北京：中華書局，1991：453_460。

15. 郭蘭芳，《大學淺解》〔M〕北京：中國社會科學出版社，2003：1_120。

16. 司馬遷，《史記》〔M〕北京：中華書局，1982：1_958。

17. 劉昫，《舊唐書》〔M〕北京：中華書局，1975：1_2134。

18. 歐陽修、宋祁，《新唐書》〔M〕北京：中華書局，1975：1_2413。

19. 王溥，《唐會要》〔M〕北京：中華書局，1955：1_2471。

20. 司馬光，《資治通鑒》〔M〕北京：中華書局，1986：1_2012。

20. 晁公武,《郡齋讀書志》〔M〕臺灣：商務印書館，四庫全書本：1_536。

21. 陳振孫,《直齋書錄解題》〔M〕北京：中華書局，四庫全書本：1_485。

23. 傅璇琮,《唐才子傳校箋》〔M〕北京：中華書局，1987：1_2011。

24. 李肇,《唐國史補》〔M〕上海：上海古籍出版社，1979：1_252。

25. 高彥休,《唐闕史》〔M〕臺灣：商務印書館，四庫全書本：1_132。

26. 王定保,《唐摭言》〔M〕上海：上海古籍出版社，1978：1_221。

27. 范攄,《叢書集成初編·雲溪友議》〔M〕北京：中華書局，1983：1_903。

28. 董逌,《廣川書跋》〔M〕臺灣：商務印書館，四庫全書本：1_223。

29. 錢易,《南部新書》〔M〕北京：中華書局，2002：1_312。

30. 王讜,《唐語林》〔M〕上海：上海古籍出版社，1978：1_235。

31. 朱熹,《朱子語類》〔M〕北京：中華書局，1986：1_1247。

32. 王應麟,《困學紀聞》〔M〕北京：商務印書館，1959：1_337。

33. 范文瀾,《文心雕龍注》〔M〕北京：人民文學出版社，1958：1_757。

34. 周振甫,《文心雕龍注釋》〔M〕北京：人民文學出版社，1981：1_542。

35. 王運熙、周鋒,《文心雕龍譯注》〔M〕上海：上海古籍出版社，1998：1_468。

36. 楊明,《文賦詩品譯注》〔M〕上海：上海古籍出版社，1999：1_116。

37. 李翱,《全唐文·李翱集》〔M〕上海：上海古籍出版社，1983：2833_2866。

38. 李翱,《四部叢刊·李文公集》〔M〕上海：上海書店，1985：1_124。

39. 陳尚君《全唐文補編》〔M〕北京：中華書局，2005：1_1345。

40. 陳尚君,《全唐詩補編》〔M〕北京：中華書局，1992：1_421。

41. 計有功,《唐詩紀事》〔M〕上海：上海古籍出版社，1987：1_237。

42. 李昉,《文苑英華》〔M〕北京：中華書局，1966：1_2141。

43. 姚鉉,《唐文粹》〔M〕浙江：浙江人民出版社，1986：1_2463。

44. 魏仲舉,《五百家注昌黎文集》〔M〕臺灣：商務印書館，四庫全書本：1_551。

45. 魏仲舉,《五百家注柳先生集》〔M〕臺灣：商務印書館，四庫全書本：1_437。

46. 朱熹著,曾抗美校點,《昌黎先生集考異》〔M〕上海：上海古籍出版社 安徽教育出版社，2001：1_286。

47. 屈守元、常思春,《韓愈全集校注》〔M〕四川：四川大學出版社，1996：1_1850。

48. 錢仲聯,《韓昌黎詩繫年集釋》〔M〕上海：上海古籍出版社，1994：1_1360。

49. 朱金城，《白居易集箋校》〔M〕上海：上海古籍出版社，1988：1_4064。

50. 華忱之、喻學才，《孟郊詩集校注》〔M〕北京：人民文學出版社，1995：1_240。

51. 茅坤，《唐宋八大家文鈔》〔M〕臺灣：商務印書館，四庫全書本：1_540。

52. 高海夫，《唐宋八大家文鈔校注集評·昌黎文鈔》〔M〕陝西：三秦出版社，1998：1_897。

53. 高海夫，《唐宋八大家文鈔校注集評·柳州文鈔》〔M〕陝西：三秦出版社，1998：1_542。

54. 陳弱水，《〈復性書〉思想淵源再探——漢唐心性觀念史之一章》〔M〕臺灣：中央研究院歷史語言研究所，1998：423_480。

55. 朱金城，《白居易年譜》〔M〕上海：上海古籍出版社，1982：1_335。

56. 陳平原，《從文人之文到學者之文——明清散文研究》〔M〕北京：三聯書店，2004：1_241。

57. 孫昌武，《道教與唐代文學》〔M〕北京：人民文學出版社，2001：1_332。

58. 徐松，孟二冬，《登科記考補正》〔M〕北京：北京燕山出版社，2003：1_1683。

59. 劉汝霖，《東晉南北朝學術編年》〔M〕陝西：長安出版社，1979：1_543。

60. 陳垣，《二十史朔閏表》〔M〕北京：中華書局，1962：1_240。

61. 馬積高，《賦史》〔M〕上海：上海古籍出版社，1987：1_642。

62. 程章燦，《賦學論叢》〔M〕北京：中華書局，2005：1_304。

63. 陳允吉，《古典文學佛教溯緣十論》〔M〕上海：復旦大學出版社，2002：1_201。

64. 錢鍾書，《管錐編》〔M〕北京：中華書局，1986：1_1560。

65. 陳幼石，《韓柳歐蘇古文論》〔M〕上海：上海文藝出版社，1983：1_110。

66. 林紓，《韓柳文研究法》〔M〕北京：商務印書館，復旦大學館藏本：1_129。

67. 朱傳譽，《韓愈傳記資料》〔M〕臺北：天一出版社，1982：1_141。

68. 劉國盈，《韓愈叢考》〔M〕北京：文化藝術出版社，1999：204_209。

69. 黃雲眉，《韓愈柳宗元文學評價》〔M〕山東：山東人民出版社，1959：1_213。

70. 卞孝萱、張清華、閻琦，《韓愈評傳》〔M〕南京：南京大學出版社，1998：1_580。

71. 孫昌武，《韓愈散文藝術論》〔M〕天津：南開大學出版社，1986：1_243。

72. 孫昌武，《韓愈詩文選評》〔M〕上海：上海古籍出版社，2002：1_156。

73. 錢基博，《韓愈志》〔M〕北京：商務印書館出版，1958：1_113。

74. 劉汝霖，《民國叢書第三編・漢晉學術編年》〔M〕上海：上海書店，1935：
1_1244。

75. 楊明，《漢唐文學辨思錄》〔M〕上海：上海古籍出版社，2005：1_444。

76. 王運熙，《漢魏六朝唐代文學論從》〔M〕上海：上海古籍出版社，1981：
1_256。

77. 崔瑞德，《劍橋中國隋唐史》〔M〕北京：中國社會科學出版社，1990：
1_785。

78. 陳寅恪，《金明館叢稿初編》〔M〕北京：三聯書店，2001：1_424。

79. 陳寅恪，《金明館叢稿二編》〔M〕北京：三聯書店，2001：1_358。

80. 皮錫瑞，周予同，《民國叢書第五編 經學歷史》〔M〕上海：上海書店出
版社，1996：1_364。

81. 何智慧，《李翱年譜稿》〔D〕四川：四川師範大學，2002。

82. 張瑜，《李翱思想述評》〔D〕臺灣：輔仁大學中國文學研究所，1985。

83. 王宏海，《李翱思想研究》〔D〕河北：河北大學，2004。

84. 李叔同，《李叔同說佛》〔M〕陝西：陝西師範大學出版社，2004：1_165。

85. 梁啓超，《梁啓超說佛》〔M〕北京：中國青年出版社，2005：1_189。

86. 自在居士，《六祖壇經淺析》〔M〕廣州：花城出版社，1997：1_224。

87. 呂思勉，《呂思勉讀史箚記》〔M〕上海：上海古籍出版社，1982：1_1347。

88. 普惠，《南朝佛教與文學》〔M〕北京：中華書局，2002：1_307。

89. 余英時，《士與中國文化》〔M〕上海：上海人民出版社，2003：1_620。

90. 礪波護，《隋唐佛教文化》〔M〕上海：上海古籍出版社，2004：1_208。

91. 岑仲勉，《隋唐史》〔M〕河北：河北教育出版社，2000：1_782。

92. 陳寅恪，《隋唐制度淵源論稿 唐代政治史述論稿》〔M〕北京：三聯書店，
2001：1_453。

93. 郁賢皓，《唐刺史考全編》〔M〕安徽：安徽大學出版社，2000：1_1587。

94. 孫昌武，《唐代古文運動通論》〔M〕天津：百花文藝出版社，1984：1_264。

95. 張國剛，《唐代官制》〔M〕陝西：三秦出版社，1987：1_180。

96. 傅璇琮，《唐代科舉與文學》〔M〕陝西：陝西人民出版社，1986：1_521。

97. 傅璇琮，《唐代詩人叢考》〔M〕北京：中華書局，2003：1_540。

98. 傅璇琮，《唐代文學編年史（中唐卷）》〔M〕遼寧：遼海出版社，1998：
1_884。

99. 孫昌武，《唐代文學與佛教》〔M〕陝西：陝西人民出版社，1985：1_320。

100. 岑仲勉，《唐人行第錄（外三種）》〔M〕上海：上海古籍出版社，1978：
1_503。

101. 周勛初,《唐人軼事彙編》〔M〕上海:上海古籍出版社,1995:1_2236。

102. 勞格、趙鉞,《唐尚書省郎官石柱題名考》〔M〕北京:中華書局,1992:1_516。

103. 黃永年、賈憲保,《唐史史料學》〔M〕陝西:陝西師範大學出版社,1989:1_279。

104. 岑仲勉,《唐史餘沈》〔M〕上海:上海古籍出版社,1979:1_278。

105. 葛曉音,《唐宋散文》〔M〕上海:上海古籍出版社,1990:1_110。

106. 高步瀛,《唐宋文舉要》〔M〕上海:上海古籍出版社,1982:1_1713。

107. 吳汝煜,《唐五代人交往詩索引》〔M〕上海:上海古籍出版社,1993:1_887。

108. 傅璇琮,《唐五代人物傳記資料綜合索引》〔M〕北京:中華書局,1982:1_514。

109. 林紓,《畏廬文集 詩存 文論》〔M〕臺灣:文海出版社,近代中國史料叢刊第九十四輯:1_120。

110. 聞一多,《聞一多全集 古典新義》〔M〕北京:三聯書店,1999:1_412。

111. 陳寅恪,《元白詩箋證稿》〔M〕北京:三聯書店,2001:1_296。

112. 黃霖、吳建民、吳兆路,《原人論》〔M〕上海:復旦大學出版社,2000:1_420。

113. 紀作亮,《張籍研究》〔M〕安徽:黃山書社,1986:1_149。

114. 郭紹虞,《照隅室古典文學論集》〔M〕上海:上海古籍出版社,1983:1_552。

115. 王運熙,《中古文論要義十講》〔M〕上海:復旦大學出版社,2004:1_212。

116. 王運熙,《中國古代文論管窺》〔M〕上海:上海古籍出版社,2006:1_519。

117. 譚其驤,《中國歷史地圖集(第四冊 第五冊)》〔M〕北京:中國地圖出版社,1996:17_33 32_56。

118. 徐復觀,《中國人性論史(先秦篇)》〔M〕上海:上海三聯書店,2001:1_557。

119. 郭預衡,《中國散文史》〔M〕上海:上海古籍出版社,1986:1_580。

120. 葛兆光,《中國思想史》〔M〕上海:復旦大學出版社,2005:1_980。

121. 徐復觀,《中國思想史論集》〔M〕上海:上海書店出版社,2004:1_320。

122. 錢穆,《中國文學論叢》〔M〕北京:三聯書店,2002:1_187。

123. 羅根澤,《中國文學批評史》〔M〕上海:上海書店出版社,2003:1_320。

124. 朱東潤,《中國文學批評史大綱》〔M〕上海:上海古籍出版社,2001:1_298。

125. 王運熙、楊明，《中國文學批評通史第三卷（隋唐五代卷）》〔M〕上海：上海古籍出版社，1996：1_590。

126. 傅斯年，《中國現代學術經典 傅斯年卷》〔M〕河北：河北教育出版社，1996： 1_378。

127. 徐復觀，《中國藝術精神》〔M〕上海：華東師範大學出版社，2001：1_351。

128. 馮友蘭，《中國哲學簡史》〔M〕北京：北京大學出版社，1996：1_325。

129. 馮友蘭，《中國哲學史》〔M〕上海：華東師範大學出版社，2000：1_980。

130. 唐君毅，《中國哲學原論（原性篇）》〔M〕北京：中國社會科學出版社，2005：1_310。

131. 劉師培，《中國中古文學史講義》〔M〕上海：上海古籍出版社，2001：1_214。

132. 胡可先，《中唐文學與政治——以永貞革新爲中心》〔M〕安徽：安徽大學出版社，2000：1_420。

133. 錢基博，《周易題解及其讀法》〔M〕上海：上海書店，1991：1_120。

134. 宇文所安，《追憶——中國古典文學中的往事再現》〔M〕北京：三聯書店，2004：1_246。

附錄：論語筆解

（唐）韓愈、李翱撰

《論語筆解》序　許勃撰

　　昌黎文公著《筆解論語》一十卷。其間翱曰者，蓋李習之同與切磨。世所傳率多訛舛，始愈筆大義則示翱，翱從而交相明辨，非獨韓制此書也。噫！齊魯之門人所記，善言既有同異，漢魏學者注集繁闊，罕造其精。今觀韓、李二學，勤拳淵微，可謂窺聖人之堂奧矣。豈章句之技所可究極其旨哉？予繕校舊本數家，得其純粹，欲以廣傳。故序以發之。

《論語筆解》說

　　李漢序退之集云：有《論語注》十卷，後世罕傳，然搢紳先生往往有道其三義者。近時錢塘江充家有是本，王公存刻於會稽郡齋，目曰《韓文公論語筆解》。自「學而」至「堯曰」二十篇，文公與李翱指摘大義以破孔氏之注，正所謂三義者。觀此，不可謂「魯論未訖注」，後世罕傳也。然觀《聞見錄》引「三月不知肉味，三月作音字」，今所行《筆解》無此語，往往亦多遺佚。或謂文公所解多改本文，近於鑿。僕又觀退之別集《答侯生問論語》一書，有曰：「愈昔注解其書，不敢過求其意，取聖人之旨而合之，則足以取信後生輩耳。」韓公以此自謂，夫豈用意於鑿乎？

　　都穆曰：唐李漢序韓文曰「有《論語解》十卷，傳學者，不在集中。」予家藏古本韓文有之。但其說時與今不同。如「六十而耳順」，解云：「耳當為爾」，猶言如此也。如「曾謂泰山不如林放乎」，解云：「『謂』當作『為』」，

言冉有爲泰山，非禮也。如「宰予晝寢」，解云：「宰予四科十哲，安得有晝寢之責」。如「人之生也直」，解云：「直，德字之誤」，言人生稟天地之大德也。如「子所雅言」，解云：「『音』作『言』，字之誤也。」如「三嗅而作」，解云：「『嗅』當作嗚嗚之嗚，雉之聲也。」如「子在，回何敢死」，解云：「『死』當作『先』。如「浴乎沂」，解云：「『浴』當作『沿』。如「君子而不仁者，有以夫」，解云：「『仁』當作『備』。如「以杖叩其脛」，解云：「『叩』當作『指』。如「君子貞而不諒」，解云：「『諒』當作『讓』。如「孔子時其亡也」，解云：「『時』當作『待』。如「鄉愿，德之賊」，解云：「『鄉愿』當作『內柔』。以上諸說，朱子嘗謂其鄙淺，復曰爲伊川之學者皆取之。及觀韓文有《答侯生問論語》書曰：「愈昔注其書而不敢過求其意，取聖人之旨而合之，則足以信後生輩耳。」然則朱子之所謂鄙淺，固韓公之欲求信於後生者耶。

卷上

學而第一

有子曰：「信近於義，言可復也。」

　　馬曰：其言可反覆，故曰近義。

　　韓曰：反本要終謂之復，言行合宜終復乎信，否則小信未孚，非反覆不定之謂。

　　李曰：尾生之信，非義也。若要終合宜，必不抱橋徒死。馬云反覆，失其旨矣。

恭近於禮，遠恥辱也

　　馬曰：恭不合禮，非禮也。能遠恥辱，故近禮。

　　韓曰：禮，恭之本也。知恭而不知禮，止遠辱而已。謂恭必以禮爲本。

　　李曰：晉世子申生恭命而死，君子謂之非禮。若恭而不死，則得禮矣。

因不失其親，亦可宗也

　　孔曰：因，親也。所親不失其親，亦可宗敬。

韓曰：因訓親，非也。孔失其義。觀有若上陳信義恭禮之本，下言凡學必
　　　因上禮義二說，不失親師之道，則可尊矣。

李曰：因之言相因也。信義而復本禮，因恭而遠嫌，皆不可失。斯迺可尊。

子曰：「敏於事而慎於言，就有道而正焉，可謂好學也已。」

孔曰：敏，疾也。有道，有道德者。正謂問事是非。

韓曰：正謂問道，非問事也。上句言事，下句言道。孔不分釋之，則事與
　　　道混而無別矣。

李曰：凡人事政事，皆謂之事迹。若道則聖賢德行，非記誦文辭之學而已。
　　　孔子曰：「有顏回者，好學，不遷怒，不貳過。」此稱為好學。孔云
　　　問事是非，蓋得其近者小者，失其大端。

為政第二

子曰：「《詩》三百，一言以蔽之曰：『思無邪！』」

包曰：蔽猶當也。又曰：歸于正也。

韓曰：蔽猶斷也。包以蔽為當，非也。按：「思無邪」是《魯頌》之辭，仲
　　　尼言《詩》最深義，而包釋之略矣。

李曰：《詩》三百篇，斷在一言，終於《頌》而已。子夏曰：「發乎情，民
　　　之性也。」故《詩》始於風，止乎禮義。先王之澤也，故終無邪。
　　　一言詩之斷也，慮門人學《詩》，徒誦三百之多而不知一言之斷，故
　　　云然爾。

子曰：「吾五十而知天命。」

孔曰：知天命之終始。

韓曰：天命深微至賾，非原始要終一端而已。仲尼五十學《易》，窮理盡性
　　　以至於命。故曰「知天命」。

李曰：「天命之謂性」。《易》者，理性之書也。先儒失其傳，惟孟軻得仲尼
　　　之蘊，故《盡心》章云「盡其心」，所以知性，知性所以知天。此天
　　　命極至之說，諸子罕造其微。

六十而耳順，七十而從心所欲不踰矩。

鄭曰：耳聞其言，知其微旨也。馬曰：矩，法也。從心所欲，無非法。

韓曰：「耳」當為「爾」，猶言如此也。既知天命，又如此順天也。

李曰：上聖既順天命，豈待七十不踰矩法哉？蓋孔子興言時已七十矣。是
　　　自衛反魯之時也。刪修禮、樂、《詩》、《書》，皆本天命而作，如其
　　　順。

子曰：「溫故而知新；可以為師矣。」

　　孔曰：溫，尋也，尋繹故者。又知新者可以為師矣。

　　韓曰：先儒皆謂尋繹文翰，由故及新。此記問之學，不足為人師也。吾謂
　　　　　故者，古之道也。新謂己之新意，可為師法。

　　李曰：仲尼稱子貢云：「告諸往而知來者。」此與溫故知新義同。孔謂尋繹
　　　　　文翰，則非。

子曰：「君子不器。」子貢問君子。子曰：「先行其言而後從之。」

　　孔曰：疾小人多言而行不周。

　　韓曰：上文「君子不器」與下文「子貢問君子」是一段義。孔失其旨，反
　　　　　謂疾小人，有戾於義。

　　李曰：子貢，門人上科也。自謂通才可以不器，故聞仲尼此言而尋發問端。
　　　　　仲尼謂但行汝言，然後從而知不器在汝，非謂小人，明矣。

子張問：「十世可知也？」子曰：「殷因於夏，禮所損益，可知也。周因
於殷，禮所損益，可知也。其或繼周者，雖百世可知也。」

　　孔曰：文質禮變。馬曰：所因，謂三綱五常，所損益，謂文質三統。

　　韓曰：孔、馬皆未詳仲尼從周之意，泛言文質三統，非也。

　　李曰：損益者，盛衰之始也。禮之損益，知時之盛衰。因者，謂時雖變而
　　　　　禮不革也。禮不革則百世不衰可知焉。窮此深旨，其在周禮乎。

　　韓曰：後之繼周者，得周禮則盛，失周禮則衰。孰知因之之義其深矣乎！

八佾第三

季氏旅於泰山。子謂冉有曰：「女弗能救與？」對曰：「不能。」子曰：
「嗚呼！曾謂泰山不如林放乎？」

　　馬曰：救，止也。包曰：泰山之神，反不如林放者乎？

　　韓曰：「謂」當作「為」字，言冉有為泰山非禮，反不如林放問禮乎。包言
　　　　　泰山之神，非其義也。

子曰：「吾不與祭，如不祭。」

　　包曰：不自親祭，使攝者爲之，不肅敬，與不祭同。

　　韓曰：義連上文「禘自既灌而往，吾不欲觀之矣」。蓋魯僖公亂昭穆，祭神
　　　　如神在，不可躋而亂也。故下文云「吾不與祭」，蓋嘆不在其位，不
　　　　得以正此禮矣。故云「如不祭」，言魯逆，祀與不祀同焉。

　　李曰：包既失之，孔又甚焉。孔注祭神如神在，謂祭百神，尤於上下文乖
　　　　舛。

子貢欲去告朔之餼羊。

　　鄭曰：《禮》：人君每月告朔於廟，有祭，謂之廟享。

　　韓曰：人君謂天子也。非諸侯通用一禮也。魯自文公六年閏月不告朔，猶
　　　　朝於廟。左氏曰：「不告朔，非禮也。」吾謂魯祀周公以天子禮。魯
　　　　君每月朔不朝於周，但朝周公之廟，因而祭，曰「廟享」。其實以祭
　　　　爲重爾。文公既不行告朔之享，而空朝於廟，是失禮也。然子貢非
　　　　不知魯禮之失，特假餼羊之問，誠欲質諸聖人以正其禮爾。又曰：「天
　　　　子云聽朝，謂聽政於天下也；諸侯云告朔，謂以下之政告于上也。」
　　　　每月頒朔於諸侯，諸侯稟朔奉王命藏祖廟。於是魯有廟享之文，他
　　　　國則亡此禮。

　　李曰：襄二十九年春，王正月，公在楚。左氏曰：「釋不朝正於廟。」吾謂
　　　　《魯禮》正月，歲首謂之朝正，他月即謂之告朔，蓋二禮歟。

　　又曰：「案《周禮》正月之吉，始和布治于邦國、都鄙。」蓋當時諸侯皆有
　　　　稟命告朔明文。其所無者，惟朝正不侔周公廟享爾。

里仁第四

子曰：「君子之於天下也，無適也，無莫也，義之與比。」

　　韓曰：無適，無可也。無莫，無不可也。惟有義者與相親比爾。

　　李曰：下篇第九云：「子絕四，曰毋固」。注云：「無可無不可，在毋固執焉」。
　　　　王通云：「可不可，天下所共存也。」孟子曰：「惟義所在」，其旨同。

子曰：「君子懷德，小人懷土；君子懷刑，小人懷惠。」

　　孔曰：懷德，懷安也；懷土，重遷也；懷刑，安于法也。包曰：懷惠，恩
　　　　惠也。

　　韓曰：德難形容，必示之以法制；土難均平，必示之以恩惠。上下二義，

轉相明也。

李曰：君子非不懷土也，知土均之法乃懷之矣。小人只知土著樂生之惠，
殊不知土之德何極于我哉。

子曰：「參乎！吾道一以貫之。」曾子曰；「唯。」子出，門人問曰：「何
謂也？」曾子曰：「夫子之道，忠恕而已矣。」

孔曰：直曉不問，故答曰唯。

韓曰：說者謂忠與恕一貫，無偏執也。

李曰：參也魯，是其忠焉。參至孝，是其恕也。仲尼嘗言忠必恕，恕必忠，
闕一不可。故曾子聞「道一以貫之」，便曉忠恕而已。

子游曰：「事君數，斯辱矣。朋友數，斯疏矣。」

包曰：數，謂速數之數。

韓曰：君命召，不俟駕速也，豈以速為辱乎？吾謂數當謂頻數之數。

李曰：頻數再三，瀆必辱矣。朋友頻瀆則益疏矣。包云「速數」，非其旨。

公冶長第五

子使漆雕開仕對，曰：「吾斯之未能信」。子說。

韓曰：未能見信於時，未可以仕也。子說者，善其能忖己知時變。

李曰：孔言「未能究習」，是開未足以仕，非經義也。鄭言「志道深」，是
開以不仕為得也，非仲尼循循善誘之意。云「善其能忖己知時變」，
斯得矣。

子謂子貢曰：「女與回也，孰愈？」對曰：「賜也何敢望回？回也，聞一
以知十；賜也，聞一以知二。」子曰：「弗如也，吾與女弗如也。」

包曰：既然子貢不如，復云「吾與女俱不如」者，蓋欲以慰子貢爾。

韓曰：回，亞聖矣。獨問子貢孰愈，是亦賜之亞回矣。賜既發明顏氏具聖
之體，又安用慰之乎？包失其旨。

李曰：此最深義，先儒未有究其極者。吾謂孟軻語顏回「深入聖域」云，
具體而微，其以分限為差別。子貢言語科深於顏回，不相絕遠，謙
云得具體之二分。蓋仲尼嘉子貢亦窺見聖奧矣。慮門人惑，以謂回
多聞廣記，賜寡聞陋學，故復云俱弗如，以釋門人之惑，非慰之云
也。

韓曰：吾觀子貢此義深微，當得具體八分，所不及回二分爾。不然，安得仲尼稱弗如之深乎？

宰予晝寢。子曰：「朽木不可雕也，糞土之牆不可杇也。於予與何誅？」

舊文作「晝」字。

韓曰：「晝」當爲「畫」字之誤也。宰予四科十哲，安得有晝寢之責乎？假或偃息，亦未足深誅。又曰「於予」，顯是言宰予也。下文云「始吾」、「今吾」者，即是仲尼自謂也。

李曰：「於予與何誅」並下文「於予與改」，是二句先儒亦失其旨。吾謂仲尼雖以宰予高閎畫寢，於宰予之才何責之有？下文云於宰予言行，雖畫寢未爲太過，使改之不畫，亦可矣。

子貢曰：「夫子之文章，可得而聞也。夫子之言性與天道，不可得而聞也。」

孔曰：性者，人所受以生也。天道者，元亨日新之道深微，故不可得而聞也。

韓曰：孔說靐矣，非其精蘊。吾謂性與天道，一義也。若解二義，則人受以生，何者不可得聞乎哉？

李曰：「天命之謂性」，是天人相與一也。天亦有性，春仁、夏禮、秋義、冬智是也。人之率性，五常之道是也。蓋門人只知仲尼文章，而尟克知仲尼之性與天道合也，非子貢之深蘊，其知天人之性乎？

雍也第六

子曰：「人之生也直，罔之生也幸而免。」

馬曰：人之生自終者以其正直也。包曰：誣罔正直，是幸也。

韓曰：「直」當爲「德」字之誤也，言人生禀天地大德。罔，無也。若無其德，免於咎者尟矣（古書德作悳）。

李曰：《洪範》三德，正直在其中，剛柔共成焉。無是一者必有咎，況咸無之，其能免乎？包謂誣罔正直則罪無赦，何幸免哉？馬言自終，又非生也之義。

子曰：「齊一變至於魯，魯一變至於道。」

包曰：齊可使如魯，魯可使如大道行之時。

韓曰：道謂王道，非大道之謂。

李曰：「有王道焉，吾從周」是也。「有霸道焉，正而不譎」是也。「有師道焉，得天子禮樂，吾舍魯何適」是也。然霸道可以至師道，師道可以至王道，此三者皆以道言也，非限之以器也。故下文云「觚不觚」，言器不器也，「觚哉」重言，不器，所以臻道也。

子曰：「君子博學於文，約之以禮，亦可以弗畔矣夫。」

鄭曰：弗畔，不違道也。

韓曰：畔當讀如偏畔之畔，弗偏則得中道。

李曰：文勝則流靡，必簡約，《禮》稱君子之中庸是也。鄭言違畔之畔，豈稱君子云哉？失之遠矣。

子見南子，子路不說。夫子矢之曰：「予所否者，天厭之！天厭之！」

孔曰：行道非婦人之事，與之呪誓，義可疑焉。

韓曰：矢，陳也。否，當為否泰之否；厭，當為厭亂之厭。孔失之矣。為誓，非也。後儒因以誓，又以厭為撅，益失之矣。吾謂仲尼見衛君任甫子之用事，乃陳衛之政理，告子路云：予道否，不得行。汝不須不悅也。天將厭此，亂世而終，豈泰吾道乎！

李曰：古文闊略，多為俗儒穿鑿，遂失聖人經旨。今退之發明深義，決無疑焉。

述而第七

子曰：「述而不作，信而好古，竊比於我老彭。」

包曰：若老彭，祖述之而已。

韓曰：先儒多謂仲尼謙詞，失其旨矣。吾謂仲尼傷己不遇，歎其道若老彭而已。

李曰：下文子曰：「甚矣，吾衰也久矣！吾不復夢見周公。」是制禮作樂，慕周公所為。豈若老彭述古事而已？顯非謙詞。蓋歎當世鄙俗，竊以我比老彭，無足稱爾。

韓曰：殷賢惟伊傅，餘固蔑稱。

子曰：「自行束脩以上，吾未嘗無誨焉。」

孔曰：言人能奉禮，自行束脩以上，則皆教誨之焉。

韓曰：說者謂束爲束帛，脩爲羞脯，人能奉束脩於吾則皆教誨之，此義失
　　也。吾謂以束脩爲束羞，則然矣。行吾而教之，非也。仲尼言小子
　　洒掃進退、束脩末事，但能勤行此小者，則吾必教誨其大者。

李曰：誨人不倦，此其旨也。

冉有曰：「夫子爲衛君乎？」子貢曰：「諾。吾將問之。」入，曰：「伯
夷、叔齊何人也？」曰：「古之賢人也。」曰：「怨乎？」曰：「求仁而
得仁，又何怨？」出，曰：「夫子不爲也。」

鄭曰：父子爭國，惡行也。孔子以夷、齊賢且仁，故知不助衛君，明矣。

韓曰：上篇云「伯夷、叔齊不念舊惡，怨是用希。」此言君子雖惡不怨也。
　　又下篇云「不降其志，不辱其身，伯夷、叔齊歟？我則異于是，無
　　可無不可。」吾嘗疑三處言夷齊各不同，吾謂此段義稱賢且仁者，
　　蓋欲止冉有爲衛君而已。

李曰：聖人之言無定體，臨事制宜。孟軻論之最詳，曰：「伯夷，聖之清者
　　也。伊尹，聖之任者也。柳下惠，聖之和者也。孔子，聖之時者也。
　　時行則行，時止則止。」大抵仲尼與時偕行，與時偕極，無可無不
　　可。是其旨也。其餘稱賢且仁，誠非定論。

韓曰：習之深乎哉！吾今乃知仲尼之言，瞻之在前，忽然在後，不可禦窺
　　其極。

子所雅言，《詩》、《書》、執禮，皆雅音也。

孔曰：雅音，正言也。鄭曰：先王典法必正，言其音，然後義全。

韓曰：「音」作「言」字傳寫之誤也，因注云「雅音，正言」，遂誤爾。

李曰：孔、鄭注皆分明，但誤一音字。後人惑之。蓋一時門弟子所記錄，
　　云「子所雅言」，即下云《詩》、《書》，執禮，皆雅言也」云爾，其
　　義煥然無惑。

泰伯第八

子曰：「恭而無禮則勞，慎而無禮則葸，勇而無禮則亂，直而無禮則絞。」

王曰：葸，懼貌。絞，刺也。

韓曰：王注云「不以禮節之」。吾謂禮者，制中者也，不及則爲勞、爲葸，
　　過則爲亂、爲絞。絞，確也。

李曰：上篇云「禮之用，和爲貴。不以禮節之，亦不可行。」此言發而皆

中節之謂和也。今言恭必企而進，禮不可太過，大抵取其制中而已
乎。

韓曰：上篇云「中庸之為德也，其至矣乎，民鮮久矣。」此正謂言禮之皇
極也。

子曰：「興於《詩》，立於禮，成於樂。」

包曰：興，起也。禮所以立身，樂以成性。

韓曰：三者皆起於詩而已，先儒略之，遂惑於二矣。

李曰：詩者，起於吟詠情性者也。發乎情，是起於詩也；止乎禮義，是立
於禮也；刪詩而樂正《雅》、《頌》，是成于樂也。三經一原也，退之
得之矣。包氏無取焉。

子曰：「惟天為大，惟堯則之。蕩蕩乎，民無能名焉。」

包曰：布德廣遠，民無能識其名。

韓曰：堯仁如天，不可名狀其高遠，非不識其名也。

李曰：仲尼稱堯如天之難狀也，亦猶顏回稱仲尼「如天彌高，瞻之在前，
忽然在後」，與此義同。

子罕第九

子罕言利與命與仁。

包曰：寡能及之，故希言。

韓曰：仲尼罕言此三者之人焉，非謂罕言此三者之道也。

李曰：上篇云「仁遠乎哉？我欲仁，斯仁至矣。」是仲尼凡於道則無不言，
但罕有其人，是以罕言爾。下篇云「必有之，吾未之見」，此罕言之
義。

子絕四，毋意、毋必、毋固、毋我。

王曰：無任意，無專必，無固行，無有其身也。

韓曰：此非仲尼自言，蓋弟子記師行事。其實子絕二而已。吾謂無任意即
是無專必也，無固行即是無有己身也。

李曰：非弟子記之繁，傳之者誤以絕二為四也。但見四毋字，不曉二義而
已。亦猶手之舞之，足之蹈之，雖四事，其實二事云。

子曰：「鳳鳥不至，河不出圖，吾已矣夫。」

孔曰：聖人受命則鳳鳥至，河出圖。今無此瑞，「吾已矣夫」者，傷不得見
也。河圖迺八卦是也。

韓曰：王道盛則四靈為畜，非但受命符爾。

李曰：《易》曰：「河出圖，洛出書，聖人則之。」《書》云：「簫韶九成，
鳳凰來儀。」皆言王道太和及此矣。聖人傷己之不得見，非受命
祥瑞爾。

顏淵喟然歎曰：「仰之彌高，鑽之彌堅，瞻之在前，忽然在後。夫子循
循然善誘人，博我以文，約我以禮，欲罷不能。既竭吾才，如有所立卓
爾。雖欲從之，末由也已。」

包曰：恍惚，不可得而形容。孔曰：不能及夫子之所立。

韓曰：「既竭吾才，如有所立卓爾」，此顏回自謂，雖卓立，未能及夫子高
遠爾。

李曰：退之深得之矣。吾觀下篇云「可與共學，未可與適道；可與立，未
可與權」，是知所立卓爾，尚未可權，是顏回自謂，明矣。孔義失其
旨。

子路使門人為臣。

鄭曰：子路欲使弟子行為臣之禮也。

韓曰：先儒多惑此說，以謂素王素臣。後學由是責子路欺天。吾謂子路剛
直無諂，必不以王臣之臣欺天爾。本謂家臣之臣，以事孔子也。

李曰：卿大夫稱家，各有家臣。若輿臣隸，隸臣臺，臺臣僕之類，皆家臣
通名。仲尼是時患三家專魯而家臣用事，故責子路，以謂不可效三
家欺天爾。

子曰：「可與共學，未可與適道。可與適道，未可與立。可與立，未可
與權。」

孔曰：雖能之道，未必能有所立。雖有所立，未必能權量輕重。

韓曰：孔注猶失其義。夫學而之道者，豈不能立耶？權者，經權之權，豈
輕重之權耶？吾謂正文傳寫錯倒，當云「可與共學，未可與立，可
與適道，未可與權」，如此則理通矣。

李曰：權之為用，聖人之至變也。非深于道者莫能及焉。下文云「唐棣之
華，偏其反爾」，此仲尼思權之深也。《公羊》云：反經合道謂之權，

此其義也。

鄉黨第十

吉月，必朝服而朝。

　孔曰：吉月，月朔也。朝服，即皮弁服也。

　韓曰：吉禮所行月日，因而謂之吉月、吉日，非正朔而已。

　李曰：《周禮》云：「正月之吉。」又云：「月吉，讀邦法。」今究其義，皆
　　　因吉禮以別下文凶、賓、嘉爾。

鄉人儺，朝服而立於阼階。

　孔曰：儺，驅逐疫鬼，恐驚先祖，故朝服而立于廟之阼階。

　韓曰：正文無「廟」字，又云「恐驚先祖」，疑孔穿鑿，非本旨。

　李曰：仲尼居鄉似不能言者，覿儺鬼，非禮也。故朝服立階，欲止之，使
　　　不儺。適會，時當在阼階爾，別無異義。

子曰：「山梁雌雉，時哉！時哉！」子路共之，三嗅而作。

　周曰：子路共之，非本意，不苟食，故三嗅而作。

　韓曰：以爲食，具非其旨。吾謂嗅當爲鳴鳴之鳴，雉之聲也。

　李曰：子路拱之，雉嗅而起。記者終其事爾，俗儒妄加異義，不可不辨也。

卷下

先進第十一

子曰：「從我於陳蔡者，皆不及門也。」

　鄭曰：皆不及仕進之門而失其所。

　韓曰：門謂聖人之門，言弟子學道，由門以及堂，由堂以及室，分等降之
　　　差，非謂言仕進而已。

　李曰：如由也，升堂未入於室。此等降差別。不及門，猶在下列者也。

德行：顏淵、閔子騫、冉伯牛、仲弓。言語：宰我、子貢。政事：冉有、季路。文學：子游、子夏。

　說者曰字而不名，非夫子云。

韓曰：《論語》稱字不稱名者多矣。仲尼既立此四品，諸弟子記其字而不名焉，別無異旨。

李曰：仲尼設四品，以明學者不同科，使自下升高，自門升堂，自學以格於聖也。其義尤深。但俗儒莫能循此品第而窺聖奧焉。

韓曰：德行科最高者，《易》所謂「默而識之，故存乎德行」，蓋不假乎言也。言語科次之者，《易》所謂「擬之而後言，議之而後動，擬議以成其變化」，不可爲典要，此則非政法所拘焉。政事科次之者，所謂「雖無老成，人尚有典刑」，言非事文辭而已。文學科爲下者，記所謂「離經辯志，論學取友，小成大成，自下而上升者也。」

李曰：凡學聖人之道，始於文，文通而後正人事，人事明而後自得於言，言忘矣而後默識己之所行，是名德行，斯入聖人之奧也。四科如有序，但注釋不明所以然。

子曰：「回也其庶乎，屢空。賜不受命而貨殖焉，億則屢中。」

注曰：回庶幾聖道，雖數空匱而樂在其中。賜不受教命，唯財貨是殖，億度是非。蓋美回所以勵賜也。

韓曰：一說「屢」，猶每也，「空」猶虛中也，此近之矣。謂富不虛心，此說非也。吾謂回則坐忘遺照，是其空也。賜未若回每空，而能中其空也。「貨」當爲「資」，「殖」當爲「權」字之誤也。子貢資於權變，未受性命之理，此蓋明賜之所以亞回也。

李曰：仲尼品第回、賜，皆大賢，豈語及貨殖之富耶？《集解》失之甚矣。吾謂言語科實資權變，更能慮中乎，即回之亞匹，明矣。

子張問善人之道，子曰：「不踐迹，亦不入於室。」

孔曰：善人不但不循舊迹，亦少能創業，亦不能入聖人之奧室。

韓曰：孔說非也。吾謂善人即聖人異名爾，豈不循舊迹而又不入聖人之室哉？蓋仲尼誨子張，言善人不可循迹而至於心室也。聖人心室惟奧惟微，無形可觀，無迹可踐，非子張所能至爾。

李曰：仲尼言「由也升堂，未入於室。」室是心地也。聖人有心有迹，有造形，有無形，堂堂乎子張，誠未至此。

子曰：「論篤是與？君子者乎？色莊者乎？」

孔曰：論篤是口無擇言，君子是身無擇行，色莊者不惡而嚴。

韓曰：孔失其義。吾謂論者，討論也；篤，極也；是，此也。論極，此聖
人之道。因戒子張，但學君子容色莊謹，即可以及乎君子矣。

李曰：與，疑辭也。乎，語終也。上句云「論篤」，是「與」者，言子張未
極此善人也。下句言「莊」者，欲戒子張檢堂堂之過，約歸於君子
容貌而已。孔註云「三者爲善人」，殊失聖人之本意。

子畏於匡，顏淵後。子曰：「吾以女爲死矣。」曰：「子在，回何敢死？」

包曰：言夫子在，己無所敢死也。

韓曰：「死」當爲「先」字之誤也。上文云「顏淵後」，下文云「回何敢先」，
其義自明，無「死」理也。

李曰：以回德行，亞聖之才，明非敢死之士也。古文脫誤，包註從而訛舛，
退之辯得其正。

「點，爾何如」（至）「童子六七人，浴乎沂，風乎舞雩，詠而歸。」

孔曰：暮春，季春三月。

韓曰：「浴」當爲「沿」字之誤也。周三月，夏之正月，安有浴之理哉？

李曰：仲尼與點，蓋美其樂王道也。餘人則志在諸侯，故仲尼不取。

顏淵第十二

顏淵問仁，子曰：「克己復禮爲仁。」

馬曰：克己，約身也。孔曰：復，返也。身能返禮則爲仁矣。

韓曰：孔、馬得其皮膚，未見其心焉。吾謂回問仁，仲尼答以禮，蓋舉五
常之二以明其端焉。故下文云「非禮勿視，非禮勿聽，非禮勿言，
非禮勿動」，又舉五常之四以終其義。

李曰：仁者，五常之首也。視、聽、言、貌、思，五常之具也。今終之以
動者，貌也，貌爲木爲仁，此問非顏回具體，安能究仲尼之心？

子曰：「博學於文，約之以禮，亦可以弗畔矣夫。」

韓曰：簡編重錯，《雍也》篇中已有「君子博學於文，約之以禮，可以弗畔
矣夫」，今削去此段可也。

**子張問：「士何如斯，可謂之達矣？」子曰：「夫達也者，質直而好義，
察言而觀色，慮以下人。」**

馬曰：常有謙退之志。

　　韓曰：此與上篇「色莊者乎」一義也，皆斥言子張質直莊謹，下於人，則
　　　　爲達士矣。

　　李曰：下文云「夫聞也者，色取仁而行違，居之不疑」，此並戒堂堂乎張，
　　　　不貴必聞，在乎必達。

子路第十三

冉有退朝，子曰：「何晏也？」對曰：「有政。」子曰：「其事也。如有
政，雖不吾以，吾其與聞之。」

　　馬曰：政者，有所改更，匡正事者。凡行常事，我爲大夫，雖不見任用，
　　　　必當與聞之。

　　韓曰：政者，非更改之謂也。事者，非謂常行事也。吾謂凡干典禮者則謂
　　　　之政，政即常，行焉則謂之行，行其常則謂之人事。

　　李曰：政事猶言文學也。文之義包乎天地，大矣。學之者，人也。政之事
　　　　包乎典禮，大矣。事之者，人也。仲尼蓋因冉有之對，以明政、事
　　　　不可不分也。

子貢問曰：「何如斯可以爲士矣？」子曰：「宗族稱其孝焉，鄉黨稱其悌
焉。」

　　舊本，子曰「行己有恥」爲上文，簡編差失也。

　　韓曰：孝悌爲百行之本，無以上之者。

曰：「敢問其次。」曰：「行己有恥，使於四方，不辱君命，可謂士矣。」
曰：「敢問其次。」曰：「言必信，行必果，硜硜然小人哉。抑亦可以爲
次矣。」

　　孔曰：有恥者有所不爲。鄭曰：硜硜，小人之貌也。

　　韓曰：硜硜，敢勇貌，非小人也。「小」當爲「之」字，古文「小」與「之」
　　　　相類，傳之誤也。上文既云「言必信，行必果」，豈小人爲耶？當作
　　　　「之人哉」，於義得矣。

　　李曰：請以四科校量次第，則孝悌當德行科，上也。使四方，不辱君命，
　　　　當言語科，次也。言必信，行必果，當政事科，又其次。以推文學，
　　　　可知焉。

子曰：「善人教民，七年亦可以即戎矣。」

包曰：即，就；戎，兵也。

韓曰：「七年」義不解。吾謂「即戎」者，衣裳之會，兵車之會，皆謂即戎矣。此是諸侯朝會於王，各修戎事之職。按《王制》云：「三年一聘，五年一朝。」仲尼志在尊周，故言五年可以即戎事，朝天子。「七年」者，字之誤歟。

李曰：退之言尊周，得其旨矣。七年，五年字誤，當究其詳。吾謂《周禮・大宗伯》云：「殷頫曰『視』」，鄭義曰：「殷頫，一服朝之歲也，以朝者少，諸侯乃使卿以大禮眾聘焉。一服朝在元年、七年、十一年。」又《大行人》職云：侯服歲一見，甸服二歲一見，男服三歲一見，采服四歲一見，衛服五歲一見，要服六歲一見。王，歲徧存，三歲徧頫，五歲徧省；七歲屬象胥，諭言語，協辭命；九歲屬瞽史，諭書名，聽聲音；十有一歲達瑞節，同度量，成牢禮，同數器，修法則；十有二歲王巡守殷國。以是究之，蓋天子即位元年，諸侯畢朝，謂之一服。朝為始也。六服，凡六年。終至七年，又復始矣。十一歲，王撫諸侯，禮終。至十二年，又亦如初。故鄭註《宗伯》職云：「元年、七年、十一年」，皆舉其始也。

韓曰：噫！習之可謂究極聖人之奧矣。先儒但以攻戰為即戎，殊不思仲尼教民尊周，謹朝聘，所以警當世諸侯，舉七年而元年、十一年從可知矣。

憲問第十四

子曰：「君子而不仁者有矣，夫未有小人而仁者也。」

孔曰：雖君子猶未能備。

韓曰：「仁」當為「備」字之誤也。豈有君子而不仁者乎？既稱小人，又豈求其仁耶？吾謂君子才行或不備者有矣，小人求備則未之有也。

李曰：孔註云「備」，是解其不備，明矣。正文「備」作「仁」，誠字誤，一失其文，寖乖其義。

子曰：「古之學者為己，今之學者為人。」

孔曰：為己，履而行之；為人，徒能言之也。

韓曰：為己者，謂以身率天下也。為人者，謂假他人之學以檢其身也。孔云「徒能言之」，是不能行之，失其旨矣。

李曰：孟子云「堯舜性之，是天人兼通者也；湯武身之，是爲己者也；五伯假之，是爲人者也。」

子曰：「君子道者三，我無能焉。仁者不憂，知者不惑，勇者不懼。」
子貢曰：「夫子自道也。」

　　韓曰：子貢慮門人不曉仲尼言「我無能焉」，故云「自道」，以明有能也。

子貢方人，子曰：「賜也，賢乎哉！夫我則不暇。」

　　孔曰：比方人也，不暇比方人。

　　韓曰：不暇比方人者，其旨安在？吾謂義連上文云「夫君子自道」者、「我無能」，此是比方君子之言也。惟子貢明之，故門人記「子貢方人」四字。下文曰「賢乎哉」，善子貢能知我，比方人耳。復云「不暇」者，終自晦也。

子曰：「作者七人矣。」

　　包曰：長沮、桀溺、丈人、晨門、荷蕢、儀封人、楚狂接輿。

　　韓曰：包氏以上文連此七人，失其旨。吾謂別段，非謂上文避世事也。下文「子曰」別起義端，作七人，非以隱避爲作者明矣。避世本無爲，作者本有爲，顯非一義。

　　李曰：其然乎，包氏所引長沮已下，苟合於義。若於作者，絕未爲得。吾謂包氏因下篇「長沮、桀溺云與其從辟人之士，豈若從辟世之士哉」，遂舉此爲七人，苟聯上義。殊不知仲尼云「鳥獸不可與同群」，此則非沮、桀輩爲作者明矣。又況下篇云「逸民伯夷、叔齊、虞仲、夷逸、朱張、柳下惠、少連」七人，豈得便引爲作者，可乎？包謬，不攻自弊矣。

　　韓曰：齊魯記言，無不脫舛。七人之數固難條列，但明作者實非隱淪，昭昭矣。

　　李曰：以作者之謂聖之義明之，則理道明矣。

　　韓曰：仲尼本旨誠如此乎，但學者失之云耳。

原壤夷俟，子曰：「老而不死是謂賊」，以杖扣其脛。

　　馬曰：夷，踞；俟，侍也。孔曰：扣，擊也。

　　韓曰：古文「叩」、「扣」，文之誤也，當作「指」。爲夷俟踞足，原不自知失禮，故仲尼既責其爲賊，又指其足脛，使知夷踞之罪，非擊之明

矣。

衛靈公第十五

衛靈公問陳於孔子，孔子對曰：「俎豆之事則嘗聞之矣，軍旅之事未之學也。」

　　鄭曰：本未立，不可教以末事。

　　韓曰：俎豆與軍旅，皆有本有末，何獨於問陳爲末事也？鄭失其旨。吾謂仲尼因靈公問陳，遂譏其俎豆之小尙未習，安能講軍旅之大乎？

　　李曰：俎豆，宗伯之職；軍旅，司馬之職。皆周禮之本也。鄭以爲末事，皆乖仲尼本意。

子曰：「由，知德者鮮矣。」

　　王曰：君子固窮，而子路慍見，故謂之少於知德。

　　韓曰：此一句是簡編脫漏，當在「子路慍見」下文一段爲得。

　　李曰：濫，當爲「慍」字之誤也。仲尼因由慍見，故云「窮斯慍」焉，則知之固如由者亦鮮矣。

子張問行，子曰：「立則見其參於前也，在輿則見其倚於衡也，夫然後行。」

　　包曰：衡，軛也。言思念忠信，立則常想見，參然在目前，在輿則倚車軛。

　　韓曰：「參」，古「驂」字。衡，橫木式也。子張問行，故仲尼喻以車乘，立者如御驂在目前，言人自忠信篤敬，坐立不忘於乘車之間。

　　李曰：「大車無輗，小車無軏，其何以行之哉」與此意同。包謂「驂」爲「森」，失之矣。

子曰：「君子義以為質，禮以行之，孫以出之，信以成之。君子哉！」

　　鄭曰：義以爲質，謂操行也。孫出之，謂言語。

　　韓曰：操行不獨義也，禮與信皆操行也。吾謂君子體質，先須存義，義然後禮，禮然後遜，遜然後信，有次序焉。

　　李曰：上云「君子」者，舉古之君子也。下云「君子哉」者，言今之學者能依此次序，乃能成君子耳。

子曰：「吾猶及史之闕文也。有馬者借人乘之，今亡已夫。」

　　包曰：有古之良史，有疑則闕之。有馬不調良，則借人乘習之。

韓曰：上句言己所不知必闕之，不可假他人之言筆削也。譬如有馬不能自乘而借他人乘之，非己所學耳。

李曰：上云「吾猶」者，是喻史官闕文。下句更喻馬不可借他人，「今亡」者，言吾今而後，無此借乘之過也。

子曰：「君子貞而不諒。」

孔曰：貞，正也。諒，信也。君子正其道，不必小信。

韓曰：「諒」當為「讓」字誤也。上文云「當仁不讓於師」，仲尼慮弟子未曉，故復云「正而不讓」，謂仁人正直不讓於師耳。孔說加一小字，為小信，妄就其義，失之矣。

季氏第十六

孔子曰：「禮樂征伐自諸侯出，蓋十世希不失矣。

孔曰：希，少也。周幽王為犬戎所殺，平王東遷，諸侯自作禮樂，征伐專行。始於隱公，至昭公十世失政，死於乾侯。

韓曰：此義見仲尼作《春秋》之本也。吾觀隱至昭十君，誠然矣。禮樂征伐，自作不出於天子，亦然矣。若稽諸《春秋》，吾疑十二公引十世為證，非也。

李曰：退之至矣。觀隱公不書「即位」而書「王正月」，定公不書「正月」而書「即位」，此有以見自桓至定為十世。仲尼本旨存不言，哀公未沒，不可言世也。

韓曰：其然乎？吾考隱公書「正月」者，言周雖下衰，諸侯稟朔，不可不書也。隱攝政不書「即位」，言不預一公之數也。定書「即位」，繼體當為魯君。不書「正月」者，不稟朔也。稟朔由三桓強盛，不由公室也。政去公室，則自桓公至定公為十世明矣。

李曰：吾觀《季氏》一篇，皆書「孔子曰」，餘篇即但云「子曰」，此足見仲尼作《春秋》，本惡三桓，正謂亂臣賊子。當時弟子避季氏強盛，特顯孔子之名以制三桓耳。故悉書「孔子曰」以明當時之事，三桓可畏，宜其著《春秋》以制其強焉。

韓曰：深哉！先儒莫之知也。今驗《魯論》，因知春秋本末惟《季氏》篇章，學者盍三復其義。

自大夫出，五世希不失矣。

孔曰：季文子初得政，至桓子五世，爲家臣陽虎所囚。

韓曰：季孫行父，自僖公時得魯政，至平子意如，逐昭公於乾侯，終季孫
斯，定公八年爲陽虎所伐，桓子即季孫斯也。仲尼既言諸侯十世，
又言大夫五世者，斥魯君臣皆失道也。

李曰：此又明《春秋》自桓至定，交相驗矣。

陪臣執國命，三世希不失矣。

馬曰：陽虎爲季氏家臣，至虎，三世出奔。

韓曰：定公九年，陽貨以蔥靈逃奔宋，遂奔於晉。至哀公二年，陽虎猶見
於《左傳》，蓋仲尼自定哀之際，三桓與魯皆衰。故《春秋》止於獲
麟，厥旨深矣。

孔子曰：「祿之去公室五世矣。

鄭曰：魯自東門襄仲立宣公，於是政在大夫，至定公五世矣。

韓曰：此重言定公時事也。上文「十世、五世、三世希不失」者，蓋泛言
之耳。此云祿去公室五世。及下文云「政逮於大夫四世」，皆指實事
言也。

李曰：重言之，知仲尼閔魯爲三桓所奪，臣主俱不振矣。

政逮於大夫四世矣。

孔曰：文子、武子、悼子、平子。

李曰：註亦重解。季氏當定公時，季孫斯爲陽虎所伐，極則衰矣。

故夫三桓之子孫微矣。

孔曰：三桓，仲孫、叔孫、季孫。三卿皆出桓公。

李曰：仲尼魯哀十一年自衛返魯，使子路伐三桓，城不克。至十四年，叔
孫氏西狩獲麟，仲尼乃作《春秋》，始於桓終於定而已。三家興於桓，
衰於定，故徵王經以貶強臣。三桓子孫微者，論黙扶公室，將行周
道也。

陽貨第十七

孔子時其亡也而往拜之。

韓曰：「時」當爲「待」，古音亦作「峙」，南人音作「遲」，其實「待」爲
得。

子曰：「性相近也，習相遠也。」子曰：「惟上智與下愚不移。」

孔曰：慎所習。上智不可使為惡，下愚不可使為賢。

韓曰：上文云「性相近」，是人可以習而上下也。此文云「上下不移」，是
　　　人不可習而遷也。二義相反，先儒莫究其義。吾謂上篇云「生而知
　　　之，上也；學而知之，次也；困而學之，又其次也；困而不學，民
　　　斯為下矣」，與此篇二義兼明焉。

李曰：窮理盡性以至於命，此性命之說極矣。學者罕明其歸，今二義相戾，
　　　當以《易》理明之，「乾道變化，各正性命」。又「『利貞』者，情性
　　　也」。又「一陰一陽之謂道，繼之者善也，成之者性也」。謂人性本
　　　相近於靜，及其動感外物，有正有邪，動而正則為上智，動而邪則
　　　為下愚。寂然不動，則情性兩忘矣。雖聖人有所難知，故仲尼稱顏
　　　回「不違如愚，退省其私，亦足以發，回也不愚」，蓋坐忘遺照。不
　　　習，如愚，在卦為《復》，天地之心邃矣。亞聖而下，性習近遠，智
　　　愚萬殊。仲尼所以云「困而不學，下愚不移」者，皆激勸學者之辭
　　　也。若窮理盡性，則非《易》莫能窮焉。

韓曰：如子之說，文雖相反，義不相戾。誠知乾道變化，各正性命。坤道
　　　順乎承天，不習無不利，至哉！果天地之心，其邃乎！

公山弗擾以費畔，召，子欲往。（至）子曰：「如有用我者，吾其為東周
乎？」

孔曰：弗擾為季氏宰，與陽虎共執季桓子，而召孔子興周道於東方，故曰
　　　東周。

韓曰：仲尼畏三桓，不欲明言往公山氏，又不容順子路當季氏，故言「吾
　　　為東周」。東周，平王東遷，能復修西周之政，志在周公典禮，不徒
　　　往也。非子路所測。

李曰：孔謂興周道於東方，失其旨矣。

子路曰：「佛肸以中牟畔，子之往也，如之何？」子曰：「然，有是言也，
不曰堅乎，磨而不磷；不曰白乎，涅而不緇。吾豈匏瓜也哉？焉能繫而
不食？」

孔曰：晉大夫趙簡子邑宰。不得如不食之物，繫滯一處。

韓曰：此段與公山氏義同。有以知仲尼意在東周，雖佛肸小邑亦往矣。

李曰：此自衛返魯時所言也。意欲伐三桓，子路未曉耳。

子曰：「由也，女聞六言六蔽矣乎？好仁不好學，其蔽也愚。好知不好學，其蔽也蕩。好信不好學，其蔽也賊。」

孔曰：六言六蔽者，下文謂「六事」，仁、智、信、直、勇、剛也。仁者愛物，不知所裁之則愚。蕩，無所適守。賊者，父子不知相爲隱之輩。

韓曰：此三言是泛舉五常之有蔽也，不言禮與義，略也。

好直不好學，其蔽也絞。

韓曰：絞，確也，堅確之義。

好勇不好學，其蔽也亂。好剛不好學，其蔽也狂。

孔曰：狂，妄也。詆，觸也。

韓曰：此三者指子路辭也。由之爲人直、勇、剛，故以絞、亂、狂戒之耳。

李曰：深乎！聖人戒子路，先舉仁、智、信，以不學爲蔽，況直、勇、剛，豈可不學乎？孔註不分奧旨，退之其精矣乎。

子謂伯魚曰：「女爲《周南》、《召南》矣乎？人而不爲《周南》、《召南》，其猶正牆面而立也與。」

馬曰：《國風》之始，三綱之首，人而不爲，如面牆而立。

韓曰：吾觀《周南》，蓋文武已沒，成王當國之時也。且、奭分陝，故別爲二南。戒伯魚當知此耳。

李曰：子夏云「王者之風繫周公，諸侯之風繫召公」，由是知仲尼刪詩，首《周南》者，本周公也。列國之風，首衛詩者，次以康叔也。周公見興周之迹，康叔見革商之俗，不知此義者，面牆立也，宜乎。

子曰：「禮云！禮云！玉帛云乎哉？樂云！樂云！鐘鼓云乎哉？」

鄭曰：所貴安上治民。馬曰：所貴移風易俗。

韓曰：此連上文訓伯魚之詞也。馬、鄭但言禮樂大略，失其精微。

李曰：慮伯魚但習《二南》，多知蟲魚鳥獸而已，不達且、奭分治邦家之本也；但習玉帛鐘鼓而已，不達雅頌形容君臣之美也。有以知《詩》者，禮樂之文；玉帛、鐘鼓，禮樂之器。兼通即得禮樂之道。

子曰：「色厲而內荏，譬諸小人，其猶穿窬之盜也與？」子曰：「鄉原，德之賊也。」

孔曰：荏，柔也，內柔佞也。周伯曰：鄉，向也，古字同。

韓曰：「原」類「柔」字之誤也。古文逤𢇲原柔，後人遂誤內柔爲鄉原，足以明矣。

李曰：義連上文「內荏」，古「嵐」字，亦類「柔」字。蓋仲尼重言「內柔」者，詐爲色屬，則是德之賊也。

韓曰：外柔而內屬，則《尚書》所謂「柔而立」也。若外屬而內柔，則是穿窬盜賊爾。

子曰：「予欲無言。」子貢曰：「子如不言，則小子何述焉？」子曰：「天何言哉？四時行焉。」

孔曰：言之爲益少，故欲無言。

韓曰：此義最深，先儒未之思也。吾謂仲尼非無言也，特設此以誘子貢，以明言語科未能忘言至於黙識，故云「天何言哉」，且激子貢，使進於德行科也。

李曰：深乎！聖人之言。非子貢孰能言之，孰能黙識之耶？吾觀上篇子貢曰「夫子之言性與天道，不可得而聞也」，又下一篇「陳子禽謂子貢賢於仲尼，子貢曰『君子一言以爲不知，言不可不愼。夫子猶天，不可階而升也。』」，此是子貢已識仲尼「天何言哉」之意明矣。稱「小子何述」者，所以探引聖人之言，誠深矣哉！

微子第十八

微子去之，箕子爲之奴，比干諫而死。孔子曰：「殷有三仁焉。」

孔注曰：三人行異而同稱仁，以其憂亂寧民。

韓曰：殺身成仁，比干以之，微、箕二子，校之劣焉。仲尼俱稱仁，別有奧旨，先儒莫之釋也。

李曰：聖人先言微子，以其先去之也。後言比干，以其諫之晚矣。中言箕子，則仁兼先後，得聖人中焉。

韓曰：箕子明夷，與文王同乎《易》象。《尚書·洪範》見武王，伸其師禮。然則箕子，非止商之仁也，蓋萬世之仁乎。

齊景公待孔子曰：「若季氏，則吾不能；以季、孟之間待之。」子曰：「吾

老矣，不能用也。」孔子行。

孔曰：魯三卿，季氏爲上卿，最貴；孟氏爲下卿。不用事，言待之以二者之間。聖道難行，故言老不能用矣。

韓曰：上段孔子行，是去齊來魯也。下段孔子行，是去魯之衛也。孔子惡季氏，患其強不能制，故出行他國。

李曰：按《史記·孔子世家》，子在衛，使子路伐三桓，城不克。此是仲尼既不克三桓，乃自衛反魯，遂作《春秋》。《春秋》本根不止傷周衰而已，抑亦憤齊將爲陳氏，魯將爲季氏云。

周公謂魯公曰：「君子不施其親，不使大臣怨乎不以。」

孔注曰：施，易也，不以他人之親易己之親。以，用也。怨不見聽用。

韓曰：周公戒伯禽多矣。仲尼獨舉此，諷哀公不親信賢人爾。「施」當爲「弛」，言不弛慢，所親近賢人如此，則大臣無所施矣。謂施爲易，非也。

李曰：雖有周親，不如仁人。孔謂「他人易己」之謂，是「親戚」之「親」。吾謂作「親近」之「親」爲得。

子張第十九

子夏曰：「大德不踰閑，小德出入可也。」

孔曰：閑，猶法也。小德不能不踰法，故曰出入可也。

韓曰：孔註謂「大德不自踰法」，非也。吾謂大德，聖人也。言學者之於聖人，不可踰過其門閾爾。小德，賢人也。尚可出入，窺見其奧也。

李曰：「防閑」之「閑」，從木義，取限分內外，故有出入之踰。孔註便以「閑」訓「法」，非也。況大德之人，豈踰法耶？

孟氏使陽膚為士師，問於曾子。曾子曰：「上失其道，民散久矣。如得其情，則哀矜而勿喜。」

馬曰：哀矜之，勿自喜，能得其情。

韓曰：哀矜其民散之情，勿喜施其刑罰，是其旨矣。

李曰：《家語》云：「魯人有父子訟者，孔子爲司寇，同牢獄繫之。父子皆泣。」子曰「上失其教，民散久矣」，皆釋之。此有以見哀矜其情，不喜施刑罰之驗也。馬謂勿喜得其情，失之矣。

堯曰第二十

帝臣不蔽，簡在帝心。

包曰：桀居帝臣之位，罪過不可隱蔽。

韓曰：帝臣，湯自謂也。言我不可蔽隱桀之罪也。包以桀爲帝臣，非也。

李曰：吾觀《湯誥》云爾「有善，朕弗敢蔽；罪當朕躬，弗敢自赦。惟簡在上帝之心」，此是湯稱帝臣明矣。疑《古文尚書》與《古文論語》傳之有異同焉。考其至當，即無二義。

子曰：「不教而殺謂之虐；不戒視成謂之暴；慢令致期謂之賊；猶之與人也，出納之吝，謂之有司。」

孔曰：財物當與人，而至吝當於出納者，有司之任，非人君之道也。

韓曰：「猶之」當爲「猶上」也，言君上吝嗇，則是有司之財而已。

李曰：仲尼先言虐、暴、賊三者之弊，然後言君上之職，當博施濟衆爲己任也。按古文𡊩𠄞二字相類，明知誤傳矣。

子曰：「不知命，無以為君子。」

孔曰：命，謂窮達之分。

韓曰：命謂窮理盡性以至於命也，非止窮達。

《四庫提要》

　　《論語筆解》二卷，舊本題唐韓愈、李翺同注。中間所注，以「韓曰」、「李曰」爲別。考張籍集祭韓愈詩，有「論語未訖註，手迹今微茫」句，邵博《聞見後錄》遂引爲《論語注》未成之證。而李漢作《韓愈集》序，則稱有《論語注》十卷，與籍詩異，王楙《野客叢書》又引爲已成之證。晁公武《讀書志》稱四庫邯鄲書目皆無之，獨田氏書目有《韓氏論語》十卷，《筆解》兩卷。是《論語注》外別出《筆解》矣。《新唐書‧藝文志》載愈《論語注》十卷，亦無《筆解》。惟鄭樵《通志》著錄二卷，與今本同，意其書出於北宋之末。然唐李匡乂，宣宗大中時人也，所作《資暇集》一條云：「《論語》『宰予晝寢』，梁武讀爲寢室之『寢』，書作『胡卦反』，且云當爲『畫』字，言其繪畫寢室。今人罕知其由，咸以爲韓文公所訓解。」又一條云：「『傷人乎？不問馬』，今亦謂韓文公讀『不』爲『否』。」然則大中之前已有此本，未可謂爲宋人僞撰。且「晝寢」一條，今本有之；「廏焚」一條，今本不載。使作僞者剽掇此文，不應兩條相連，摭其一而遺其一。又未可謂因此依託也。以意推之，疑愈注《論語》時，或先於簡端有所記錄，翺亦間相討論，附書其間。迨書成之後，後人得其稿本，採注中所未載者，別錄爲二卷行之。如程子有《易傳》，而《遺書》之中又別有「論易」諸條，朱子有《詩傳》，而朱鑑又爲《詩傳遺說》之例。題曰「筆解」，明非所自編也。其今本或有或無者，則由王存以前世無刊本，傳寫或有異同。邵博所稱「三月」字作「音」一條，王楙所見本亦無之，則諸本互異之明證矣。王存本今未見。魏仲舉刻《韓文五百家注》，以此書附末，今傳本亦稀。此本爲明范欽從許勃本傳刻，前載勃序，仍稱《筆解論語》一十卷，疑字誤也。又趙希弁《讀書附志》，曰其間「翺曰」者，李習之也。明舊本愈不著名，而翺所説則題名以別之。此本改稱「韓曰」、「李曰」，亦非其舊矣。